Flintshire Library Services

C29 0000 1209 884

D0833949

Llyfrgelloedd Sir Y Fflint
Flintshire Libraries
9884

SYS

JWFIC   £13.50

HO

Cyhoeddwyd yn wreiddiol yn *Gawn Ni Stori?* 1-6, 1988-1993
a *Straeon ac Arwyr Gwerin Cymru* 1-3, 1999-2001
Argraffiad newydd: 2017

ⓗ testun: Helen Huws

ⓗ lluniau: Dorry Spikes

Cyhoeddwyr: Gwasg Carreg Gwalch

Cedwir pob hawl. Ni chaniateir atgynhyrchu unrhyw ran/rannau
o'r gyfrol hon mewn unrhyw ddull na modd
heb drefniant ymlaen llaw gyda'r cyhoeddwyr.

ISBN: 978-1-84527-621-8

Mae'r cyhoeddwyr yn cydnabod cefnogaeth ariannol
Cyngor Llyfrau Cymru

Llun clawr a lluniau tu mewn: Dorry Spikes
Cynllun clawr a dylunio: Eleri Owen

Cyhoeddwyd ac argraffwyd gan Wasg Carreg Gwalch,
12 Iard yr Orsaf, Llanrwst, Conwy, LL26 0EH.
Ffôn: 01492 642031
e-bost: llyfrau@carreg-gwalch.cymru
lle ar y we: www.carreg-gwalch.cymru

Gawn Ni Stori?

Chwedlau a straeon o Gymru

John Owen Huws

Lluniau: Dorry Spikes

John Owen Huws

Pan fu farw John Owen Huws yn 49 oed ym Mawrth 2001, roedd eisoes wedi cyflawni cymaint ym myd casglu straeon Cymraeg. Bu'n gweithio ym myd traddodiadau gwerin yn Sain Ffagan, bu'n athro brwd, yn gynhyrchydd radio creadigol ac roedd yn un o'r criw a sylfaenodd gylchgrawn Llafar Gwlad yn 1983. Cyn hynny roedd wedi gwneud gwaith ymchwil manwl ar straeon gwerin Eryri dan oruchwyliaeth Adran Gymraeg Coleg Bangor. Casglwr oedd hefyd yn rhannwr oedd John – cyhoeddodd lyfrau i oedolion ar straeon ac arferion, ynghyd â chasgliadau i blant, gan gynnwys Amser Maith yn Ôl a chwe chyfrol o Gawn Ni Stori? Detholiad o'r llyfrau hynny yw'r 24 stori yn y gyfrol hon.

I Gruffudd a Caradog

Cynnwys

GWRACHOD LLANDDONA

Wyddoch chi beth ydi gwrach? Rydym yn tueddu i feddwl amdani fel hen ddynes hyll gyda chroen melyn wedi crebachu, a thrwyn a gên hir bron â chyfarfod â'i gilydd. Ran amlaf mae hi'n gwisgo dillad hir, du a het bigfain am ei phen ac mae ganddi lais gwichlyd. Wrth ei hymyl hi'n aml iawn bydd cath denau, ddu. Mae ambell un hefyd yn hedfan ar ysgub. Ers talwm, roedd llawer iawn o wrachod yng Nghymru, rhai da a rhai drwg.

Eto, doedd pob gwrach ddim yn hen ac yn hyll. Roedd rhai yn ifanc ac yn ddel, ac ambell ddyn yn wrach, hyd yn oed. Mae yna sôn bod rhai ardaloedd yn llawn gwrachod ac yn sir Fôn roedd pentref cyfan o wrachod! Enw'r pentref hwnnw ydi Llanddona a dyma'r hanes ...

Un tro, roedd pysgotwr yn eistedd ar garreg ar lan y môr yn Nhraeth Coch. Bu'r tywydd yn stormus iawn ac roedd ei rwydi'n gareiau ac angen eu trwsio. Roedd wrthi'n ddygn pan glywodd lais yn galw o gyfeiriad y môr.

'Helpwch ni! Rydan ni wedi colli ein rhwyfau a'n hwyliau yn y storm!'

'Arhoswch am funud bach!'

'Brysiwch ddyn, taflwch raff i ni gael glanio! Rydan ni bron â thagu eisiau diod.'

Yn sydyn, cofiodd y pysgotwr am hanes a glywsai gan hen ŵr o'r ardal flynyddoedd ynghynt. Mewn ambell wlad, os oedd gwrachod yn mynd dros ben llestri a gwneud gormod o ddrygau, caent eu rhoi mewn cychod heb rwyfau na hwyliau a'u gyrru allan i'r môr heb fwyd na diod.

Argoledig! Efallai mai gwrachod oedd y criw yma! Taflodd raff tuag atyn nhw ond gwnaeth yn sicr na fyddai'n eu cyrraedd.

'Mae'r rhaff yn rhy fyr! Bydd yn rhaid i mi fynd adref i nôl un arall. Fydda i ddim dau funud.'

Ac i ffwrdd ag ef a'i wynt yn ei ddwrn. Ond nid oedd yn bwriadu nôl rhaff. Yn lle hynny rhuthrodd o gwmpas tai'r cymdogion yn gweiddi nerth esgyrn ei ben fod haid o wrachod yn ceisio glanio ar y traeth. Gafaelodd pawb yn yr erfyn agosaf oedd wrth law a charlamu am lan y môr, yn chwifio pladuriau, picffyrch a chrymanau.

Erbyn hyn, roedd y gwrachod bron â glanio oherwydd roedd y llanw'n eu golchi i'r lan a hwythau'n defnyddio'u dwylo fel rhwyfau.

'Chewch chi ddim dod yma! Ewch oddi yma! Dydan ni ddim eisiau gwrachod yn ardal Llanddona!'

'Fflamia chi! Dyn a'ch helpo chi pan laniwn ni!'

'Hy! Dyn a'ch helpo *chi* os glaniwch chi. Fe gewch chi flas y pladur yma ar eich gwar!'

'Gadewch i ni gael diod o ddŵr o leiaf. Fe awn ni o'ch golwg chi wedyn.'

'Dim coblyn o beryg! Fe wyddon ni am eich triciau chi a'ch tebyg. Mae digon o ddŵr yn y

môr – yfwch hwnnw. Ewch o'n golwg ni!'

'Melltith arnoch chi, bobl Llanddona!'

Ond dyma awel yn codi'n sydyn ac yn chwythu'r cwch i'r lan. Prin fod eu traed ar dir sych cyn i'r gwrachod ddefnyddio'u swynion i greu ffynnon a slochian y dŵr oer, clir. Dychrynodd y bobl leol wrth weld hyn a rhuthro am adref.

Aeth y gwrachod i fyw i Landdona a chyn bo hir roedd y pentrefwyr yn gadael. Pan felltithiodd y gwrachod nhw, doedden nhw ddim yn siarad ar eu cyfer. Byddent yn sgrifennu enw unrhyw un oedd wedi eu pechu ar ddarn o lechen a'i daflu i'r ffynnon ar y traeth. Mae honno'n dal yno a'i henw ydi Ffynnon Oer. Os oedd enw rhywun yn y ffynnon, câi ei daro'n wael ofnadwy, byddai'r llefrith yn suro ac yn y diwedd byddai'r anifeiliaid i gyd yn marw. Oherwydd hyn, pan fyddai'r gwrachod yn mynd i ffermydd lleol i ofyn am sachaid o datws neu

ddarn o gig, dim ond rhywun dewr – neu wirion iawn – oedd yn meiddio'u gwrthod. Yn y diwedd, dim ond y gwrachod a'u teuluoedd oedd ar ôl yn y pentref a neb yn mynd ar ei gyfyl.

Tra oedd y gwragedd yn melltithio a dwyn, roedd y dynion hefyd yn gwneud pob math o gastiau. Smyglwyr oedden nhw, yn dod â phob math o bethau na ddylen nhw i'r wlad drwy eu glanio'n slei bach ar Draeth Coch yn y nos.

Yn y diwedd cafodd pobl yr ardal lond bol ar driciau'r giwed a galwyd cyfarfod cyfrinachol mewn ffermdy cyfagos, rhag ofn i'r gwrachod glywed amdano.

'Mae'n rhaid i ni gael gwared â'r taclau yma unwaith ac am byth!'

'Bydd! Mae enw Llanddona'n faw bellach, diolch i'r cnafon yma!'

'Iawn. Rydw i'n cytuno, ond beth wnawn ni? Tydyn nhw fel sachaid o fwncwns yn llawn castiau.'

'Ia, fe wyddoch i gyd beth ddigwyddodd i Guto Rhos Isa pan wrthododd o sachaid o foron iddyn nhw'n tydych?'

'Ydyn – bu farw ei holl wartheg ac fe fu yntau'n ei wely am wythnosau efo cur melltigedig yn ei ben!'

'Ond mae'n rhaid i ni wneud rhywbeth!'

'Oes – ond beth?'

'Fe wn i. Fe gawn ni wared â'u gwŷr nhw. Os medrwn ni wneud hynny, fe aiff y gwrachod oddi yma i'w canlyn nhw.'

'Oes gen ti gynllun?'

'Oes. Gwyddoch i gyd mai smyglwyr ydi'r dynion – wel, mae hi'n lanw mawr yr wythnos nesaf ac yn saff i chi fe fyddan nhw'n glanio pethau ar y traeth. Beth am ddweud wrth ddynion y tollau a dal y taclau wrthi?'

'Andros o syniad da! Ydi pawb yn cytuno?'

'Ydyn!'

Ac felly y bu. Daeth yn amser y llanw mawr ac aeth y criw lleol a'r seismyn i lawr am y Traeth Coch. Roedd hi'n dywyll fel bol buwch ond wrth fynd yn slei bach am y môr gwelent oleuadau islaw. O edrych yn iawn gallent weld y smyglwyr yn cario casgenni a chistiau trymion. Beth oedd ynddyn nhw, tybed?

Rhoddodd un o swyddogion y tollau arwydd iddyn nhw gau am y smyglwyr a chyn pen dim roedd cylch o ddynion arfog wedi amgylchynu'r cnafon.

'O'r gorau, sefwch lle'r ydych chi! Swyddogion y tollau ydyn ni ac rydyn ni wedi'ch dal chi!'

'Be aflwydd ...? Rhedwch!'

'Waeth i chi heb â meddwl dianc! Mae gormod ohonon ni.'

'Hy! Gawn ni weld am hynny hefyd.'

Yn sydyn, gafaelodd pob smyglwr yn y sgarff oedd am ei wddf ac agor y cwlwm. O bob sgarff daeth ugeiniau o bryfed a'r rheini'n pigo'n boenus. Mewn chwinciad, roedd hi'n draed moch ar y tywod a'r smyglwyr wedi diflannu.

Mewn gwirionedd, cafodd y smyglwyr lonydd am flynyddoedd oherwydd roedd y pryfed yn eu hamddiffyn nhw bob tro. Bu Gwrachod Llanddona'n codi ofn ar bobl sir Fôn am hydoedd hefyd ond, diolch byth, maen nhw'n dweud i'r olaf ohonyn nhw farw tua chan mlynedd yn ôl. Erbyn hyn, pentref bach tawel fel unrhyw bentref arall ydi Llanddona.

MAES GWENLLIAN

Yng nghysgod Mynydd y Garreg yn Nyfed, heb fod ymhell o dref a chastell Cydweli, mae fferm o'r enw Maes Gwenllian. Mae sawl maes ar y fferm erbyn hyn ond ers talwm un cae mawr oedd yma. Ond pam yr enw tybed? Pwy oedd Gwenllian? A beth oedd mor arbennig am ei maes?

Un oedd yn gwybod yr hanes i gyd oedd Rhydderch y Cyfarwydd. Dyna oedd ei waith – adrodd cyfarwyddyd neu straeon difyr yn llys Llywelyn Fawr, Tywysog Cymru.

Noson oer o Ionawr oedd hi yn Llys Abergwyngregyn yn Arfon ac roedd Llywelyn a'i gyfeillion o bob rhan o Gymru newydd fwyta pryd arbennig o flasus. Cig carw oedd y prif fwyd ar ôl i'r tywysog a'i ffrindiau, ynghyd â Gelert ei gi ffyddlon, fod yn hela yng nghoedwigoedd Eryri. Bellach eisteddai pawb wrth danllwyth o dân yn neuadd fawr y llys.

'Rhydderch!'

'Ie, fy nhywysog?'

'Oes gen ti stori i'n diddanu ni heno a byrhau'r oriau nes daw cwsg?'

'Oes fy Arglwydd, a chan fod cymaint o'ch cyfeillion o'r de yma heno fe adroddaf hanes am arwres ddewr o'r rhan honno o Gymru – ac roedd hi'n perthyn i chi, Llywelyn.'

'Sut felly? Beth oedd ei henw hi?'

'Gwenllian – ac roedd hi'n ferch i Gruffudd ap Cynan, eich hen daid, fu'n byw yn y llys hardd yn Aberffraw o'ch blaen.'

Lledodd gwên dros wyneb Llywelyn o glywed sôn am ei hen daid oherwydd gwyddai lawer o'i hanes yn barod. Eisteddodd yn ôl ar ei orsedd wych gan wybod fod hanes difyr yn ei ddisgwyl ...

'Merch dlos iawn oedd Gwenllian,' meddai Rhydderch. 'Roedd ganddi wallt hir a gyrhaeddai at waelod ei chefn a hwnnw'n euraid fel heulwen Mai. Roedd ei chroen fel eira a'i gruddiau fel afalau cochion yr hydref.'

Disgrifiodd yr hen gyfarwydd fel yr oedd pawb, o ogledd Môn i Flaenau Gwent, wedi syrthio mewn cariad â Gwenllian, Tywysoges

Eryri. Yn ei thro syrthiodd hithau mewn cariad â thywysog ifanc, dewr o'r enw Gruffudd ap Rhys, Tywysog y Deheubarth. Pan briodwyd y ddau, unwyd de a gogledd Cymru mewn undod hapus ac roedd y pâr hardd uwchben eu digon.

Aethon nhw i fyw i lys hynafiaid Gruffudd yn Ninefwr, ger Llandeilo, ond doedd eu hapusrwydd ddim i barhau yn hir.

'Na, yn wir,' meddai Rhydderch. 'Y dyddiau hynny, fel yn awr, roedd gelynion yn troedio tir Cymru, yn chwilio am unrhyw gyfle i'n sathru. Roedd rhaid i Gruffudd a Gwenllian wylio'n gyson rhag rhyw ystryw neu'i gilydd gan y Normaniaid.

'Eu gelyn mawr oedd dyn o'r enw Maurice de Londres. Cythraul mewn croen oedd hwn. Roedd yn greulon iawn gyda'i ddynion ei hun, heb sôn am y Cymry, ac roedd wedi codi castell mawr yng Nghydweli, ar dir Gruffudd. Roedd hi'n amlwg i bob dyn a chreadur mai ei nod yn y pen draw oedd dinistrio Gruffudd a chipio ei holl eiddo.'

Aeth Rhydderch ymlaen i sôn am Gronw, clamp o ddyn mawr barfog, cringoch a drigai ar lethrau Mynydd y Garreg, uwchlaw castell Maurice. Gof oedd y gŵr nerthol hwn a phan forthwyliai bedol ar ei engan gellid ei glywed yn canu'n hapus o bellter mawr. Un parod iawn ei gymwynas oedd Gronw ond oherwydd ei fod yn of ac yn gallu gwneud cleddyfau a chyllyll

miniog i'r Cymry, anfonodd Maurice griw o filwyr i'w gipio a'i lusgo'n ôl i'r castell yn garcharor. Dyna'r math o ddyn ydoedd. Roedd yn casáu'r Cymry ac yn chwilio am unrhyw esgus i'w trechu.

'Ac nid yn y Deheubarth yn unig yr oedd y math yma o beth yn digwydd. Ledled Cymru roedd Normaniaid creulon yn anelu at osod y Cymry yn is na baw sawdl. Roedden nhw wedi trechu Lloegr mewn amser byr iawn ond yn methu trechu Cymru,' meddai Rhydderch.

'Na – a dydyn nhw byth wedi llwyddo!' meddai Llywelyn Fawr.

'Na, a wnân nhw ddim chwaith tra byddwn ni byw!' bloeddiodd ei ddynion.

'Yn y diwedd, fe gafodd Cymru ddigon o'r Normaniaid a'u triciau creulon,' aeth y storïwr yn ei flaen. 'Fe gododd Gwynedd a Dyfed fel un dyn yn eu herbyn, a dyn dewr – neu wirion iawn – oedd y Norman a arhosodd yn y rhannau hynny o Gymru yn hytrach na ffoi dros Glawdd Offa.'

'Fe glywodd Gruffudd am yr ymladd a phrysurodd i helpu Gruffudd ap Cynan, ei dad yng nghyfraith, i gael gwared â'r gelyn. Aeth â byddin o ddynion dewraf Ystrad Tywi i'w ganlyn, gan adael Gwenllian a'u dau fab Morgan a Maelgwn i amddiffyn y llys, ynghyd â mintai fechan o filwyr.

'Gobaith Gruffudd ap Rhys oedd dychwelyd i'r Deheubarth gyda lluoedd Gwynedd wrth ei

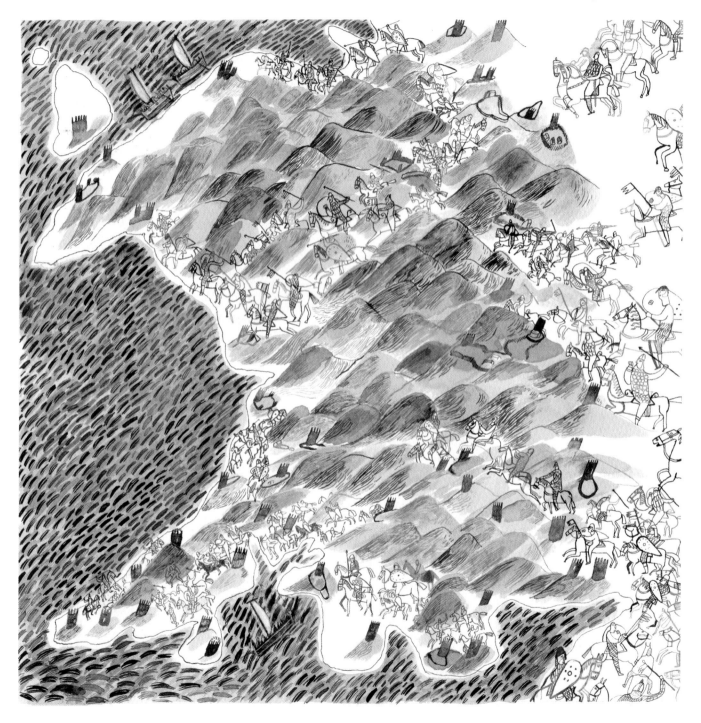

gefn a chicio'r Norman oddi ar ei dir a chwalu'r castell yng Nghydweli unwaith ac am byth. Ond tra oedd ef a'i osgordd oddi cartref, glaniodd byddin arall o Normaniaid ar lannau bae Caerfyrddin. Roedd bygythiad Maurice de Londres i diroedd y Cymry yn gryfach nag erioed yn awr – ac yn waeth na'r cyfan, roedd y tywysog a'i filwyr oddi cartref.

'Ond roedd Gwenllian hithau yn dywysoges, wedi arfer arwain ei phobl,' meddai'r chwedleuwr. 'Gruffudd ap Cynan, y gŵr gwyllt, galluog a grymus a ddaeth o'r gorllewin, oedd ei thad wedi'r cyfan. Doedd hi ddim yn mynd i aros yn ei chastell a gwylio'r Normaniaid yn dwyn tiroedd y Cymry.'

Adroddodd Rhydderch fel y casglodd y dywysoges ddewr ei llu bychan ynghyd, gan ei gryfhau â dynion lleol wedi eu harfogi ag unrhyw beth y medrent roi eu dwylo arno – yn gyllyll, gwaywffyn a chleddyfau. Yn amlwg absennol o blith y llu yma roedd Gronw y Gof, a oedd yn dal yn garcharor yn un o gelloedd llaith castell Cydweli, fel sawl Cymro arall.

Wrth weld eu mam yn dangos y fath ddewrder wrth baratoi am ryfel, roedd Morgan a Maelgwn, ei meibion hynaf yn llawn cyffro ac am ymuno yn y fintai.

'Rydw i bron yn ddeuddeg oed,' meddai'r talaf. 'Rydw i gystal â bod yn ddyn o dan y gyfraith Gymreig ac mi fedra i drin cleddyf gystal ag unrhyw un o'r llanciau eraill.'

'Rydw innau'n ddeg ac eisiau dod hefyd,' crefodd y llall.

O weld y tân yn eu llygaid, gwyddai Gwenllain na fedrai eu gwrthod. Roedd amryw yn ei byddin yn fechgyn ifanc gan fod y tadau ymaith ar gyrch rhyfel gyda Gruffudd ei gŵr a doedd hi ddim ond yn deg ei bod yn arwain ei meibion ei hun i'r gad yn ogystal.

'Ewch i nôl eich arfau – a brysiwch!'

Yna, aeth Gwenllian i'r stafell feithrin yn y castell lle roedd Mair y forwyn yn gwarchod ei bechgyn ieuengaf. Ffarweliodd ag Anarawd, Cadell, Maredudd a Rhys, marchogodd ei cheffyl ac arweiniodd y fintai allan o'r muriau gwarchodol.

'Gorymdeithiodd Gwenllian a'i llu o Ddinefwr gyda sawl un yn dymuno'n dda iddi,' meddai'r cyfarwydd. 'Y nod oedd sleifio drwy Goedwig Ystrad Tywi ac ymosod yn ddirybudd ar gastell Maurice. Ymunodd llawer o weithwyr cyffredin y tir â'i byddin wrth iddi gerdded ymlaen gan ddod â chrymanau, picffyrch a phladuriau gyda hwy.'

Cyrhaeddodd y criw dewr o fewn golwg i gaer y gelyn a churai sawl calon yn gyflym wrth feddwl am y frwydr oedd o'u blaenau. Er hyn, doedd arnyn nhw ddim mymryn o ofn oherwydd gwyddent y byddent yn rhyddhau eu gwlad rhag ei gelynion os cipient y castell.

Roedd llygaid Rhydderch y cyfarwydd fel dwy fflam wrth iddo barhau i adrodd y stori:

'Roedden nhw wedi cyrraedd cwm gweddol gul, gyda Mynydd y Garreg yn codi ar yr ochr chwith iddyn nhw, ac afon Gwendraeth ar y llaw arall. Aeth Gwenllian a'i dewrion ymlaen yn araf a gofalus ar hyd y cwm. Yn sydyn, seiniodd corn rhyfel o gyfeiriad Mynydd y Garreg ...'

'Beth oedd wedi digwydd?' gofynnodd un o weision Llywelyn.

'Roedd ysbiwyr Maurice wedi clywed am fwriad Gwenllian ac roedd y Norman creulon wedi ei harwain i drap! O flaen y Cymry, ymddangosodd ugeiniau o farchogion Normanaidd yn eu gwisgoedd dur a phan drodd Gwenllian i weld a oedd modd mynd yn ôl i fyny'r cwm gwelodd fod mwy o'i gelynion yn dod dros y mynydd y tu ôl iddi.'

'Doedd dim dianc i fod, felly sodrodd y dywysoges ei baner gyda'r ddraig goch arni yn naear gwastad gwaelod y cwm a bloeddio 'Dros Gymru! Daliwch eich tir!'

Bu brwydro gwaedlyd iawn ar y maes gwastad y prynhawn hwnnw. O un i un lladdwyd dewrion Gwenllian, gan gynnwys Morgan ei mab wrth iddo arbed bywyd ei fam. Yn y diwedd dim ond rhyw ddyrnaid o Gymru, gan gynnwys Maelgwn a Gwenllian ei hun, oedd ar ôl yn fyw a daliwyd hwy, gan eu clymu, law a throed. Roedd Gwenllian wedi'i hanafu'n ddrwg yn yr ymladd.

'Waeth i ti heb â'm carcharu ni, Norman!' bloeddiodd Gwenllian. 'Bydd Gruffudd a holl wŷr Cymru yn sicr o ddod i'n hachub. Os cyffyrddwch ben bys â mi, bydd fy ngŵr a'm teulu yn sicr o ddial arnoch!'

'Lledodd gwên gam, greulon ar draws wyneb Maurice,' adroddodd Rhydderch, 'ond ddywedodd Maurice ddim byd. Yr unig beth a wnaeth oedd tynnu ei gleddyf o'r wain a thorri pen y dywysoges i ffwrdd o flaen llygaid ei mab, cyn rhoi'r cleddyf i un o'i filwyr er mwyn gwneud yr un peth i Maelgwn.'

Erbyn hyn, roedd dagrau yn cronni yn llygaid Llywelyn a'i gyfeillion wrth feddwl am wraig mor ddewr â Gwenllian yn cael ei thrin mor ffiaidd.

'Beth ddigwyddodd iddyn nhw?' gofynnodd Llywelyn.

'Fe gawsant eu claddu ar faes y gad,' meddai'r storïwr, 'yn y fan lle cawsant eu lladd – ac enw'r lle hyd heddiw ydi Maes Gwenllian.'

Ond doedd Maurice ddim yn fodlon ei fod wedi lladd Gwenllian a'i dilynwyr: roedd am ddysgu gwers i'r Cymry lleol unwaith ac am byth, yn ei feddwl ef. Gorchmynnodd beidio claddu pen Gwenllian ond yn hytrach fynd ag ef yn ôl at ei gastell a'i osod ar y drws yn rhybudd erchyll i'r Cymry beth fyddai'n digwydd iddyn nhw os codent yn ei erbyn eto.

Tra oedd hyn i gyd yn digwydd, llwyddodd Gronw'r Gof i ddianc o gastell Maurice. Gan fod y rhan fwyaf o filwyr y gaer allan yn y frwydr, medrodd y cawr ddefnyddio ei nerth anhygoel i chwalu drws ei gell a ffoi mewn gwisg wedi ei dwyn. Anelodd am Goed Dyffryn Tywi a bu'n cuddio yno nes medru ymuno â byddin Gruffudd ap Rhys pan ddeuai yn ôl o'r gogledd.

'Yno clywodd gan y Cymry lleol fod ysbryd Gwenllian yn crwydro maes y frwydr oherwydd sarhad Maurice,' meddai Rhydderch. Fedrai ei hysbryd ddim gorwedd mewn hedd tra oedd ei phen ynghlwm wrth ddrws castell ei gelyn.

Roedd hyn yn boen mawr i'r Cymry. Fel pe na bai colli eu hannwyl dywysoges yn ddigon, roedd gweld ei hysbryd yn cael ei boenydio fel hyn yn tywallt halen ar y briw.

O'r diwedd, ni fedrai Gronw feddwl am y sarhad yn parhau'r un noson arall a mentrodd sleifio'n ôl at gastell Maurice a dod â phen ei dywysoges yn ôl i Faes Gwenllian i'w gladdu gyda'i chorff, er y byddai hynny wedi golygu cael ei ladd yn y fan a'r lle fel hithau petai wedi cael ei ddal.

'O'r noson y claddwyd pen Gwenllian ag anrhydedd, medrodd ei hysbryd orwedd mewn hedd,' meddai Rhydderch.

'Ond beth am ei gŵr a'i thad?' gofynnodd Llywelyn. 'Beth wnaethon nhw? A fu dial, fel yr addawodd Gwenllian?'

'O do, fy Arglwydd. Pan glywodd y ddau Gruffudd – y gŵr a'r tad – am yr hyn oedd wedi digwydd i Gwenllian, roedden nhw'n fwy penderfynol nag erioed o gael gwared â Maurice de Londres a'i debyg o Gymru. Fe unodd Cymru oll yn eu herbyn a doedd nemor yr un castell yn ddiogel rhag "Dial Gwenllian", fel y gelwid yr ymgyrch.'

'Gyda'u cynddaredd yn hogi eu cleddyfau, daeth Gruffudd ap Rhys a'i filwyr yn ôl o Wynedd gyda byddin enfawr Owain Gwynedd, brawd Gwenllian, gydag ef. Yn ôl yr hanes, roedd chwe mil o wŷr traed a dwy fil o wŷr meirch wedi uno yn y fyddin hon. Mae'n siŵr bod honno'n olygfa werth ei gweld oherwydd anaml y byddai'r Cymry yn ffurfio un fintai fawr – ymosod yn gyflym yn griwiau bychain oedd eu dull arferol o ryfela.

'Chwalwyd castell Aberystwyth ganddyn nhw, er mor gadarn oedd hwnnw, a thri chastell

Normanaidd arall yng Ngheredigion cyn rhoi cweir iawn i fyddin o dan arweiniad Iarll Caer. Dim ond pum Norman ddihangodd yn fyw o'r frwydr honno.

'Yn ôl â hwy i'r Deheubarth wedyn ac ymuno â Chymry Brycheiniog i ymosod ar Aberteifi. Daeth y Normaniaid â llu anferth i'w hwynebu i'r gogledd o'r dref ond chwalodd y Cymry eu gelynion, gan weiddi "Maes Gwenllian" wrth ruthro i'r frwydr ac yna eu herlyn yn ôl i lawr y llechweddau i afon Teifi. Collodd miloedd o Normaniaid eu bywydau y diwrnod hwnnw ac ar ôl hynny, doedd dim i atal y Cymry rhag sgubo'r holl estroniaid dros afonydd Tywi a Nedd gan ailfeddiannu tiroedd y Deheubarth unwaith eto. Yn wir, fe gostiodd y brwydro gymaint i Loegr a'r Normaniaid nes y penderfynodd y brenin ei hun y dylid gadael llonydd i Gymru o hyn ymlaen.

'I nodi "Dial Gwenllian" fe ddaeth Gruffudd ap Cynan ei hun â holl arweinwyr Cymru o Wynedd, Powys, y Deheubarth a Morgannwg i Ystrad Tywi i dalu parch i'w ferch a'i dewrder ac i ddathlu'r gweir gafodd eu gelynion.'

'Oedd Gronw yno tybed?' meddai Llywelyn.

'Oedd yn wir fy nhywysog, ef oedd un o westeion mwyaf anrhydeddus y wledd. Fe barhaodd am ddyddiau lawer ac roedd pawb uwchben eu digon bod y Normaniaid wedi gadael Cymru. Ond roedd tristwch hefyd o feddwl mai marwolaeth Gwenllian ddewr oedd achos y cwbl.'

Os ewch chi i gastell Cydweli heddiw mi welwch gofeb yno i Gwenllian. Ei henw hi sy'n gyfarwydd i bawb, nid Maurice de Londres greulon. Mae fferm yn y cwm yng nghysgod Mynydd y Garreg a'i henw ydi Maes Gwenllian. Ar un o gaeau'r fferm mae coed uchel yn tyfu – coed a blannwyd gan y Cymry i nodi'r union fan lle cafodd Gwenllian ei lladd. Gerllaw mae cylch o gerrig wedi'u gorchuddio â glaswellt a dyma lle cafodd yr arwres a'i dilynwyr eu claddu.

TYWYSYDD CLAWDD OFFA

Rydyn ni'n aml yn sôn am bobl sydd wedi mynd i Loegr i fyw fel rhai sydd wedi mynd 'dros Glawdd Offa'. Brenin o Sais a oedd yn byw ganrifoedd lawer yn ôl oedd Offa. Ar y pryd roedd y Cymry yn ddraenen yn ei ystlys ef a'i bobl, am ddwyn eu hanifeiliaid ac ati. Er mwyn ein cadw ni, Gymry, allan o Loegr, fe gododd Offa glawdd neu wal uchel bob cam o'r de i'r gogledd ar hyd ffin y ddwy wlad. A dyna pryd y cychwynnodd yr ymadrodd.

Erbyn hyn, mae llwybr cyhoeddus yn dilyn y Clawdd bob cam am ragor na chant wyth deg o filltiroedd o Fôr Hafren yn y de at Fae Lerpwl yn y gogledd. Mae'n daith anodd gan fod y Clawdd yn mynd i fyny bryniau ac i lawr dyffrynnoedd y ffin ac mae darnau mynyddig a diarffordd iawn, yn enwedig yn y de, yn ardal y Mynyddoedd Duon. Nid yw'n lle i fynd ar goll ...

Dros y canrifoedd, roedd y Cymry wedi symud i fyw o boptu Clawdd Offa, yn enwedig felly yn ardal y Mynyddoedd Duon. Yn eu plith roedd hynafiaid Rhisiart Siencyn. Roedden nhw wedi ymgartrefu ym Mhen-y-lan ar Fynydd Merddin. Er yr enwau Cymraeg, mae Mynydd Merddin yn Lloegr ond cadwai'r teulu gysylltiad clòs â chyfeillion dros y ffin yng Nghymru.

Amser cinio ar ddiwrnod gwyntog ac oer ym mis Ionawr oedd hi.

'Mali,' meddai Rhisiart wrth ei wraig, 'rydw i am fynd drosodd i weld Hywel Nant y Carnau wedyn.'

'Taw wir,' meddai hithau. 'I beth yr ei di mor

bell ar y fath dywydd? Edrych – does dim golwg rhy dda arni ac mae niwl ar y Clawdd. Gorffen dy datws llaeth ac anghofia am fynd i Nant Hodni heddiw, bendith tad i ti.'

'Mali fach, paid â mynd i gwrdd â gofidiau. Mae gan Hywel lyfr ar hanes abaty Llanddewi ac mae wedi addo ei werthu i mi.'

'Ti a dy hanes! Aros tan y Sadwrn nesaf. Efallai y bydd y tywydd yn well erbyn hynny.'

'Na, Mali, mae'n rhaid i mi fynd heddiw neu bydd rhywun arall wedi cael ei bump ar y llyfr. Dydi cyfle fel hyn ddim yn codi'n aml. Fe fydda i'n ôl heno ac, wrth gwrs, fe af i â'r lantern gorn er mwyn cael golau ar y ffordd yn ôl. Paid â phoeni, wir. Rydw i'n mynd am y Nant a dyna ddiwedd arni.'

Ac felly fu. Gwisgodd Rhisiart gôt gynnes amdano a tharo hen sach dros ei war rhag yr oerfel, a chyn pen dim roedd yn camu'n dalog i gyfeiriad Clawdd Offa a Chymru.

Brasgamodd dros ei gaeau i gyfeiriad yr afon islaw. Afon Mynwy oedd hon ac o fewn dim roedd wedi ei chroesi ger Pont Clydach. Bellach roedd y tir yn codi eto – yn raddol i ddechrau i gyfeiriad Penrhiwiau ac yna'n serth tua chrib fynyddig y Rhiw Arw a'r ffin. Gwyddai fod olion y Clawdd a godwyd gan Offa yr holl gannoedd o flynyddoedd hynny ynghynt uwch ei ben, ond roedd y grib yn dal i wisgo cap trwchus o niwl. Ta waeth, beth oedd mymryn o niwl i rywun fel Rhisiart, a oedd yn adnabod yr ardal fel cefn ei law ...

Caeodd y niwl amdano fel wadin gwlyb ond gwyddai Rhisiart i'r dim pa ffordd i fynd a chyn bo hir roedd yn croesi gweddillion y Clawdd a'i ffos ddofn gan anelu at i lawr, i gyfeiriad Tŷ Isaf

a gweddillion abaty hardd Llanddewi Nant Hodni. Erbyn hynny roedd yn wlyb at ei groen, ond beth oedd ots – onid oedd trysor o lyfr yn ei aros gan ei ffrind Hywel yn Nant y Carnau?

'Dere at y tân Rhisiart bach! Rydw i'n siŵr dy fod di bron â sythu ar ôl croesi'r mynydd ar y fath ddiwrnod,' meddai Hywel Wyn pan welodd pwy oedd wedi curo ar y drws.

'Diolch i ti, Hywel, mae hi wedi oeri braidd yn ystod yr awr ddiwethaf,' meddai Rhisiart gan dynnu'r sach wlyb oddi ar ei war a diosg ei gôt.

O fewn dim amser, roedd dysglaid o gawl berwedig yn ei law ar ôl i Alis, gwraig Hywel, ei godi o'r crochan a ffrwtiai ferwi uwchlaw'r tân mawn.

Roedd blas da ar y cawl ond roedd blas gwell ar y sgwrs, gan fod Rhisiart a Hywel wedi gwirioni ar hanesion a thraddodiadau'r ardal ...

'Dydw i ddim eisiau tarfu ar eich sgwrs,' meddai Alis ymhen rhai oriau, 'ond mae hi'n dechrau tywyllu. Hoffech chi aros yma gyda ni heno, Rhisiart?'

'Cato pawb! Na, dim diolch Alis, roeddwn i wedi anghofio popeth am yr amser – ond mae'n rhaid i mi fynd adref. Rydw i wedi addo wrth Mali y byddaf i adref heno ac fe fydd yn poeni ei henaid os na chadwaf i at fy ngair.'

Gan ei fod ef a Hywel wedi hen daro bargen am y llyfr, lapiodd Rhisiart ef yn ofalus i'w gadw rhag glwychu a'i gadw ym mhoced tu mewn ei

gôt. Cynheuodd y gannwyll yn ei lantern gorn a chyda 'Nos da, a diolch eto am y llyfr!', cychwynnodd yn ei ôl yn llawen ar ei daith hir yn ôl am Ben-y-lan.

Erbyn hyn fodd bynnag, roedd y gwynt yn codi, ac ymhell cyn cyrraedd Tŷ Isaf roedd yn bygwth diffodd golau egwan y gannwyll yn y llusern a ddangosai'r ffordd iddo. Yn waeth na hynny, roedd y niwl bellach yn is ac yn fwy trwchus byth. Dal ymlaen i gerdded wnaeth Rhisiart fodd bynnag. Roedd yn rhaid cyrraedd adref at Mali cyn ei bod yn dechrau poeni, doed a ddelo ... Bellach roedd y tir yn codi'n serth a gwyddai ei fod yn tynnu at y grib eto. Fodd bynnag roedd y gwynt bellach fel peth byw ac yn sydyn diffoddodd y gannwyll. Roedd yn dywyll fel y fagddu a doedd dim modd ailgynnau'r lantern yn y fath ddrycin. Roedd rhaid dal i fynd am i fyny yn y niwl a'r tywyllwch!

Prin hanner dwsin o gamau gymerodd Rhisiart cyn baglu a chan fod y llethr mor serth, syrthiodd am gryn bellter gan dorri'r lantern yn chwilfriw. Cododd yn araf. O leiaf nad oedd wedi torri braich na choes ... Ond ble'r oedd y llwybr? Ai ar y dde? Ai ar y chwith? Gwyddai ei fod uwchben yn rhywle – ond ymhle yn union? Gan deimlo ei galon yn curo fel drwm, sylweddolodd Rhisiart ei fod ar goll yn y niwl a'r tywyllwch ...

Roedd yn oer, unig ac ar fin digalonni pan

welodd olau egwan. Roedd rhywun yn dod i fyny drwy'r niwl tuag ato, gan aros ar y llwybr uwchben, fel petai i aros amdano! Gan sicrhau fod y llyfr gwerthfawr yn dal yn ddiogel yn ei boced cododd Rhisiart yn ansad ar ei draed a brysio i fyny at y golau, orau medrai.

Fel y dynesai, gwelai mai dyn tal tua'r un oed ag ef, mewn dillad tywyll braidd yn hen ffasiwn oedd yn aros amdano ar y llwybr. Yng ngolau'r lantern gwelai fod ganddo graith egr ar ei dalcen – ond roedd ganddo wyneb caredig.

'Diolch o galon i chi, gyfaill' meddai Rhisiart. 'Roeddwn i'n meddwl yn siŵr y byddwn i'n gorfod aros allan drwy'r nos yn y storm yma.

Rhisiart Siencyn ydi'r enw.'

Ddywedodd y dieithryn yr un gair fodd bynnag, dim ond ailgychwyn cerdded i fyny'r llethr a Rhisiart yn gwneud ei orau i'w ddilyn. Meddyliai fod ei ymddygaid braidd yn od ond wedyn, efallai mai eisiau cyrraedd gartref cyn ei bod yn berfeddion yr oedd yntau hefyd.

Brysiodd Siencyn yn ei flaen gan geisio dal y dyn tawel i weld tybed a fedrai gerdded wrth ei ochr a thynnu sgwrs. Ond y peth od oedd, dim ots pa mor galed y cerddai, roedd y dieithryn yn dal rai llathenni o'i flaen. Ta waeth, roedd yn ôl ar y llwybr ac yn mynd i gyfeiriad Clawdd Offa eto, diolch byth.

Ar ôl cerdded caled am beth amser teimlai Siencyn y tir yn lefelu dan ei draed a gwyddai ei fod ar y grib unwaith eto. Er hyn, doedd dim posib dal y dieithryn a oedd bellach yn brasgamu yn nannedd y gwynt am y Clawdd ac i gyfeiriad y Rhiw Arw. Roedd yn well iddo wneud siâp arni neu byddai'r niwl wedi cau amdano eto.

I lawr y Rhiw Arw â nhw ar garlam, ond er hynny ceisiodd Siencyn dynnu sgwrs unwaith eto ...

'Syr! Rydw i'n byw yr ochr yma i'r Clawdd, ar Fynydd Merddin ond dydw i ddim yn eich adnabod. A gaf i o leia wybod eich enw?'

Ond ddywedodd y gŵr dieithr yr un gair eto, dim ond pydru mynd o flaen Rhisiart nes bod ei lantern yn bygwth pylu'n ddim yn y niwl rhyngddyn nhw.

'Arhoswch amdana i!' bloeddiodd Rhisiart a phlymio ar ei ôl i'r niwl, gan obeithio na fyddai'n disgyn eto.

Yn sydyn, sylweddolodd ei fod yn gallu gweld goleuadau oddi tano. Roedd allan o'r niwl ac er ei bod yn dal yn dywyll, gallai weld yn union pa ffordd y dylai fynd i gyrraedd adref yn ddiogel dros afon Mynwy ac yn ôl i Ben-y-lan.

Trodd i weld ble'r oedd y gŵr dieithr â'r lantern er mwyn diolch iddo, ond doedd dim golwg ohono.

'Ble'r aeth y gŵr dieithr, tybed?' meddai Rhisiart wrtho'i hun. 'Efallai ei fod wedi mynd i gyfeiriad Cwm Olchon ond peth rhyfedd na fyddwn i'n medru gweld ei olau yn mynd am yno hefyd. Ta waeth, diolch amdano, mi fydda i gartref mewn tua hanner awr nawr.'

Cafodd Rhisiart groeso mawr gan Mali y noson honno, er iddi gwyno digon ar ôl hynny ei fod yn treulio llawer gormod o amser a'i drwyn yn ei lyfr newydd yn lle gweithio!

O dro i dro, meddyliai Rhisiart am y ddihangfa glòs a gawsai ar y mynydd, ac mor hawdd fyddai iddo fod wedi rhewi'n gelain y noson honno oni bai am y dieithryn a'i lantern. Holodd sawl un o'i gymdogion pwy oedd y gŵr tal ond wyddai neb ddim o'i hanes, fwy nag y gwyddai pobl Cwm Olchon, er mai i'r cyfeiriad hwnnw y tybiai i'r dieithryn tawel fynd.

Chafodd ddim ateb i'r dirgelwch tan y mis Mai canlynol pan ddychwelodd i ochrau Llanddewi Nant Hodni a galw heibio Hywel Nant y Carnau.

'Dywed eto sut ddyn oedd y dieithryn, Rhisiart,' meddai hwnnw.

'Dyn tal, at fy oed i, mewn dillad tywyll, braidd yn hen ffasiwn.'

'Ie, ie ond disgrifia'r graith ar ei dalcen.'

'Wel roedd honno'n graith egr iawn, yn ôl be gofiaf i, er bod ganddo wyneb caredig. Ond ches i ddim amser i fanylu gormod – fe aeth fel gafr ar daranau o 'mlaen i wedyn ac wrth gwrs, welais i ddim golwg ohono fo ar ôl dod allan o'r niwl.

'Eistedd i lawr, Rhisiart.'

'Pam?'

'Wyddost ti pwy oedd dy dywysydd di ar y mynydd?'

'Na wn i.'

'Ednyfed ap Caradog.'

Ond mae hynny'n amhosib – fe fu hwnnw farw flynyddoedd yn ôl.'

Efallai'n wir – ond roedd ganddo graith ar ei dalcen ar ôl cael cic gan un o geffylau Dôl Alis pan yn blentyn ac fe fu farw ar y mynydd un noson oer wrth geisio croesi drosodd i Gwm Olchon.'

Aeth ias oer i lawr cefn Rhisiart wrth wrando ar eiriau nesaf Hywel.

'Ymhle'n union ddiflannodd y tywysydd?'

'Ar y Rhiw Arw.'

'Dyna'r union fan lle cawson nhw hyd i gorff Ednyfed druan wedi rhewi i farwolaeth. Ysbryd dyn fu farw hanner canrif yn ôl wnaeth dy dywys di o'r niwl, Rhisiart Siencyn ...!'

NIA BEN AUR

Tywysog yn Iwerddon oedd Osian. Un diwrnod, ddechrau'r haf ganrifoedd lawer yn ôl, roedd yn hela gyda'i dad a nifer o gyfeillion pan arhosodd i edmygu'r olygfa, a oedd yn drawiadol iawn. Roedd Osian yn fardd, a gwelai gyfle i sgrifennu cerdd arbennig o dda am yr hyn a welai yn awr. O'i flaen roedd cwm yn llawn o niwl y bore a'r haul yn ei brysur chwalu. Wrth iddo syllu ar harddwch yr olygfa, clywodd sŵn carnau a gwelodd Osian ferch ifanc ar gefn ceffyl gwyn, hardd yn marchogaeth o'r niwl tuag ato.

Syfrdanwyd y bardd gan dlysni'r ferch. Welodd erioed neb tebyg iddi o'r blaen. Gwisgai goron aur am ei phen ac roedd ei dillad a ffrwyn ei cheffyl yn disgleirio gan emau gwerthfawr. Roedd hyd yn oed bedolau'r ceffyl yn aur pur. Y peth mwyaf syfrdanol amdani fodd bynnag oedd ei gwallt melyn a syrthiai'n donnau i lawr ei chefn. Hi oedd y ferch dlysaf welodd Osian erioed.

Teimlai ei galon yn curo fel gordd wrth i'r ferch ddod tuag ato a siarad gydag ef a'i dad.

'Nia Ben Aur ydw i, merch Brenin Tir na n-Og, gwlad lle mae pawb yn aros yn ifanc am byth. Rydw i'n dy garu di, Osian, ac wedi croesi'r moroedd i ofyn a ddoi di'n ôl gyda mi i dir fy nhad.'

Roedd Osian yn rhy syfrdan i ddweud yr un gair, ond siaradodd ei dad ar ei ran.

'Rydw i weld clywed am Dir na n-Og, ond sut le sydd yno?'

'Mae hi'r wlad hyfrytaf ar wyneb y ddaear. Mae'r coed yn drwm gan ffrwythau gydol y flwyddyn ac mae blodau ym mhob twll a chornel ohoni. Fe glywir sŵn gwenyn yn casglu mêl ym mhobman. Does neb byth yn sâl yno ac felly, wrth gwrs, does neb byth yn marw. Os y doi di yno gyda mi, Osian, fe gei di fod yn dywysog Tir na n-Og.'

Roedd llais Nia Ben Aur fel mêl bro ei mebyd, a phan wnaeth arwydd arno i fynd ar gefn y ceffyl gyda hi, gwnaeth Osian hynny heb feddwl dwywaith.

'Aros, Osian – wyt ti'n siŵr dy fod yn gwneud y peth iawn?' gofynnodd ei dad. Ond erbyn hynny roedd yn rhy hwyr ac Osian a Nia wedi hen ddiflannu ar gefn y ceffyl gwyn.

Carlamodd y march hud dros gae a chors, mynydd a bryn, a chyn bo hir doedd dim ond y môr o'u blaenau. Cipiodd cyflymder y ceffyl wynt Osian ond er hyn, doedd arno ddim mymryn o ofn oherwydd gwyddai ei fod yn ddiogel gyda Nia.

Roedd yn hollol gywir, wrth gwrs. Wnaeth y ceffyl ddim hyd yn oed arafu ar ôl cyrraedd y traeth, dim ond mynd yn ei flaen am y tonnau. Pranciodd yn ysgafn ar frig pob ton gan chwalu'r ewyn gwyn gyda'i bedolau aur. Carlamodd

ymhell allan i'r môr ac ar y gorwel gwelodd
Osian fod tir yn dod i'r golwg. Tir na n-Og oedd
hwn ac roedd yn hollol wahanol i unman a
welodd Osian cyn hyn. Roedd bryniau, cestyll
a threfi yn ei fro ei hun, ond roedd yn
ymwybodol fod y rhain i gyd yn fil gwaith
harddach. Roedd hyd yn oed y gwair yn lasach
yn Nhir na n-Og.

Doedd yr holl harddwch a welsai Osian hyd
yn hyn, fodd bynnag, yn ddim o'i gymharu â'r
olygfa oedd yn ei ddisgwyl pan garlamodd y
march hud i olwg y brifddinas, cartref Nia.
Codwyd hi o farmor ac ym mhobman fflachiai

aur ac arian – oddi ar doeau, oddi ar ffenestri ac
oddi ar waliau. Roedd y gerddi'n llawn blodau
na welodd Osian mo'u tebyg erioed, a thrydar
adar a suo gwenyn i'w clywed ym mhobman.

'A dyma Dir na n-Og, ie?' holodd Osian,
wedi ei ryfeddu.

'Ie,' meddai Nia gan droi pen y ceffyl i
gyfeiriad mynedfa'r castell harddaf a welodd
Osian erioed. Disgleiriai fel darn o'r haul a
doedd dim rhyfedd, oherwydd roedd pob
modfedd ohono wedi ei orchuddio ag aur pur.
Chwifiai baneri sidan yn seithliw'r enfys i lawr
y muriau. Hwn oedd cartref Nia Ben Aur.

Croesodd y ceffyl gwyn bont arian dros yr afon a amgylchynai'r castell. Nofiai elyrch duon a gwynion arni. Aethon nhw drwy ddrws a oedd wedi ei orchuddio ag aur a gemau. Dychrynodd Osian am ei fywyd o weld beth oedd yr ochr arall iddo. Yno yn ei wynebu roedd dau gant o filwyr arfog: cant ar geffylau claerwyn a chant ar geffylau du fel glo. Doedd dim angen poeni, fodd bynnag, oherwydd roedd gwên ar wyneb pob un. Milwyr personol y brenin oedd y rhain a daeth y brenin ymlaen i groesawu Osian.

'Croeso i Dir na n-Og, Osian. Rydan ni bob amser yn rhoi croeso mawr i feirdd i'n gwlad. Mae hon yn wlad arbennig iawn, fel y clywaist ti gan Nia. Does neb yn heneiddio na marw yma. Dydi amser ddim yn cyfri yma. Mae pob diwrnod yn un hapus a phawb yn byw am byth. Dydi'r cnydau byth yn methu a tydi hi ddim ond yn bwrw glaw fel bo'r angen. Pam na wnei di briodi Nia a byw yma o hyn ymlaen? Fe gei di ddigon o destunau cerddi yma yn Nhir na n-Og! Tyrd oddi ar y march hud – unwaith y bydd dy draed yn cyffwrdd y ddaear, fe fyddi di'n dywysog yma yn fy ngwlad.'

Ac felly y bu. Neidiodd Osian i lawr oddi ar gefn y march hud a chyn gynted ag y cyffyrddodd ei draed ddaear Tir na n-Og, gwelwyd newid ynddo. Trodd ei groen i fod yr un lliw ag un Nia Ben Aur. Ymddangosai'n ieuengach wrth i'w groen lyfnhau. Goleuodd ei wallt ac aeth ei ysgwyddau'n lletach.

Y pnawn hwnnw priodwyd Osian a Nia a chynhaliwyd gwledd anferth i'w hanrhydeddu. Gosodwyd platiau a chwpanau aur ar y byrddau. Diddanwyd pawb gan delynorion gyda thelynau arian a beirdd oedd yn clodfori'r pâr ifanc.

Hwn oedd diwrnod hapusaf bywyd Osian a doedd dim rhyfedd oherwydd roedd wedi syrthio mewn cariad dros ei ben a'i glustiau â Nia Ben Aur.

Roedd Osian uwchben ei ddigon yn Nhir na n-Og. Roedd y wlad yn baradwys ac ar adegau roedd yn ofni mai breuddwyd oedd y cyfan ac y byddai'n diflannu wrth iddo ddeffro. Doedd ond eisiau iddo deimlo hiraeth am rywbeth o fro ei febyd a byddai'n digwydd, boed yn wledd, yn helfa, neu rasio ceffylau. Dim ots beth a ddymunai, roedd i'w gael yma – ac ar ben hynny roedd popeth, boed bysgota neu wledda, rasio neu nofio, yn well o lawer. Roedd y tywydd bob amser yn braf a'r awyr bob amser yn las. Doedd dim diwrnod yn mynd heibio nad oedd Osian yn synnu at rywbeth newydd yn y wlad ryfeddol hon.

Eto, yn y nos, pan oedd yn cysgu, teimlai Osian ysfa i ddychwelyd i Iwerddon. Er mor berffaith oedd bywyd yma, byddai'n braf gweld ei gyfeillion eto a chael mynd gyda nhw i bysgota neu hela. Lawer tro, gwelodd Nia ef yn cerdded o gwmpas y llofft rhwng cwsg ac effro. Ar yr adegau hynny, gwyddai fod hiraeth mawr ar ei gŵr. Ar adegau o'r fath hefyd byddai'n trefnu eu bod yn mynd i hela ben bore trannoeth.

'Osian, dydyn ni heb fod yn hela ers tipyn bellach. Beth am fynd heddiw?'

'Ie – bydd yn hwyl carlamu ar draws gwlad ar ôl baedd gwyllt ffyrnig.'

'Tyrd 'te, fe fwytawn ni'n awr a mynd yn syth.'

Digwyddai hyn yn aml a threuliai Osian ei amser yn hela, pysgota a barddoni. Roedd yn arbennig o hoff o hela a chlywid ei gorn hela aur yn seinio ym mryniau Tir na n-Og yn gyson.

Un diwrnod bu'n erlid baedd gwyn am filltiroedd, gan ruthro ar ei ôl ar hyd cymoedd a thros fryniau. Heb sylweddoli hynny, roedd wedi gadael Nia a'i gyfeillion ymhell ar ôl. Carlamodd ymlaen ac ymlaen nes colli'r baedd a sylweddoli ei fod wedi cyrraedd ymylon gwlad hollol wahanol i Dir na n-Og. Roedd hon yn llwm a llwyd, heb ddim o lesni a lliw bywiog Tir na n-Og yn perthyn iddi – ac eto, roedd rhywbeth yn gyfarwydd am y tir hwn. Roedd yn debyg iawn i fro ei febyd. Sylweddolodd Osian fod yn rhaid iddo fynd yn ôl i Iwerddon i weld ei ffrindiau a'i deulu eto. Fodd bynnag, doedd ddim eisiau mynd yn ôl heb ddweud wrth Nia yn gyntaf, felly trodd yn ôl am y castell hardd lle'r oedd yn byw.

'Nia,' meddai ar ôl cyrraedd y castell, 'fe hoffwn i fynd yn ôl i Iwerddon am ychydig.'

'Pam, dwyt ti ddim yn hapus yma efo fi?'

'Wrth gwrs fy mod i – rydw i'n hapus tu hwnt – ond rydw i eisiau gweld fy nheulu a'm ffrindiau weithiau hefyd.'

'Iawn, fe gei di ddychwelyd am ychydig, ond ar un amod, ac mae'n amod pwysig iawn. Fe gei di fenthyg y ceffyl gwyn ddaeth â thi yma ond rhaid i ti addo na wnei di gyffwrdd blaen troed ar dir Iwerddon.'

'Pam? Mae hynna'n swnio'n rhyfedd iawn i mi.'

'Os wnei di, weli di byth mohona i na Thir na n-Og eto. Wnei di addo i mi?'

'Iawn, fe wna i hynny er mwyn cael gweld fy nheulu a'm ffrindiau eto. Er y bydd hynny'n ymddangos yn rhyfedd iddyn nhw efallai, fe arhosa i ar gefn y march hud drwy'r amser er mwyn i mi gael dod yn ôl yma atat ti.'

Anfonwyd am y ceffyl gwyn, llamodd Osian ar ei gefn ac i ffwrdd ag ef. Roedd golwg drist iawn ar Nia wrth ffarwelio, er i Osian ddweud y byddai'n ei ôl ymhen tridiau.

Unwaith yn rhagor, carlamodd y march hud dros donnau'r môr gan chwalu'r ewyn â'i garnau. Ni fu'n hir cyn i Osian weld bryniau Iwerddon ar y gorwel a glaniodd y ceffyl ar dir sych dim ond ychydig filltiroedd o'r lle y cychwynnodd ar ei antur fawr. Roedd yn ôl yn Iwerddon!

Dechreuodd chwilio'r coedwigoedd am unrhyw arwydd o'i gyfeillion yn hela. Er clustfeinio ni chlywodd smic o'u corn hela enwog. Lle'r oedden nhw tybed?

Wrth fynd yn ei flaen gwelodd adeiladau hynod. Roeddent wedi eu codi o gerrig ac yn uchel a chryf. Welodd erioed mo'u tebyg. Doedden nhw ddim yno pan adawodd rai blynyddoedd ynghynt. Roedd yr holl beth yn ei synnu.

Penderfynodd fynd draw i gartref Finn, ei gyfaill pennaf, a throdd ben y ceffyl gwyn tua'r gaer enwog. Ar y ffordd gwelodd bobl y wlad yn cerdded ac yn gweithio yn y caeau. Synnodd mor fach a gwantan yr olwg oedden nhw. Doedden nhw mo'r un bobl, rywsut, i'r rhai oedd yma flwyddyn neu ddwy ynghynt, cyn

iddo fynd i Dir na n-Og.

O'r diwedd, cyrhaeddodd gaer Finn ... a dychryn am ei fywyd. Roedd y llys hardd a safai yno yn rwbel. Cofiodd fel y byddai ef a'i gyfeillion yn gwledda yno ar ôl diwrnodau caled o hela. Bellach doedd dim ond chwyn a danadl poethion lle'r arferai byrddau wegian dan bwysau bwyd a diod. Lle'r oedd pawb? Beth oedd wedi digwydd? Gwyddai nad oedd gan Finn elyn yn y byd a feiddiai ymosod arno. Tybed a oedd wedi symud i lys mwy yn rhywle arall? Roedd y distawrwydd yn llethol a sbardunodd Osian y march gwyn a gadael yr olygfa drist.

Trodd tua'r traeth a gweld chwarel a dynion yn gweithio ynddi. Byddai'r rheini'n sicr o wybod hanes ei ffrindiau, felly aeth atynt. Wrth ddynesu gwelodd eu bod yn ceisio'n ofer i godi carreg fawr. Unwaith eto, synnodd at eu gwendid. Flwyddyn neu ddwy ynghynt, byddai'r dynion lleol wedi codi carreg o'r fath yn hawdd. Beth oedd wedi digwydd i bawb?'

'Bore da!'

'Sut? Beth oedd hynna? Beth ydach chi'n ddweud?' Doedd y gweithwyr ddim yn ei ddeall! Erbyn meddwl, roedd Osian yn cael trafferth i'w deall hwythau hefyd. Roedd yr iaith yn wahanol, rywsut. Gyda llawer o drafferth cafodd ryw fath o sgwrs gyda hwy.

'Osian ydw i. Rydw i wedi bod yn Nhir na n-

Og am flwyddyn neu ddwy ac wedi dychwelyd i chwilio am Finn a'm cyfeillion. Wyddoch chi ble maen nhw?'

'Osian a Finn ddywedoch chi? Ond maen nhw wedi hen ddiflannu o'r tir. Fe glywais i hanes bod dyn o'r enw Osian wedi mynd i Dir na n-Og tua thri chan mlynedd yn ôl.'

Prin y medrai Osian gredu ei glustiau. Mae'n rhaid eu bod wedi camddeall. Penderfynodd gynorthwyo'r trueiniaid gwan yma i godi'r garreg cyn mynd yn ei flaen. Plygodd i lawr yn ei gyfrwy a'i chodi'n hawdd. Roedd yn drwm iawn, fodd bynnag, a chyda chlec, torrodd y gengl – y gwregys oedd yn dal y cyfrwy ar gefn y march hud. Syrthiodd Osian ar lawr a gwelodd y gweithwyr newid arswydus ynddo. Yn y fan a'r

lle, trodd y dyn ifanc cryf ac iach a gododd y garreg mor hawdd yn hen ŵr musgrell. Roedd ei wallt prin yn wyn fel eira. Dyna'i freichiau nerthol wedyn – roedd y rheini bellach yn denau fel rhai sgerbwd ac yn rhy wan i'w codi. Roedd y march gwyn gyda'r pedolau aur wedi mynd, gan adael dim ond mymryn o darth i ddiflannu yng ngwres y bore.

Wrth gyffwrdd yn ddamweiniol â thir Iwerddon, roedd yr holl ganrifoedd maith a dreuliodd Osian yn Nhir na n-Og wedi ei ddal. O fewn eiliadau roedd yn llwch ac ni châi ddychwelyd i'r wlad lle'r oedd pawb yn byw am byth.

Y BRENIN ARTHUR

Ydych chi'n adnabod brenin? Na finnau chwaith. Maen nhw'n tueddu i fod yn greaduriaid eithaf prin y dyddiau hyn. Ers talwm, roedd llawer ohonyn nhw. Byddai gan bob gwlad frenin, ond y mwyaf ohonyn nhw i gyd oedd y Brenin Arthur.

Mae llawer o straeon am Arthur, ond sut y daeth Arthur yn frenin yn y lle cyntaf, meddech chi?

Roedd Uthr yn frenin Prydain a Myrddin y dewin yn ei gynorthwyo. Roedd yntau ac Uthr yn ffrindiau mawr, a'r brenin yn falch iawn o gael ei gyngor doeth.

Yr adeg honno, roedd Ynysoedd Prydain yn lle peryglus iawn a llawer o ymladd rhwng y Cymry a'r Saeson. Roedd y Saeson newydd gyrraedd o'r cyfandir ac yn benderfynol o ddwyn tiroedd y Cymry, ac Uthr yn fwy penderfynol fyth nad oedden nhw'n mynd i lwyddo. Golygai hyn ei fod ef a Myrddin yn crwydro o un pen i'r wlad i'r llall yn ceisio amddiffyn y bobl rhag ymosodiadau. Teithiai'r ddau ddydd a nos pan oedd rhaid ac felly'r oedd hi un noson, gefn trymedd gaeaf.

'Does dim golwg fod y brwydro ofnadwy yma'n dod i ben, Myrddin.'

'Nag oes, ddim eto. Ond yn union fel y daw'r gwanwyn ar ôl y gaeaf, fe ddaw tro ar fyd. Fe wn i hynny. Disgwyl yr arwydd yr ydw i.'

'Maen nhw'n dweud bod arwyddion i'w gweld yn yr awyr weithiau cyn digwyddiad o bwys, tydyn?' nododd Uthr.

'Ydyn yn wir, ac y mae heno'n noson berffaith gan ei bod mor serog a chlir.'

'Ydi, ac yn ddeifiol o oer! Mae'n hen bryd i ni gael cyfnod o heddwch er mwyn i bawb gael eistedd yn ei gartref ei hun yn ddiogel.'

Ar y gair, dyma seren gynffon yn gwibio ar

draws yr awyr. Nid seren gynffon gyffredin mo hon, yn goleuo am eiliad neu ddwy a diflannu am byth. Na, roedd hon yn un arbennig iawn.

'Yr arwydd! Dyma'r arwydd!' meddai Myrddin yn gynhyrfus. 'Edrych, Uthr, fel y mae'r gynffon yn dechrau lledu ar draws yr awyr. Mae'n debyg iawn i ben draig anferth.'

'Ie, dyna ydi hi, draig anferth, ac yli, mae dau belydryn o olau yn dod o'i cheg hi, un yn cyfeirio tuag at Iwerddon a'r llall tuag at Ffrainc. Beth ydi ystyr yr arwydd?'

'Wel, dy arwydd di ydi'r ddraig. Mae'n anifail cryf a ffyrnig, yn union fel yr wyt ti wrth amddiffyn y wlad.'

'Ond beth am y ddau belydryn?'

'Wel Uthr, rwyt ti'n mynd i gael mab sy'n gryfach fyth ac fe fydd yn rheoli'r wlad i gyd, o Fôr Iwerddon at y culfor rhyngon ni a Ffrainc. Chaiff y gelyn ddim cipio modfedd o'n tir ni pan fydd o'n frenin.'

'Ond does gen i ddim gwraig, heb sôn am fab eto,' meddai Uthr.

'Wel, mae'n bryd i ti wneud rhyw siâp ar gael un felly, tydi!' chwarddodd Myrddin.

'Ie, efallai dy fod yn iawn. Fe newidia i fy enw i Uthr Pendragon ar ôl heno ac efallai y bydd y merched yn hoffi'r enw. Mae'n swnio'n eitha da, tydi?'

'Mae'n enw gwych, Uthr – ond tyrd yn dy flaen, mae gen ti frwydr i'w hennill yn y bore. Fe gei di chwilio am wraig yn y pnawn os bydd amser!'

Wel, fe enillodd Uthr Pendragon y frwydr honno a sawl un arall hefyd cyn cael gwraig, ond fe briododd yn y diwedd. Enw ei wraig oedd Ygerna. Roedden nhw'n byw yng nghastell Tintagel yng Nghernyw ac yno y ganed mab iddyn nhw. Rhoddwyd yr enw Arthur ar y bychan.

Er bod y castell yn un cadarn iawn, yn sefyll ar ben craig uchel uwchben y môr, ofnai Uthr i'w elynion dorri i mewn iddo a lladd Arthur. Roedd yn benderfynol fod geiriau Myrddin am ei fab yn mynd i ddod yn wir, ond i wneud hynny roedd yn rhaid i'r bychan fyw.

Roedd gwraig Ector, un o filwyr dewraf Uthr, wedi cael mab bach yr un adeg ag Ygerna. Penderfynodd Uthr anfon ei fab atyn nhw i gael ei fagu fel eu plentyn nhw. O wneud hynny, fyddai neb ddim callach pwy oedd Arthur a byddai'n ddiogel.

Gwnaed hynny heb lol na ffwdan a thybiodd pawb fod Ector a'i wraig wedi cael efeilliaid – Arthur a Cai. Yn ffodus, edrychai'r ddau yn eithaf tebyg i'w gilydd. Doedd Arthur hyd yn oed ddim callach a meddyliai mai Ector oedd ei dad. Roedd hynny'n llawer mwy diogel wrth gwrs, rhag ofn iddo ddweud rhywbeth a fyddai'n ei beryglu.

Yn y cyfamser, daliodd Uthr i ymladd yn llwyddiannus iawn yn erbyn y Saeson. Roedd mor llwyddiannus yn wir nes iddyn nhw benderfynu bod yn rhaid ei lofruddio, neu chaen nhw byth mo'r llaw uchaf ar y Cymry. Anfonwyd ysbïwr i gastell Tintagel a sylwodd hwnnw fod y brenin yn yfed o ffynnon ger y castell bob dydd. Un diwrnod, rhoddodd wenwyn yn y dŵr a lladd Uthr. Diwrnod du iawn oedd hwnnw i'r Cymry.

'Mae ar ben arnon ni bellach.'

'Ydi wir. Heb Uthr i'n harwain fedrwn ni byth drechu'r gelyn.'

'Hen dro nad oes ganddo fab i'w ddilyn fel brenin. Yn fab i'r Pendragon, byddai hwnnw'n siŵr o fod yn arweinydd o fri.'

'Ie, wel, nid felly oedd hi i fod, mae'n rhaid. Amser a ddengys beth wnaiff ddigwydd.'

Wyddai neb ond Ector a'i wraig am fodolaeth Arthur, a oedd bellach yn bymtheg oed. Roedd Arthur yn drist o fod wedi colli ei frenin. Wyddai o ddim ei fod hefyd wedi colli ei dad.

Roedd cael gwlad heb frenin yn beth peryglus iawn. Roedd yn rhaid cael brenin ar unwaith i arwain y bobl yn erbyn y Saeson neu bydden nhw wedi mynd o dan y don. Gwyddai Myrddin pwy ddylai fod yn frenin, wrth gwrs, ond roedd yn bwysig profi hynny i bawb arall, felly galwodd y dewin holl arglwyddi a phobl bwysig y wlad ynghyd i Lundain dros y Nadolig. Addawodd y byddai arwydd pendant yr adeg honno i brofi pwy ddylai fod yn olynydd i Uthr, druan. Daeth cannoedd ynghyd, oherwydd roedd sawl un â'i fryd ar fod yn frenin. Yn eu plith roedd Ector, ac aeth â Cai ac Arthur gydag ef.

Roedd Arthur wedi rhyfeddu gweld Llundain. Ni fu erioed mewn dinas mor fawr, a phan aeth Ector a Cai i'r seremoni groesawu, aeth yntau i grwydro. Welodd erioed gymaint o ryfeddodau yn yr un lle o'r blaen. Bu mewn sawl amgueddfa. Synnodd at y siopau ac edmygodd Sgwâr Buddug, y ferch a ymladdodd mor ddewr yn erbyn y Rhufeiniaid. O ganlyniad, chlywodd mo araith Myrddin y dewin.

'Croeso i chi, gyfeillion! Croeso mawr! Yn Llundain heddiw mae ein brenin nesaf ni, olynydd Uthr Pendragon. Fe gawn ni arwydd pendant mai ef ydi'r brenin. Draw acw mae carreg anferthol gyda chleddyf wedi ei gosod ynddi.'

Trodd pawb ac edrych i'r cyfeiriad a ddangosodd Myrddin, ac aeth ymlaen i siarad.

'Caiff pob un ohonoch gyfle i geisio tynnu'r cleddyf o'r garreg, ond dim ond un fedr wneud hynny, sef ein brenin nesaf.'

'Ond mae hynny'n mynd i gymryd dyddiau,' meddai rhywun o'r dyrfa.

'Ydi, ond y mae'n deg â phawb, a ph'run

bynnag, rydw i wedi trefnu twrnameint i'ch cadw'n brysur a diddan. Bydd gwobr sylweddol i'r ymladdwr gorau yn y twrnameint, felly pob hwyl ar y tynnu – a'r ymladd.'

Math o ymladd gyda gwawyffyn a chleddyfau ar gefn ceffylau oedd twrnameint, ond nid oedd yn ymladd go iawn chwaith. Sioe ydoedd yn fwy na dim, cyfle i ddangos eich gallu fel marchog heb i neb gael ei ladd na'i frifo'n rhy ddrwg.

Roedd Cai wrth ei fodd. Pwy a ŵyr, efallai y byddai'n ddigon cryf i dynnu'r cleddyf o'r garreg a bod yn frenin nesaf Prydain. Dyna fyddai camp!

Rhuthrodd Cai i flaen y rhes a ddisgwyliai orchymyn Myrddin i geisio cael y cleddyf yn rhydd.

'Gyfeillion! Fe gaiff pawb geisio rhyddhau'r cleddyf. Cymerwch eich amser. Cewch dynnu am faint fynnoch chi a dod yn ôl i geisio eto, os hoffech chi – er y tybia i y bydd y brenin iawn yn llwyddo ar ei gyfle cyntaf. Cai, ti sydd gyntaf, rydw i'n gweld. Tyrd yma, 'ngwas i.'

Aeth Cai at y garreg, gafael yng ngharn y cleddyf a rhoi plwc. Er mawr siom iddo, ni symudodd y cleddyf. Rhoddodd ei droed yn erbyn y garreg a thynnu'n galetach. Dim lwc. Gafaelodd yn y carn â'i ddwy law, rhoi ei ddwy droed yn erbyn y garreg a thynnu â'i holl nerth. Tynnodd a thynnodd nes bod ei wyneb yn fflamgoch ond roedd y cwbl yn ofer. Roedd y cleddyf mor sownd ag erioed yn y garreg. Aeth Cai oddi yno a'i gynffon yn ei afl, gan feddwl bod yn rhaid i frenin nesaf Prydain fod yn eithriadol o gryf.

I anghofio ei siom, aeth Cai draw at y maes lle cynhelid y twrnameint. Yno, roedd pob un a ddymunai ymladd yn cael rhif i benderfynu pryd ac yn erbyn pwy yr ymladdai. Tynnodd Cai ei rif a cherdded draw at y stafelloedd newid i wisgo ei siwt ddur yn barod.

Ar ganol newid, sylweddolodd ei fod wedi anghofio ei gleddyf. Gwyddai o'r rhif ei fod ymhlith y rhai cyntaf i roi cynnig arni, ond heb gleddyf ni fedrai ymladd a châi golli ei le yn y twrnameint. Ni fedrai ddioddef meddwl am y fath beth felly rhuthrodd o'r stafell i weld a oedd rhywun a fedrai ei gynorthwyo. Pwy oedd yn dod i'w gyfarfod ond Arthur.

'Arthur bach! Rydw i mor falch o dy weld di! Wnei di fy helpu i?'

'Gwnaf siŵr, os medra i. Beth sydd?'

'Mae gen i gof fel gogor. Rydw i i fod i ymladd yn y twrnameint mewn ychydig ond rydw i wedi anghofio fy nghleddyf.'

'Wel, y lembo! Ond dim ots, fe ges i rif uchel, felly fe af i i'r llety i nôl dy gleddyf di a gorffen dithau newid.'

Diolchodd Cai iddo, neidiodd Arthur ar gefn ei geffyl a charlamu tua'r llety. Ar y ffordd, aeth heibio i'r garreg lle'r oedd y cleddyf. Doedd neb wrh law gan fod pawb wedi rhoi'r ffidil yn y to am y diwrnod hwnnw.

Wyddai Arthur ddim byd am y bustachu oedd wedi bod wrth y garreg, wrth gwrs. Yr unig beth a welai ef oedd cleddyf cyfleus mewn carreg – un a wnâi'r tro i'r dim i Cai, gan arbed amser a thaith ar draws Llundain iddo.

Llamodd Arthur o'r cyfrwy a gafael yn y cleddyf. Daeth o'r garreg mor rhwydd â phetai mewn gwain, a heb sylweddoli pwysigrwydd yr hyn yr oedd newydd ei wneud, rhuthrodd Arthur yn ôl tua'r twrnameint. Rhedodd i stafell newid Cai a'i wynt – a'r cleddyf hud – yn ei ddwrn.

'Hwda, Cai! Roedd rhywun wedi gadael hwn mewn carreg ar y ffordd i'r gwesty – tydi pobol Llundain yn flêr, dywed? Fe fedrai unrhyw un fod wedi ei gymryd. Fe wnaiff y tro i ti am y pnawn yma.'

'Diolch, Arthur,' meddai Cai, ond prin y medrai gael y geiriau o'i geg, roedd wedi ei synnu cymaint. Hwn oedd y cleddyf y bu'n tynnu mor galed wrth geisio ei ryddhau. Bellach roedd yn gafael ynddo ac nid oedd Arthur, yn amlwg, yn gwybod am ei bwysigrwydd.

Ni chymerodd Cai arno ddim byd, dim ond mynd i ymladd yn y twrnameint. A dyna beth oedd cynnwrf! Pan welodd y dyrfa y cleddyf, aeth ebwch mawr drwy'r holl le.

'Ylwch beth sydd gan Cai!'

'Y cleddyf yn y garreg, myn coblyn i!'

'Ond fe glywais i ei fod wedi methu ei dynnu yn rhydd y pnawn yma!'

'Wel, mae'n rhydd yn awr!'

'Cai ydi'n brenin nesaf ni felly.'

Dechreuodd y bobl foesymgrymu o'i flaen ac ambell un hyd yn oed yn penlinio. Roedd Cai wrth ei fodd, yn enwedig pan glywodd un neu ddau yn ei gyfarch fel 'Eich Mawrhydi'. Gwelodd Ector hyn ac aeth at Cai.

'Lle cefais ti'r cleddyf yna, Cai?'

'O'r garreg, wrth gwrs.'

'Ie, ie, ond sut?'

'Wel ei dynnu'n rhydd, siŵr iawn!'

'Ie, ond pwy wnaeth, Cai?'

'Y, wel ... y ... y, fi!'

'Wyt ti'n siŵr o hynny?'

'Ym ... na, Arthur wnaeth,' cyfaddefodd Cai yn y pen draw. 'Roeddwn i wedi anghofio fy nghleddyf ac aeth Arthur i'w nôl. Ar y ffordd fe welodd o hwn a'i dynnu'n rhydd.'

'Wel, wel, pwy fuasai'n meddwl – ac eto, mae o'n fab i Uthr wedi'r cwbl.'

'Arthur, yn fab i'r brenin?' meddai Cai mewn syndod. 'Mae Arthur yn fab i Uthr?'

'Ydi,' meddai Ector, 'a fo, yn naturiol, fyddai'r un i dynnu'r cleddyf o'r garreg. Ac yn awr, mae'n rhaid dweud hynny wrth bawb sydd yma.'

Gwnaeth Ector hynny ond ni chredai neb mohono. Roedden nhw'n meddwl ei fod yn ceisio'u gorfodi i dderbyn un o'i feibion yn frenin arnyn nhw. Yn y diwedd, bu'n rhaid i Myrddin setlo'r mater.

'Gyfeillion, does ond un ffordd o dorri'r ddadl. Bydd yn rhaid rhoi'r cleddyf yn ôl yn y garreg a gadael i bawb, gan gynnwys Cai ac Arthur, gael ymgais arall ar ei dynnu'n rhydd. Unwaith eto, dim ond y gwir frenin fydd yn gallu gwneud hynny. Pob lwc.'

Cafwyd yr un perfformiad eto. Tynnu. Chwysu. Stryffaglu. Bustachu. A methu. Cafodd pawb, gan gynnwys Cai, dynnu ei orau glas, a'r cwbl yn ofer. Yna camodd Arthur ymlaen a thynnu'r cleddyf o'r garreg yn union fel petai'n ei dynnu o wain. Y tro hwn, roedd wedi cyflawni'r gamp o flaen y dorf i gyd, a doedd dim amheuaeth bellach pwy oedd y brenin.

MARCH A'I GLUSTIAU

Ers talwm, roedd llun enwog i'w weld ar bared sawl tŷ yng Nghymru, sef map o Gymru ar ffurf hen wraig o'r enw 'Modryb Gwen'. Welsoch chi un erioed? Mae'r arlunydd wedi bod yn glyfar iawn i droi siâp ein gwlad yn hen wraig mewn gwisg Gymreig. Os edrychwch chi'n fanwl, fe welwch fod ei thraed hi yn sir Benfro, ei phen hi yn sir Fôn a'r fraich mae hi'n ymestyn allan i'r môr ydi Pen Llŷn.

Lle braf iawn ydi 'Gwlad Llŷn', fel y mae rhai yn galw'r ardal. Dyma un o ardaloedd Cymreiciaf Cymru ac mae yma lawer lle hardd i'w weld a hanesion difyr i'w clywed. Ar flaen bysedd 'Modryb Gwen' mae Ynys Enlli, yr ynys lle claddwyd ugain mil o seintiau. Gyferbyn, ar y tir mawr, mae Aberdaron, lle magwyd Dic Aberdaron, y trempyn enwog a fedrai siarad o leiaf bymtheg o ieithoedd. Mewn cwm serth wrth droed yr Eifl mae Nant Gwrtheyrn, sy'n llawn chwedlau – a phobl sy'n dysgu Cymraeg erbyn hyn. Ar gopa'r Eifl uwchben mae un o bentrefi hynaf Cymru, sef Tre'r Ceiri lle gallwch chi weld olion tai sydd o bosib tua dwy fil o flynyddoedd oed.

Gan fod yma fôr a mynydd, mae Pen Llŷn yn lle difyr iawn i grwydro. Pentref gwyliau poblogaidd yn yr haf ydi Abersoch, ac ar y ffordd yno efallai y sylwch chi ar dŷ mawr hardd o'r enw Castell-march.

Mae'r enw yn ddiddorol, tydi? Ond nid castell sydd yno rŵan, a phwy oedd March oedd biau'r castell, tybed? Dyma'r stori ...

Fel y clywson ni yn y stori ddiwethaf, daeth Arthur yn frenin ar ôl tynnu cleddyf o garreg wedi i bawb arall fethu. Wel, fe ddaeth Arthur yn frenin arbennig o gryf, gan drechu pob gelyn, yn gewri, gwrachod a brenhinoedd eraill. Llwyddodd i wneud hyn gyda chymorth marchogion y Ford Gron, sef ei ddilynwyr ffyddlonaf, a eisteddai wrth y bwrdd crwn enwog yn ei lys.

Ymhlith y marchogion roedd dynion a fedrai wneud pob math o gampau ac fe gawson nhw sawl antur. Yn eu plith roedd Sgilti Sgafndroed a oedd mor ysgafn nes ei fod yn medru cerdded dros wair heb blygu'r un gweiryn. Un arall oedd Gwrhyr Gwalstawd Ieithoedd a fedrai siarad pob iaith dan haul, gan gynnwys iaith yr anifeiliaid. Camp Clust fab Clusteiniad oedd clywed morgrugyn yn symud hanner can milltir i ffwrdd – hyd yn oed petai o wedi cael ei gladdu ugain troedfedd a mwy o dan y ddaear!

Un arall o farchogion y Ford Gron oedd March Amheirchion a oedd yn byw mewn castell a enwyd yn Gastell-march ar ei ôl. Safai hwnnw wrth ymyl y tŷ sydd o'r un enw heddiw, ond does dim hanes o'r castell bellach.

Fel y clywson ni, roedd llawer o farchogion Arthur yn ddynion arbennig iawn a doedd March ddim yn eithriad. Gair arall am geffyl ydi 'march' – ac yn wir, roedd gan March glustiau hir, blewog fel rhai ceffyl.

Roedd March yn casáu ei glustiau. Tyfai ei wallt cringoch yn hir i'w cuddio a gwisgai gap mor aml ag y medrai. Bob hyn a hyn, fodd bynnag, byddai'n rhaid iddo dorri ei wallt, a'r sawl fyddai'n gwneud hynny fyddai'r gwas ieuengaf yn y castell. Yn rhyfedd iawn, byddai pob gwas yn diflannu ar ôl cyflawni'r dasg yma, ac roedd y castell yn llawn sibrydion am ffawd y gweision.

'Islwyn, tyrd yma,' meddai'r pen-cogydd wrtho un diwrnod.

'Ie, Derfel, beth alla i ei wneud i chi?'

'Chdi ydi'r nesaf, yntê?'

'Mae'n ddrwg gen i?'

'Chdi ydi'r nesaf i dorri gwallt March. Chdi ydi'r gwas bach ac felly chdi fydd yn torri ei wallt.'

'Ond wn i ddim sut mae torri gwallt.'

'O, fydd dim disgwyl i ti wneud gwaith rhy dwt ohono. Dim ond unwaith yn y pedwar amser mae March yn cael torri ei wallt.'

'Greda i! Mae ei wallt yn hir iawn ac at ei ysgwyddau, bron,' meddai Islwyn.

'Wel, cymer air o gyngor gen i, was,' meddai'r pen-cogydd caredig. 'Dos oddi yma i chwilio am waith, achos mynd oddi yma fyddi di beth bynnag.'

'Ond dydw i ddim eisiau gadael. Rydw i'n berffaith hapus yma ac efallai rhyw ddydd y caf fod yn ben-cogydd fel chi, Derfel.'

'Mae arna i ofn na wnaiff hynny ddigwydd, Islwyn bach.'

'Pam felly?' holodd Islwyn, a'i lais yn llawn tristwch.

'Edrych o gwmpas y castell yma. Weli di rywun ddechreuodd fel gwas bach i March?'

'Ym ... dydw i erioed wedi meddwl am y peth.'

'Wel, meddwl rŵan. Mae'n bwysig.'

'Beth am Iestyn?'

'Dod yma o lys Bron-y-foel wnaeth o.'

'Beth am Cadwgan 'te? Mae o yma ers blynyddoedd.'

'Ydi, ond wnaeth o ddim cychwyn fel gwas bach.'

'Nefydd – beth amdano fo?'

'Naddo, wnaeth yntau ddim cychwyn yma chwaith. Dod yma o Gastell Odo'r Cawr wnaeth o, a chyn i ti enwi neb arall, paid â gwastraffu dy anadl oherwydd fedri di ddim enwi yr un gwas bach sydd wedi aros yma ar ôl torri gwallt March. Ar y llaw arall, mi fedra i enwi digon o rai fu yma am rai misoedd nes iddyn nhw dorri ei wallt – Arwel, Eurof, Cadfan, Maredydd a sawl un arall ...'

'Ond beth ddigwyddodd iddyn nhw?'

'Dyna'r peth, Islwyn bach – ŵyr neb. Felly cymer rybudd a gadael tra medri di ...'

Ar hynny, pwy ddaeth i'r gegin ond March ei hun a chaeodd Derfel ei geg yn glep. Rhywsut neu'i gilydd, synhwyrai Islwyn fod y cogydd caredig yn ofni ei feistr ond ni wyddai pam. Ar ei waethaf, ni allai ond edrych ar wallt hir March a meddwl beth tybed fyddai'n digwydd iddo ar ôl ei dorri.

Dros y dyddiau nesaf, dim ond un cwestiwn oedd gan Islwyn i bawb, sef 'Beth ddigwyddodd i Arwel, Eurof, Cadfan, Maredydd a'r lleill?'

Chafodd o ddim ateb a'i boddhâi gan neb. Yn ôl rhai, roedd y bechgyn wedi dianc i wneud eu ffortiwn; yn ôl eraill, doedden nhw ddim yn hoffi'r gwaith ac i eraill, wedi cael dyrchafiad mewn llys arall yr oedden nhw. I'r rhan fwyaf, fodd bynnag, roedd yr hogiau wedi diflannu fel petai'r ddaear wedi eu llyncu.

Er ei holi dyfal, nid oedd gan neb wybodaeth bendant i Islwyn, a dyna'n union yr oedd yn rhaid iddo'i gael, oherwydd roedd March wedi dweud ei fod eisiau cael torri ei wallt cyn diwedd yr wythnos, gan fod gwledd i'w chynnal yn y llys. Beth oedd Islwyn i'w wneud – aros a gweld beth ddigwyddai, neu ffoi o Lŷn am byth? Roedd mewn cyfyng-gyngor. A oedd mewn perygl mawr, ynteu ar fin cael cyfle mwyaf ei fywyd?

Roedd y wledd i'w chynnal nos Sadwrn yn neuadd fawr y castell pan fyddai ffrindiau a theulu March o bob rhan o Lŷn yn dod yno. O ganlyniad, roedd y marchog yn awyddus iawn i fod yn dwt ar eu cyfer, ac felly roedd wedi gorchymyn i Islwyn dorri ei wallt fore Sadwrn.

Gan ei bod yn wledd mor bwysig, gwahoddwyd cerddorion yno i ddiddanu'r criw ac roedden nhw wedi dechrau cyrraedd erbyn nos Wener gyda'u pibau, telynau a chrythau. Yn eu plith roedd pibydd a golwg drist iawn arno. Daeth i'r gegin at Derfel ac Islwyn a oedd wrthi'n brysur yn paratoi bwyd, gan sgwrsio yr un pryd.

'Wel, Islwyn bach, rwyt ti'n dal yma, felly.'

'Ydw, mistar, ac yma y bydda i, am wn i.'

'Wyt ti'n siŵr o hynny? Wedi'r cwbl, rwyt ti'n torri gwallt March bore fory.'

Ar hynny, ymunodd dieithryn yn eu sgwrs.

'Esgusodwch fi, gyfeillion. 'Wy'n gweld eich bod yn brysur ... Merfyn y Pibydd ydw i ac yn anffodus, mae fy mhib wedi torri ar y daith yma. Fe eisteddais arni wrth gael cinio ac fel y gwelwch chi, 'wy'n fachan eitha mowr! Oes hesg yn tyfu'n agos yma'n rhywle i wneud pib arall at fory, gwetwch?'

'Wel oes, a dweud y gwir,' meddai Derfel. 'Ffordd ddaethoch chi yma?'

'O gyfeiriad Pwllheli.'

'Ewch allan o'r castell a mynd yn ôl tua chwarter milltir i gyfeiriad Pwllheli. Mi ddowch at dwyni tywod ac mae cors lle mae hesg yn tyfu yn fan'no.'

'I'r dim. Diolch ... y ...'

'Derfel.'

'O ie. Diolch, Derfel.'

Aeth y pibydd i ffwrdd yn fân ac yn fuan i gyfeiriad y gors, gan adael Derfel ac Islwyn i barhau â'u paratoadau ar gyfer y wledd.

Chafon nhw fawr o lonydd chwaith, cyn bod y pibydd yn rhuthro i'r gegin, ei wynt yn ei ddwrn ac yn adrodd hanes rhyfedd iawn a oedd wedi digwydd iddo yn y gors.

'Fe ges i hyd i'r gors yn union fel yr oeddech chi wedi dweud, Derfel, ac fe es i ati i dorri corsen dew i wneud pib newydd. Gan ei bod yn gorsen mor dda, fues i ddim gwerth nad oedd yn barod, ond wyddoch chi beth?'

'Beth?' holodd Derfel ac Islwyn gyda'i gilydd.

'Fedrwn i ddim cael yr un nodyn o'r bib! Yr unig beth a ddeuai ohoni oedd llais yn canu "CLUSTIAU CEFFYL SYDD GAN MARCH! CLUSTIAU CEFFYL SYDD GAN MARCH!" drosodd a throsodd.'

Edrychodd Derfel ar Islwyn ond ni ddywedodd yr un gair, dim ond gadael i Merfyn y pibydd adrodd ei hanes.

'Fe dorrais i gorsen arall rhag ofn mai fy nghlustiau oedd yn chwarae triciau, ond na, yr

un peth yn union ddeuai o honno hefyd.'

Ar hynny, rhoddodd ei law yn ei boced ac estyn y bib newydd i'w dangos iddyn nhw. Nid oedd dim arbennig am ei golwg ac edrychai fel unrhyw bib arall.

'Gwrandewch!' meddai Merfyn gan roi'r bib wrth ei wefusau.

'CLUSTIAU CEFFYL SYDD GAN MARCH! CLUSTIAU CEFFYL SYDD GAN MARCH!' meddai llais main o'r bib.

'Dyna'r peth rhyfedda a glywais i erioed,' meddai Islwyn.

'A finnau hefyd,' cytunodd Derfel, 'ac rydw i'n gwybod bellach pam mae March yn tyfu ei wallt yn hir – mae ganddo gywilydd o'i glustiau, ac rydw i'n siŵr fod gan hyn rywbeth i'w wneud efo diflaniad y gweision i gyd. Fe fydd yn ddiddorol gweld beth fydd gan March i'w ddweud fory pan glyw y bib yna.'

'Efallai y cawn ni wybod y gyfrinach fory,' meddai Islwyn.

'Fe gewch chi wybod hynny rŵan!'

Trodd y tri mewn dychryn. Safai March y tu ôl iddyn nhw, ei wallt yn un mwng blêr a'i lygaid yn serennu.

'Rwyt ti'n hollol gywir, Derfel. Mae gen i glustiau fel ceffyl a dyna pam rydw i'n cadw fy ngwallt yn llaes. Roedd arna i ofn i bobl chwerthin am fy mhen.

'Mae hynna'n beth rhyfedd iawn,' aeth

March yn ei flaen. 'Er mawr gywilydd i mi, dydw i ddim yn torri fy ngwallt yn aml a phan ydw i'n gwneud, mae'r gwas bach sy'n gwneud y gwaith yn diflannu. Ar y dechrau, pan dorrodd y gwas cyntaf fy ngwallt a gweld fy nghlustiau, gorchmynnais i rai o'r milwyr fynd ag ef ymaith. Yn lle hynny, fe'i lladdon nhw fo a'i gladdu yn y gors. Rai misoedd ar ôl hynny fe glywais am y peth ofnadwy wnaethon nhw ac o hynny ymlaen doeddwn i ddim am i unrhyw un o'r gweision gael ei ladd, dim ond gofalu eu bod yn mynd yn ddigon pell i ffwrdd o'r castell efo llond poced o aur fel na fydden nhw'n gallu dweud fy nghyfrinach wrth neb oedd yn fy adnabod.'

'Ysbryd y gwas sydd i'w glywed yn y bib, felly,' meddai Islwyn. 'Ond beth amdana i? Fi sydd i fod i dorri eich gwallt bore fory. Beth fydd yn digwydd?'

'Fe gei di aros yma, oherwydd rydw i am ddangos fy nghlustiau i bawb fory. I beth mae eisiau i mi fod â chywilydd ohonyn nhw? Fel hyn y ces i fy ngeni ac os oes gen i glustiau fel ceffyl, rydw i hefyd yn gryf fel ceffyl.'

Ac felly y bu. Fe gafodd Islwyn aros yn y castell a dod yn ben-gogydd ar ôl i Derfel ymddeol. Daeth nerth mawr March yn ddefnyddiol iawn i'r Brenin Arthur mewn sawl antur hefyd, ond stori arall ydi honno ... ond o leiaf mae'r stori hon wedi esbonio enw Castell-march, tydi?

MELANGELL

Wyddoch chi pwy oedd Sant Ffransis o Asisi? Ie, dyna chi, y sant oedd yn gyfaill i bob creadur gwyllt. Roedd mor garedig wrthyn nhw nes bod yr adar yn eistedd ar ei ysgwyddau ac anifeiliaid gwyllt yn chwarae o gwmpas ei draed. Ond mae gan Gymru nawddsant yr anifeiliaid hefyd – neu nawddsantes yn hytrach, oherwydd Melangell oedd ffrind ein hanifeiliaid ni. Hoffech chi gael ei stori hi? Wel, dyma ni 'te ...

Gannoedd ar gannoedd o flynyddoedd yn ôl, roedd Brochwel Ysgythrog yn dywysog Powys. Cafodd yr enw Brochwel Ysgythrog, gyda llaw, oherwydd fod ganddo ysgythrau neu ddannedd mawr! Roedd yn dywysog enwog iawn ac roedd ganddo lawer o diroedd. Yn ôl Gerallt Gymro, roedd Powys yn llawer mwy na'r sir bresennol ac yn cynnwys rhan fawr o'r hyn sy'n Lloegr bellach. Roedd llys Brochwel ym Mhengwern, Amwythig, ac roedd yn rhan o Gymru nes i'r Saeson ei gipio adeg Llywarch Hen. Roedd Brochwel yn dywysog mawr, yn amddiffyn ei wlad rhag pob gelyn, a galwai'r beirdd Bowys yn 'wlad Brochwel'.

Dyn teg, ond dyn wedi arfer gorchymyn a chael ei ffordd ei hun oedd Brochwel. Ar adeg pan oedd cymaint o ymladd a pherygl, efallai mai da o beth oedd hynny. Ei ddiddordeb mawr, fodd bynnag, oedd hela. Roedd pen sawl blaidd, carw a llwynog yn addurno waliau llys Pengwern a chafodd sawl dieithryn a arhosodd yno groeso mawr a blasu cig rhost mochyn gwyllt, sgwarnog neu gwningen a laddwyd ganddo.

Un diwrnod, daeth gwas y tywysog ato a'i gyfarch.

'Mae'n ddiwrnod braf, fy arglwydd.'

'Ydi wir, Cadog. Rhy braf o lawer i aros yn y llys. Rydw i'n bwriadu mynd i hela heddiw. Gorchymyn osod cyfrwy ar Carnwen fy ngheffyl o fewn awr a chael y cŵn hela yn y buarth yr un pryd.'

'Fe fyddai'n braf cael diwrnod o hela, fy arglwydd.'

'Beth, fuest ti erioed yn hela?'

'Chefais i erioed gyfle,' meddai Cadog.

'Hoffet ti ddod gyda ni heddiw?'

'Fedra i ddim, mae gen i ormod o waith ...'

'Choelia i fawr. Fi ydi'r tywysog ac rydw i'n rhoi caniatâd i ti – nage, yn dy *orchymyn* i ddod efo fi!'

'Ond ...'

'Ond beth rŵan?'

'Does gen i ddim dillad hela,' meddai Cadog.

'Dywed fy mod yn gorchymyn cael ceffyl a dillad i tithau hefyd, a bydd yn barod ar fuarth y castell ymhen awr. Fe gei di ddiwrnod i'r brenin ... neu i'r tywysog o leiaf!'

Ymhen awr roedd y buarth yn ferw gwyllt, gyda helwyr mewn dillad gwyrddion, ceffylau cryfion yn anesmwytho a haid o gŵn hela yn ysu am gael eu gollwng yn rhydd a chodi prae.

'Dyma i ti olygfa i godi dy galon, Cadog!'

'Ie'n wir, fy arglwydd.'

'O, anghofia ryw lol fel yna am heddiw. Dau heliwr mewn dillad gwyrdd fel pawb arall ydan ni am yr oriau nesaf, felly galw fi'n Brochwel, bendith tad i ti.'

'Iawn, fy arg … y … Brochwel!'

Ar hynny, estynnodd y tywysog gorn aur o'i boced a rhoi caniad uchel arno. Hwn oedd yr arwydd y bu pawb yn disgwyl amdano. Taflwyd dorau anferth y llys ar agor a charlamodd pawb allan, gyda'r bytheiaid yn udo ar y blaen. Sylwodd Cadog fod ganddyn nhw i gyd glustiau gwynion a bod coler arian am wddf pob un. Chafodd o ddim amser i sylwi ar fawr mwy na hynny, oherwydd roedd yn gymaint ag y gallai wneud i aros ar gefn ei geffyl a chadw'n agos at Brochwel.

Buon nhw'n tuthio mynd am rai milltiroedd cyn i'r cŵn godi blaidd. Ar unwaith chwythodd Brochwel ei gorn aur a charlamodd yr helfa ar ei ôl. Gwnaeth y blaidd bopeth a fedrai i'w golli: aeth drwy goed, ond dilynodd y cŵn ef; rhedodd i fyny llethrau serth, ond daliodd y ceffylau ar ei warthaf. Ni lwyddodd i ddianc nes cyrraedd afon a rhedeg yn y dŵr am bellter go lew, ac o ganlyniad collodd yr helgwn ei drywydd.

Erbyn hyn, roedd y tywysog a'r helwyr wedi crwydro'n bell o'r llys ac yn barod am ginio. Arhosodd Brochwel yng nghysgod creigiau a dorrai ar yr awel fain, a sglaffiodd yr helwyr y pryd ardderchog a baratowyd ar eu cyfer yng nghegin Pengwern. Bwytaodd Cadog fwy na neb, gan feddwl wrtho'i hun nad oedd erioed wedi cael pryd mor flasus.

Ar ôl cinio aeth y criw yn eu blaenau, gan weld bryniau yn codi yn y pellter. Gan iddi fod yn haf sych daethai'n hydref cynnar ac roedd y rhedyn yn crino'n goch ar y llethrau.

'Dyma i ti dir hela gwych, Cadog!' meddai Brochwel.

'Ie wir?'

'Ie, synnwn i ddim na chodwn ni garw neu faedd gwyllt cyn bo hir rŵan.'

Ar y gair, daeth sŵn rhuthro gwyllt o lwyni gerllaw a dechreuodd yr helgwn udo ar unwaith.

'Dyna fo, Cadog – weli di o? Clamp o garw coch! Tyrd, neu fe fyddwn ni wedi ei golli.'

'Iawn, Brochwel. Tydi o'n greadur hardd?'

'Ydi, fe gawn ni dipyn o waith i ddal hwnna,' meddai'r tywysog gan sbarduno Carnwen i arwain yr helfa.

Bu dwyawr a mwy o garlamu gwyllt wedyn a Cadog, nad oedd yn giamstar ar farchogaeth, prin yn medru aros yn y cyfrwy. Er ubain y cŵn oedd ar ei ôl, llwyddai'r carw i gadw ar y blaen iddyn nhw, a'i gyrn urddasol yn chwifio mynd drwy'r môr o redyn crin.

O'r diwedd fodd bynnag, a hwythau yng nghanol y bryniau bellach, roedd y cŵn ar sodlau'r carw, yn llythrennol ... ac yna diflannodd.

'Lle goblyn aeth o?' gwaeddodd Brochwel.

'Mae'n union fel petai'r ddaear wedi ei lyncu,' meddai Cadog. Ydi hyn yn digwydd yn aml?'

'Welais i erioed beth tebyg o'r blaen. Mae yna rywbeth rhyfedd yn digwydd heddiw. Dyma ni, helwyr a helgwn gorau'r wlad wrthi ers oriau a hynny'n hollol ofer. Wel, tydw i ddim yn mynd yn ôl i Bengwern yn waglaw.'

'Beth nesaf felly, Brochwel?'

'Fe awn ni i fyny'r cwm acw. Os codwn ni brae yno, fedr o ddim dianc mor hawdd wedyn.'

Ond dyna'n union ddigwyddodd. Roedd y cwm yn llawn anifeiliaid gwyllt ond doedd dim

posib dal yr un ohonyn nhw, boed flaidd, mochyn gwyllt, llwynog na dim.

'Mae'r ardal fel petai wedi cael ei swyno,' meddai Brochwel. 'Does dim modd dal unrhyw beth yma.'

'Mae fel petai rhywun neu rywbeth yn eu hamddiffyn,' meddai Cadog.

'Wel, rydan ni bron wedi cyrraedd pen draw'r cwm ac edrych, mae'r cŵn wedi codi sgwarnog. Chaiff hon ddim dianc beth bynnag.'

Roedd yn ymddangos fel petai Brochwel am gael un creadur o leiaf i fynd yn ei ôl i Bengwern, oherwydd roedd y llethrau ym mhen draw'r cwm yn codi'n serth a'r cŵn yn prysur gau am y sgwarnog fach.

Yn ei hofn, rhuthrodd y greadures i lwyn o goed a chanodd y tywysog ei gorn aur i dynnu pawb ato ac i hysio'r cŵn ymlaen. Erbyn hyn deuai sŵn cyfarth mawr o'r coed.

'Glywi di'r cyfarth yna?' meddai Brochwel. 'Maen nhw wedi ei chornelu hi ac yn disgwyl gorchymyn gen i. Tyrd, Cadog.'

Ac i mewn i'r coed â nhw. Yno roedd golygfa nad anghofiai'r ddau byth. Mewn llecyn clir yng nghanol y coed safai merch ifanc, a'r sgwarnog wrth ei thraed.

'Edrych Brochwel, mae'r cŵn fel petai arnyn nhw ofn mynd ar gyfyl y sgwarnog.'

'Ydyn, ond fe gawn ni weld am hynny rŵan! Ewch yn eich blaenau – lladdwch y sgwarnog! Lladdwch hi!'

Ond ni symudodd y cŵn.

'Pwy wyt ti?' meddai'r tywysog wrth y ferch ifanc.

Ddywedodd hi'r un gair, dim ond plygu a chodi'r sgwarnog yn ei breichiau.

'Pwy wyt ti?' mynnodd Brochwel eto, yn uwch y tro yma. Roedd yn prysur golli ei limpin oherwydd nid oedd wedi arfer cael neb yn ei herio.

'Melangell ydw i ac rydw i wedi dod yma o Iwerddon i addoli Duw.'

'Ai ti sydd wedi bod yn amddiffyn yr anifeiliaid rhag fy nghŵn heddiw?'

'Ie. Rydw i'n hoff iawn o bob creadur byw a dydw i ddim yn dymuno gwneud unrhyw niwed iddyn nhw.'

Sylweddolodd Brochwel yn y fan a'r lle ei fod yn siarad â santes, ac er ei fod yn dywysog, aeth ar ei liniau o'i blaen.

'Mae'n ddrwg iawn gen i, Melangell. Roeddwn i'n meddwl mai rhywun oedd wedi melltithio'r anifeiliaid. Fe wna i'n siŵr na wnaiff neb aflonyddu arnat ti na'r anifeiliaid yn y cwm yma eto. Dy eiddo di ydi o bellach a chei wneud fel y mynni di yma.'

'Diolch i ti, Brochwel. Fe godaf eglwys yma a gall unrhyw un ddod yma i addoli gyda mi, cyn belled â'u bod yn parchu'r anifeiliaid sydd yma hefyd.'

Ar y gair gwelodd Brochwel, Cadog a gweddill yr helwyr olygfa ryfeddol. Daeth llu o greaduriaid gwyllt at Melangell o'r coed – bleiddiaid a mynnod geifr; llwynogod a chwningod; baeddod gwyllt a sgwarnogod. Roedd y lle yn ferw o anifeiliaid, a'r cyfan yn gwbl heddychlon. Roedd adar yn hofran uwchben a hyd yn oed pan ymddangosodd cudyll coch, doedd y rheini ddim yn ofni chwaith. Gwyddai'r cwbl eu bod yn ddiogel gyda Melangell.

Yr enw ar y cwm lle gwelodd Brochwel Melangell ydi Pennant Melangell ac mae'r eglwys gododd hi yno o hyd. Mae pobl yr ardal yn dal i gofio am Melangell a sut yr achubodd y sgwarnog rhag cŵn Brochwel, a'r enw lleol ar y creaduriaid ydi 'wŷn bach Melangell'.

Mae cân gan y grŵp Plethyn yn sôn am Melangell a'i chariad at anifeiliaid. Efallai eich bod wedi clywed y gân yn cael ei chanu gan y grŵp Plu. Byddai'r santes wrth ei bodd gyda'r cytgan:

I'r sgwarnog a'r llwynog, y cudyll coch a'i gyw,
rhown ninnau bob nodded, fe'u ganed hwythau i fyw;
Y ffwlbart a'r wenci, a'r dwrgi draw'n y llyn,
boed iddynt oll eu rhyddid ar ddôl a phant a bryn.

TALIESIN

Pladres o ddynes fawr flin yn byw yn ardal y Bala oedd Ceridwen. Roedd hi'r math sy'n medru gwylio cartwnau heb wên ar ei hwyneb. Dynes sych eithriadol oedd hi, ond doedd dim rhyfedd – roedd hi'n wrach. Fel y gwelwch chi'n aml, titw o ddyn bach di-nod oedd ei gŵr hi, Tegid Foel. Fel y gallwch chi ddychmygu, doedd ganddo ddim llawer o wallt chwaith!

Roedd ganddyn nhw ddau o blant – Morfran a Creirfyw. Roedd Creirfyw y plentyn bach dela welsoch chi erioed, ond am Morfran, roedd hwnnw'n hyll fel pechod. Fe roeson nhw'r ffugenw Afagddu iddo am ei fod yn edrych yn ddu ar bawb. Byddai plant yr ardal i gyd yn rhedeg i'r tŷ dan sgrechian pan oedden nhw'n ei weld. A dweud y gwir, roedd yn gwneud i Ceridwen hyd yn oed edrych yn ddel.

'Mae'n rhaid i ni wneud rhywbeth ynglŷn ag Afagddu, Tegid.'

'Rhaid, cariad.'

'Wel, beth?'

'Chi ŵyr, cariad – wedi'r cwbl rydych chi'n wrach.'

'Ydw, tydw ... A ia, fe wn i, fe gasgla i bob blodyn a phlanhigyn prin a thlws yn y sir. Bydd rhai yn rhoi harddwch, rhai yn rhoi nerth ac eraill yn rhoi doethineb. Ar ôl eu berwi nhw, fe gaiff Afagddu yfed y dŵr a newid yn llwyr. Cytuno?'

'Ydw, cariad.'

Aeth Ceridwen ati i ddarllen ei llyfrau hud i weld pa blanhigion yn union roedd arni eu hangen. Byddai'n beth ofnadwy casglu'r blodyn anghywir a gwneud Afagddu'n waeth nag oedd yn barod!'

'Daria las!'

'Beth sydd, cariad?'

'Mae'n dweud yn y fan yma fod eisiau berwi'r dail a'r blodau am flwyddyn a diwrnod, nes nad oes ond tri diferyn ar ôl ac wedyn yfed y rheini.'

'Wel am drafferth, yntê?'

'Ie, ond fe fydd yn rhywbeth i ti ei wneud!'

'Fi? O na! Rydw i'n llawer rhy brysur. Mae'r tŷ yma angen ei llnau o'r top i'r gwaelod ...'

'O'r gorau, y cadi-ffan, fe gaf i rywun arall i ofalu am y swyn.'

Ac felly y bu hi. Cafwyd hogyn ifanc o'r enw Gwion Bach a hen ŵr dall o'r enw Morda i wneud y gwaith. A gwaith caled ydoedd hefyd. Roedd yn rhaid gofalu bod digon o goed ar gael drwy'r amser i gadw pair hud Ceridwen yn ffrwtian berwi ddydd a nos.

Aeth y dyddiau, yr wythnosau a'r misoedd heibio, a Gwion a Morda'n gofalu torri coed, huddo'r tân yn y nos a llnau lludw yn y bore. Oherwydd y prysurdeb, aeth y flwyddyn heibio'n eitha cyflym.

Ymhen blwyddyn a diwrnod roedd Gwion a'r hen ŵr wrthi'n gofalu am y crochan fel arfer. Roedden nhw'n disgwyl Ceridwen yn ôl o'r goedwig unrhyw funud, oherwydd roedd hi wedi mynd i hel caws llyffant i de. Hwn oedd y diwrnod mawr a'r cymysgedd dŵr a dail yn barod bellach.

Efallai fod gan Gwion ormod o dân o dan y crochan. Pwy a ŵyr? Dyma andros o glec ... a thri diferyn berwedig yn glanio'n ddel ar fys Gwion Bach.

'Aaaaw!' meddai, gan roi ei fys yn ei geg i'w oeri. 'Roedd hwnna'n boeth!' Wedyn dyma'n sylweddoli'r hyn roedd wedi ei wneud. Roedd wedi llyncu'r tri diferyn hud oedd wedi eu bwriadu ar gyfer Afagddu! Edrychodd i'r crochan rhag ofn bod yna ddiferyn neu ddau ar ôl i'r hen ewach anghynnes, ond doedd dim yno. Mewn gwirionedd roedd y crochan wedi cracio yn y gwres. Byddai Ceridwen yn gandryll! Beth wnâi o?'

'Beth oedd yr holl weiddi yna?'

Roedd Ceridwen wedi clywed ac yn brysio'n ôl! Roedd hi wedi darfod arno! Sgrialodd am y coed a gadael Morda ar ôl gyda'r llanast.

'Gwaith blwyddyn wedi mynd yn ofer! Beth wyddost ti am hyn, y penci?' bloeddiodd y wrach gan roi andros o fonclust i'r hen ŵr.

'Dim! Y cwbl wnes i oedd clywed Gwion Bach yn gweiddi rhywbeth am losgi ei fys.'

'Wel wir! Gwion Bach sydd wedi llyncu'r diferion hud. Pan gaf i afael ynddo, fe fydd ei groen ar y pared!'

Erbyn hyn roedd Gwion wedi darganfod bod ganddo allu arbennig iawn ar ôl y ddamwain. Medrai newid ei siâp ac oherwydd ei fod yn clywed Ceridwen yn taranu dod drwy'r coed y tu ôl iddo, trodd ei hun yn sgwarnog.

'O-ho! Meddwl y medri di ddianc fel'na, wyt ti'r cena? Mae gen innau dric neu ddau i fyny fy llawes hefyd.' A throdd Ceridwen ei hun yn filgi a mynd ar ôl y sgwarnog.

Roedd dannedd miniog y milgi ar fin cau'n glep am ei gynffon pan welodd Gwion afon. Taflodd ei hun yn bendramwnwgl i'r dŵr gwyllt a'i droi ei hun yn frithyll.

'Hy! Chaiff rhyw silidón fel'na mo'r gorau arnaf i!' Newidiodd y wrach ei hun yn ddyfrgi a nofio'n gyflym ar ôl y pysgodyn.

Unwaith eto roedd hi ar fin ei ddal pan neidiodd y brithyll yn uchel o'r dŵr a throi'n golomen.

'Wel, mae'n sydyn iawn, ond rof i mo'r ffidil yn y to chwaith.' Dyma Ceridwen hithau allan o'r dŵr a throi'n hebog ffyrnig.

Aeth i fyny i'r entrychion gan chwilio am y golomen ac o'r diwedd fe'i gwelodd ymhell oddi tani. Ymestynnodd ei chrafangau miniog a phlymio fel carreg am Gwion. Yn lwcus iddo, gwelodd gysgod yr hebog yn dod amdano ac ar yr eiliad olaf trodd yn sydyn a chwilio am le i guddio.

Chwyrlïodd Ceridwen i'r ddaear a dechrau chwilio amdano.

'Lle felltith aeth y diawl? Rydw i'n siŵr ei fod wedi sgrialu i gyfeiriad y sgubor acw.'

Roedd hi'n iawn. Aethai Gwion i'r sgubor a gweld tocyn o wenith ar lawr. O'r diwedd! Dyma'r union le i guddio. Medrai ei droi ei hun yn ronyn o wenith a fedrai Ceridwen byth ei ddarganfod yng nghanol y miloedd eraill.

'Does dim byd ond gwenith yn y fan yma ... 'Sgwn i ydi Gwion wedi troi ei hun yn ronyn gwenith? Wel os yw hynny'n wir, fe wn i beth i'w wneud.'

Wyddoch chi beth wnaeth hi? Trodd ei hun yn iâr ddu a sglaffiodd y gwenith i gyd – gan gynnwys Gwion druan!

Ymhen amser cafodd Ceridwen fabi ac roedd hi'n gwybod mai Gwion Bach oedd y babi mewn gwirionedd. Roedd yr hen jadan yn meddwl ei ladd, ond roedd yn beth bach mor dlws, fedrai hi hyd yn oed ddim gwneud hynny.

'Ond dydw i ddim eisiau ei gadw, chwaith! Mae hwn mor ddel o'i gymharu ag Afagddu. Fel hyn yr oedd i fod i edrych ond yn lle hynny mae'n mynd yn hyllach bob dydd.'

'Ydi, cariad.'

'Ydi cariad, wir! Beth ydw i'n mynd i wneud?'

'Wn i ddim wir, cariad ... Rhoi clwt glân iddo efallai?'

'Chdi â dy glwt glân! Rwyt ti fel cadach llestri dy hun! Na, mae'n rhaid cael gwared â hwn. Dos o 'ngolwg wir i mi gael meddwl.'

Ar ôl meddwl am sbel penderfynodd roi'r babi mewn cwrwgl a'i wthio allan i'r môr i gymryd ei siawns. Roedd y llanw'n gryf, a chyn pen dim doedd y cwrwgl yn ddim ond smotyn ar y gorwel. Aeth Ceridwen adref at ei theulu ac anghofio amdano.

Ond nid dyma ddiwedd y stori o bell ffordd. Yr adeg hynny roedd tir sych ym Mae Aberteifi, rhwng Aberdaron a Thyddewi. Enw'r wlad honno oedd Cantre'r Gwaelod a'i brenin oedd Gwyddno Garanhir. Enw ei fab oedd Elffin ac roedd fel dyn dwy law chwith. Fedrai wneud dim byd yn iawn a doedd gan ei dad, y brenin, fawr o amynedd gydag Elffin.

Roedd gan Gwyddno gored neu drap pysgod yn y Borth ger Aberystwyth. Un dda iawn oedd y gored hon a daliai lawer o bysgod, yn enwedig ar ddiwrnod cyntaf mis Mai, am ryw reswm.

'Yli, 'ngwas i, fe gei di'r pysgod i gyd i'w gwerthu'r Calan Mai nesaf yma. Defnyddia di'r arian i fynd ar dy wyliau.'

Roedd ei dad yn gobeithio cael dipyn o lonydd, welwch chi.

'Ew, diolch, Dad!'

Diwrnod cyntaf mis Mai aeth Elffin i lan y môr i weld faint o bysgod oedd yn y gored. Am nad oedd yn gweld yn dda iawn, ac am nad oedd sbectol wedi cael ei dyfeisio eto, baglodd ar draws rhywbeth yn y gored. Aeth ar ei ben i'r môr nes ei fod yn wlyb at ei groen.

Beth nesa! Mae'r lembo wedi syrthio i'r môr rŵan ac mae'n siŵr ei fod yn medru nofio fel bricsan.'

Tynnwyd ef allan gan ei dad a gwelodd nad oedd yr un pysgodyn yn y gored y tro hwn, dim ond y cwrwgl a faglodd Elffin.

'Beth ydi e Dad? Math o bysgodyn?'

'Pysgodyn, wir! Pwy faga blant! Cwrwgl, siŵr iawn. Dos i edrych a oes rhywbeth ynddo, wir.'

'Dad! Dad! Mae yna fabi yn y cwrwgl!'

'Babi? Beth wyt ti'n eu ruo eto fyth?'

'Oes, wir-yr! Ac mae'n beth bach del. Roeddwn i i fod i gael y pysgod oedd yn y gored heddiw – felly gaf i gadw'r babi yma yn eu lle nhw?'

'Wel, cei am wn i. Beth wyt ti am ei alw?'

'Taliesin, am fod ganddo wyneb tlws.'

Cyn pen dim gwelwyd bod Taliesin yn un galluog tu hwnt, yn gwybod popeth oedd wedi bod ac a oedd i ddod. Tyfodd yn fardd enwog iawn a llawer tro y dywedodd Elffin ei fod yn falch mai Taliesin a gafodd yn y gored ac nid llwyth o fecryll drewllyd – er na chafodd fynd ar ei wyliau ymhell i ffwrdd a chael lliw haul!

DREIGIAU MYRDDIN EMRYS

Ganrifoedd lawer yn ôl, roedd y brenin Gwrtheyrn yn ddyn anhapus iawn. Bu'n frenin Prydain i gyd ar un adeg, ond roedd ei elynion wedi ymosod arno o bob cyfeiriad a chollodd lawer o'i diroedd. Yn wir, roedd mewn perygl o golli mwy na'i diroedd: roedd ei elynion am ei waed a bu'n rhaid iddo ffoi am ei fywyd.

'Ble fuasech chi'n awgrymu i mi fynd i fod yn ddiogel rhag fy ngelynion?' gofynnodd i'w wŷr doeth.

'Mynyddoedd uchel Eryri, eich mawrhydi,' oedd yr ateb. 'Byddwch ymhell oddi wrth eich gelynion yno ac ni lwyddant i'ch darganfod byth.'

Penderfynodd y brenin adael ei lys ysblennydd am byth a mynd am Wynedd. Aeth â'i holl drysorau gydag ef ac roedd angen ugeiniau o geffylau i gludo'i aur ac arian. Daeth cannoedd o bobl i'w ganlyn ac yn eu plith roedd crefftwyr o bob math – yn seiri coed, seiri maen, plastrwyr a thowyr. Roedd angen y rhain i gyd oherwydd roedd Gwrtheyrn am gael llys newydd. Roedd wedi darganfod bryn anghysbell wrth droed yr Wyddfa ac oddi yno gellid gweld am filltiroedd i bob cyfeiriad, felly ni allai'r un gelyn ymosod yn ddirybudd. Ar ben hyn roedd creigiau serth o'i gwmpas i'w wneud yn gastell naturiol.

Aeth y crefftwyr ati'n ddiymdroi i dorri sylfeini dyfnion er mwyn codi'r llys brenhinol newydd.

'Mae'r gwaith adeiladu wedi cychwyn heddiw, eich mawrhydi,' meddai'r pensaer.

'Da iawn wir. Mae gennych weithwyr ardderchog. Os gorffennir y gwaith cyn y gaeaf bydd rhodd hael i bob un ohonyn nhw, a hynny ar ben eu cyflog.'

'Rydw i'n siŵr y byddan nhw'n gweithio'n galetach fyth ar ôl clywed hynna! Diolch i chi syr.'

Yn ystod y nos, fodd bynnag, digwyddodd rhywbeth rhyfedd iawn.

'Edrychwch mewn difri calon. Mae pob carreg godon ni ddoe wedi cael ei thaflu i lawr y bryn. Bydd yn rhaid dechrau o'r dechrau eto!'

Roedd y digwyddiad yn ddirgelwch llwyr, ond aed ati i ailgodi'r waliau a chwalwyd. Erbyn trannoeth roedd y cwbl ar chwâl unwaith yn rhagor a'r gwaith yn ofer.

'Pwy felltith sydd wrthi? Chawn ni byth orffen cyn y gaeaf fel hyn a chael yr anrheg addawodd Gwrtheyrn i ni.'

Unwaith eto, aeth y dynion ati i ail-wneud y gwaith a ddifethwyd a'r noson honno arhosodd pawb yn effro gan amgylchynu'r bryn. Roedden nhw'n gobeithio dal y cnafon oedd yn malu'r waliau ond welwyd neb, a meddyliai'r dynion fod eu gwaith wedi cael llonydd o'r diwedd.

Gallwch ddychmygu eu siom pan aethon nhw at eu gwaith drannoeth a gweld y cwbl wedi'i chwalu unwaith eto.

'Streic amdani, hogiau. Os na fedr y brenin ofalu na chaiff neb gyffwrdd pen bys yn ein gwaith, fyddwn ninnau ddim yn cyffwrdd mewn na thriwal na rhaw.'

Dychrynodd Gwrtheyrn pan glywodd hyn, oherwydd teimlai'n ansicr iawn heb gaer gadarn i fyw ynddi. Galwodd ei wŷr doeth ato unwaith yn rhagor.

'Mae'n rhaid datrys y dirgelwch hwn cyn ei bod yn rhy hwyr. Oes gennych chi unrhyw awgrymiadau?'

'Wel ... mae'n amlwg nad pobl o gig a gwaed fel chi a minnau sy'n dymchwel y waliau. Byddai angen criw mawr ac yn sicr ddigon byddai rhywun wedi eu gweld neithiwr.'

'Pwy sydd wrthi, felly?' holodd y brenin ei wŷr yn ddiamynedd.

'Ysbryd drwg, dybiwn i. Mae'n byw yn y bryn ac mae'r gwaith adeiladu yn aflonyddu arno.'

'Os felly, sut mae cael gwared ag o?' meddai Gwrtheyrn.

'Dyna gwestiwn anodd iawn. Ran amlaf, mae'n rhaid rhoi anrheg i ysbryd fel hyn – aberth o ryw fath.'

'Mae hwn yn ysbryd cryf a pheryglus iawn,'

meddai un arall o'r gwŷr doeth. 'Bydd angen aberth arbennig i'w fodloni.'

'Beth fyddech chi'n awgrymu?'

'Plentyn, syr – ac nid unrhyw blentyn chwaith. Bydd yn rhaid cael plentyn a aned heb dad.'

'Ond mae hynny'n amhosib!' meddai Gwrtheyrn. 'Lle cawn ni blentyn o'r fath?'

'Bydd yn rhaid chwilio'n ddyfal, syr, ac ar ôl cael hyd iddo, dod ag ef yma, ei ladd a thaenu ei waed ar hyd y sylfeini.'

'Ych a fi!'

'Mae arnaf i ofn, eich mawrhydi, mai dyna'r

unig ffordd. Os gwnewch chi hynny, cewch godi eich castell heb unrhyw drafferth a byddwch yn ddiogel am byth.'

Galwodd Gwrtheyrn ei bobl i gyd at ei gilydd a dweud wrthyn nhw beth oedd cyngor y gwŷr doeth.

'Bydd hon yn dasg anodd iawn ei chyflawni, fy mhobl, ond y mae gwobr fawr yn disgwyl y sawl gaiff hyd i'r plentyn hwn. Rwyf yn addo y caiff ei bwysau ei hun mewn aur!'

Aeth cynnwrf mawr drwy'r dorf o glywed am y fath gyfoeth. Aed ati ar unwaith i gyfrwyo ceffylau cyflym a hel dillad ac offer ynghyd i fynd ar daith hir. Gofalwyd mynd â digon o fwyd ac roedd gan bob un babell oherwydd bydden nhw'n mynd i fannau heb na thŷ na thwlc i'w cysgodi. Cyn pen dim roedd y criw anturus wedi gadael, rhai'n mynd i'r gogledd, eraill i'r de, rhai i'r gorllewin i gyfeiriad y machlud ac eraill mwy mentrus fyth yn mynd am y dwyrain a thiroedd gelynion Gwrtheyrn.

Daeth yr haf hwnnw i ben. Dechreuodd y dail droi eu lliw ond doedd dim golwg fod yr un o'r chwilotwyr yn dychwelyd. Oerodd y tywydd a gwelwyd yr eira cyntaf ar gopa'r Wyddfa. Yn ei wersyll wrth droed y bryn, swatiai Gwrtheyrn wrth danllwyth o dân, yn ysu am weld dychweliad ei ddynion gyda'r plentyn gwyrthiol. Heb furiau cadarn o'i gwmpas, teimlai'n wan a diamddiffyn. Roedd mwy nag oerfel y tywydd yn gwneud iddo grynu. Yna, un

diwrnod, deffrowyd y brenin gan gythrwfl mawr. Am eiliad, rhwng cwsg ac effro, meddyliodd fod ei elynion wedi cael hyd iddo ac estynnodd am ei gleddyf. Yna sylweddolodd beth oedd y bobl yn weiddi.

'Mae Dafydd yn ôl – a hogyn dieithr efo fo.'

Rhuthrodd Gwrtheyrn i wisgo amdano a mynd allan at Dafydd Goch a'r bachgen dieithr.

'Fy mrenin,' meddai Dafydd yn falch, 'credaf fy mod wedi cael hyd i'r bachgen a ddisgrifiwyd gan eich gwŷr doeth.'

Edrychodd Gwrtheyrn yn ddigon amheus arno. Doedd dim arbennig ynglyn â'r bachgen ac ofnai fod Dafydd Goch yn ceisio'i dwyllo.

'Sut wyddost ti mai hwn yw'r un?'

Gwrtheyrn i'r bachgen.

'Ydi, syr.'

'Beth ydi dy enw di 'ngwas i?'

'Myrddin, syr – Myrddin Emrys. Ac fe wn i pam y daeth Dafydd Goch â mi yma ...'

'Beth? Sut y gwyddost ti?'

'O, fe wn i lawer o bethau. Rydych chi'n bwriadu fy lladd, on'd ydych, ac yna taenu fy ngwaed dros sylfeini eich caer i blesio ysbryd sydd i fod i fyw ar gopa'r bryn.'

'Wel ...'

'Fe fyddwch yn fy lladd i'n ofer os gwnewch chi hynny. Credwch chi fi, does dim ysbryd ar ben y bryn yna. Pwy ddywedodd y fath ffwlbri wrthych chi?'

'Fy ngwŷr doeth – ond beth ydi hynny i gyw bach fel ti?'

'Wyddon nhw ddim am beth maen nhw'n sôn. Os lladdwch chi fi a rhoi fy ngwaed ar y gaer, wnaiff o ddim gwahaniaeth o gwbl. Dal i ddisgyn wnaiff y gaer. Ffyliaid ydi'ch gwŷr doeth i gyd!'

'Peidiwch â gwrando arno, syr! Ceisio achub ei hun y mae o. Beth ŵyr y bachgen ifanc yma am ysbrydion, ac welodd o erioed mo'r lle yma o'r blaen!'

'Ie,' meddai un arall. 'Lladdwch o eich mawrhydi, er mwyn gorffen y gwaith adeiladu a chael castell diogel i chi.'

'Maen nhw'n iawn,' meddai Myrddin. 'Wn i ddim am ysbryd ar ben y gaer ... ond wyddon

'Wel, eich mawrhydi, crwydrais y wlad i gyd yn chwilio am blentyn fel yr un a ddisgrifiwyd – un wedi ei eni heb dad. Ond roedd fy holl chwilio'n ofer, nes i mi gyrraedd tre ddieithr yn y de. Roeddwn i'n chwilio am lety dros nos pan glywais ddau blentyn yn ffraeo. Roedd un yn brolio wrth y llall yn dweud mai celwydd oedd y cwbl, na fedrai ei dad wneud hanner y pethau a ddywedai. "Hy!" meddai'r llall, "dwyt ti ond yn genfigennus am nad oes gen ti dad! Mae Mam yn dweud na fu gen ti dad erioed o ran hynny, os nad oedd yn ysbryd." Pan glywais i hynny, fe wyddwn fod fy chwilio mawr ar ben a gafaelais yn y bachgen a chychwyn am adref.'

'Ydi hyn i gyd yn wir?' gofynnodd

nhw ddim chwaith! Nid ysbryd sy'n gwneud i'ch caer ddisgyn, syr, ond dwy ddraig sy'n byw mewn llyn o dan y bryn. Maen nhw'n ymladd efo'i gilydd bob nos nes ysgwyd yr holl fryn a chwalu'r sylfeini.'

'Rwtsh!'

'Os credwch chi hynna, fe gredwch chi rywbeth, eich mawrhydi.'

'Arhoswch am funud,' meddai Gwrtheyrn, 'gadewch i Myrddin orffen.'

'Os tyllwch o dan y gaer fe gewch hyd i ddwy ddraig. Mae un wen ac un goch yno. Cynrychioli'r Saeson y mae'r un wen, a'r un goch yn cynrychioli'r Cymry. Mae'r un wen yn ymladd yn ffyrnig tu hwnt ar hyn o bryd a bron â threchu'r un goch – ond y ddraig goch wnaiff ennill yn y diwedd. Os gollyngwch hwy'n rhydd fe gân nhw ymladd yn rhywle arall a bydd eich caer yn ddiogel.'

'Lladdwch o, syr! Peidiwch â gwrando ar fwy o'i gelwyddau.'

Ond roedd Gwrtheyrn yn hoffi'r bachgen ac er mor ifanc ydoedd, fe wyddai rywsut ei fod yn dweud y gwir.

'Dyma fy mhenderfyniad. Awn i ben y bryn a chaiff y gweithwyr dyllu yno i chwilio am y dreigiau. Os nad ydyn nhw yno, caiff Myrddin ei ladd ond os ydyn nhw, *chi*, fy ngwŷr doeth, fydd yn marw. Dewch – awn i ben y bryn.'

Dilynodd pawb y brenin i ben y bryn a'r unig sŵn i'w glywed oedd rhofiau, ceibiau a throsolion y gweithwyr yn taro'n erbyn ambell garreg wrth iddyn nhw dyllu'n ddyfnach ac yn ddyfnach i'r ddaear galed.

'Maen nhw wedi tyllu i lawr ddeg troedfedd yn barod, syr, a does dim golwg o ddreigiau!'

'Gwastraff amser yw hyn – lladdwch Myrddin yn awr ac fe gewch ddechrau adeiladu fory. Codi llys yw'r bwriad yn y fan yma, nid tyllu anferth o bydew!'

Ar hynny daeth bloedd fawr.

'Dŵr! Mae dŵr yng ngwaelod y twll! Roedd Myrddin yn iawn. Mae llyn o dan y gaer.'

Ac roedd Myrddin yn llygad ei le. Fe gafwyd dreigiau yn y llyn tanddaearol – un wen ac un goch. Y ddraig goch honno yw'r union un a welir ar faner Cymru heddiw oherwydd iddo ddweud y byddai'n trechu draig wen Lloegr un diwrnod.

Os ewch chi at y bryn heddiw fe welwch chi olion y gaer a godwyd yno gan Gwrtheyrn, ond wnaeth o ddim byw yno. Yn lle hynny, rhoddodd y gaer yn anrheg i Myrddin Emrys a'r enw arni hyd heddiw ydi Dinas Emrys. O ie – un peth arall. Pan ewch chi i Ddinas Emrys, cofiwch edrych ar y beddau wrth droed y bryn. Yno fe welwch feddau'r gwŷr doeth nad oedd mor ddoeth â Myrddin, wrth gwrs!

BARTI DDU

Pentref bach tawel yng ngogledd sir Benfro ydi Castellnewydd Bach, neu Gasnewy'-bach ar lafar gwlad, ac roedd yn llai o lawer dri chan mlynedd yn ôl. Yr adeg honno doedd y lle fawr mwy nag ychydig fythynnod to gwellt, melin ac ambell fferm.

Gwneud clocsiau oedd gwaith tad Bartholomew, neu Barti fel y galwai pawb ef. Roedd ganddo fop o wallt du cyrliog ac yn dipyn o ffefryn gyda phawb yn y pentref. Un mentrus iawn oedd Barti ac ef oedd y dewraf o holl fechgyn yr ardal.

Roedd pawb yn y fro yn dlawd a bwyd yn ddigon prin weithiau, yn enwedig yn nhŷ'r clocsiwr a'i deulu. Dyna'r adeg pan fyddai Barti yn llithro allan yn y nos i gosi bol ambell eog neu rwydo sgwarnog dew ar dir y stad. Gwyddai'r cipar yn iawn ei fod wrthi ond ni fedrai yn ei fyw ei ddal – nid bod Barti wedi rhoi llawer o gyfle iddo.

Roedd yn un direidus iawn, hefyd. Un tro, rhoddodd dywarchen fawr ar ben corn simnai tŷ'r cipar nes bod hwnnw a'i deulu yn gorfod rhuthro allan yn pesychu a rhwbio'u llygaid, a hynny oherwydd iddo siarad yn gas ag un o ffrindiau Barti. Dro arall, fe drodd ddŵr y felin i'r ffordd fawr un noson rewllyd er mwyn i fechgyn y pentref gael lle i sglefrio drannoeth.

Yn digwydd bod, roedd y sglefren y tu allan i dŷ'r cipar a phan aeth hwnnw allan yn y nos i weld a oedd rhywun yn hela heb hawl, cafodd andros o godwm a thorri ei fraich.

Fore trannoeth deffrowyd y clocsiwr a'i deulu gan sŵn curo mawr ar y drws.

'Pwy ar wyneb y ddaear all fod yma'r adeg hyn o'r dydd, Martha?'

'Wn i ddim wir, Siôr bach,' meddai hithau. Daeth sŵn dyrnu ar y drws eto.

'Iawn, o'r gorau, rydw i'n dod nawr! Daliwch eich gwynt, wir!' dwrdiodd Siôr Roberts, gan lapio côt gynnes amdano.

Ar ôl agor y drws pwy oedd yno ond y cipar, ei fraich dde wedi ei lapio'n dynn mewn cadachau ac yn gorffwys mewn sling.

'John Parry, beth yn y byd mawr ydych chi eisiau? Wyddoch chi faint o'r gloch ydi hi?'

'Gwn yn iawn. Ydi'r Barti gythrel yna yn y tŷ?'

'Peidiwch chi â siarad fel yna am fy mab i.'

'Fe siarada i fel y mynna i. Pan gaiff Syr Edmund wybod am yr hyn sydd wedi digwydd i mi, fe fydd hi'n ddrwg ar dy Barti annwyl di, o bydd! Mae'r crwt yna wedi mynd yn rhy bell y tro hwn.'

'Beth ydych chi'n feddwl?'

'Rydw i wedi torri fy mraich o'i achos ef. Mae'r feidr yn gramen o rew oherwydd iddo droi dŵr y felin iddi ac fe syrthiais innau. Fe gaiff garchar am hyn yn sicr.'

'Dim ond deuddeg oed ydi'r crwt. Wnewch chi mo'i yrru i garchar, erioed?'

'Gewch chi weld am hynny. Mae anafu un o swyddogion y Plas yn drosedd ddifrifol iawn ...'

Tra oedd y ddadl hon yn mynd ymlaen, roedd ei fam wedi deffro Barti ac wedi dweud wrtho beth oedd wedi digwydd.

'Ond gwneud sglefren oedden ni, Mam, nid gosod trap i'r hen ffŵl tindrwm yna.'

'Dydw i ddim yn amau hynny, 'ngwas i, ond mae'n sôn am dy garcharu di ac fe wyddost ti sut un ydi'r Syr Edmund yna.'

'Fe fydda i'n iawn, Mam.'

'Fe fyddai'n dda gen i pe gwyddwn i hynny. Yr unig ffordd i wneud yn siŵr o hynny yw i ti fynd oddi yma.'

'Lle'r af i, Mam fach?'

'Wel, mae cefnder i mi yn fêt ar yr Elisabeth yn Abergwaun. Wyt ti'n cofio iddo sôn am i ti fynd yn brentis arni beth amser yn ôl?'

'Ydw siŵr, ond doeddech chi ddim yn fodlon.'

'Rydw i'n fodlon yn awr. Mae'n well gen i dy weld yn mynd i'r môr nag i garchar Caerfyrddin.'

'Gwych! Diolch, Mam! Iesgob, rydw i'n falch i'r horwth tew John Parry yna fynd â'i draed i fyny ...'

A dyna sut y dechreuodd gyrfa un o fôr-ladron enwocaf Cymru. Nid bod Barti Ddu yn fôr-leidr o'r cychwyn, chwaith. Na, dim o'r fath beth. Bu'n brentis am beth amser ar yr *Elisabeth* heb wneud llawer mwy na choginio a chysgu am y fordaith neu ddwy gyntaf. Yna, yn raddol, dechreuodd ddysgu rhai o sgiliau'r morwr ac yn fwy na dim, parchu'r môr.

O'r dechrau un roedd Barti Ddu yn forwr naturiol, er na fu ar gyfyl y môr cyn hyn. Mwynhâi su'r awelon yn yr hwyliau, sŵn y tonnau yn llepian yn erbyn ochrau'r llong a hyd yn oed ru'r corwyntoedd pan oedd yr *Elisabeth* yn carlamu fel ebol blwydd o'u blaenau. Mwynhâi gwmni'r criw ac roedd yr hwyl a geid yn ei gwmni yn ei wneud yn boblogaidd iawn yng ngolwg pawb.

Erbyn ei fod yn dri deg chwech oed roedd wedi gweld y rhan fwyaf o'r byd y gwyddid amdano yr adeg honno, o ryfeddodau India at harddwch ynysoedd y Caribî. Roedd Barti wrth ei fodd. Câi faint fynnai o amser i grwydro, cyfarfod pobl wahanol a gweld golygfeydd na fedrai ei rieni eu dychmygu pan ddisgrifiai nhw ar ymweliadau â Chasnewy'-bach. Yna, ar ôl pedair mlynedd ar hugain o grwydro'r moroedd yn cludo cargo o bob math, newidiodd bywyd y morwr o Gymro yn llwyr.

Erbyn hyn roedd Barti yn ail fêt ar long o'r enw'r *Princess* ac yn hwylio'n ôl am Fryste gyda chargo o lestri a sbeisys prin y Dwyrain. Am unwaith, roedd y tywydd ym Mae Gwasgwyn yn braf, oherwydd gallai fod yn ddigon anwadal yma. Safai Barti ar y bow yn mwynhau pum munud o orffwys pan welodd long arall yn dod tuag at y *Princess*. Roedd rhywbeth yn wahanol ynglŷn â hi, ond o'r pellter yma ni fedrai ddweud yn union beth oedd hynny. Yn sydyn, teimlodd ei galon yn rhoi naid wrth weld fod pob modfedd o'r llong ddieithr wedi ei phaentio'n ddu ac roedd ei chriw yn edrych yn filain ac yn arfog. Llong môr-ladron oedd hi!

Roedd yn llawer cyflymach na'r *Princess* ac o fewn dim roedd wrth ei hochr a'r môr-ladron yn taflu haearnau bachu a rhaffau drosodd i dynnu'r ddwy long at ei gilydd. O fewn eiliadau roedd y môr-ladron ar fwrdd y *Princess*, er pob ymdrech gan y criw i'w hatal.

'Peidiwch â gadael iddyn nhw gael eu ffordd eu hunain!' bloeddiodd Barti. 'Gafaelwch mewn pastwn neu ddarn o raff – unrhyw beth – i'w hatal nhw!'

Ond cwffast unochrog iawn oedd hi. Roedd llawer mwy o'r môr-ladron ac roedden nhw wedi hen arfer ymladd. Barti oedd yr olaf i gael ei ddal a llusgwyd ef o flaen capten y llong ddu. Roedd ganddo gaban moethus a dillad drud.

'Pnawn da. Hywel Dafydd ydi'r enw.'

'Y ... y ... pnawn da. Bartholomew Roberts ydw innau. Cymro ydych chi!'

'Ie, wrth gwrs, Cymro glân gloyw o sir Fôn – Penmon, a bod yn fanwl gywir. Wyddost ti am fan'no?'

'Gwn yn iawn. Rydw i wedi bod â chargo i Fiwmares fwy nag unwaith.'

'Wel wir, tydi'r hen fyd yma'n fach! Gwranda, Bartholomew Roberts, mae gen i gynnig i ti.'

'O? Beth felly?'

'Mae angen dynion abal fel ti arna i – dynion sydd heb fymryn o ofn ac sy'n barod i gwffio pan fo rhaid. Sut mae ei deall hi, wyt ti'n gêm?'

'Wel, dydw i ddim yn siŵr. Mae gennych chi fôr-ladron enw drwg iawn, wyddoch chi. Rydych chi i fod yn greulon ac yn gwneud i bobl gerdded y planc ac ati.'

'Nid criw y *Wennol Ddu*, was. Y cwbl ydan ni'n wneud ydi'r hyn sy'n digwydd ar y *Princess* rŵan: mi gymerwn ni yr hyn sydd ei angen arnon ni ac wedyn fe gaiff hwylio ymaith yn ddiogel. Rhyw daclau eraill sy'n rhoi enw drwg i fôr-ladron parchus fel ni.'

'Wel, ie felly.'

'Wyt ti'n gêm 'te? Fe gei di fyw fel lord a chael rhan gyfartal o bopeth ydan ni'n ei gael o longau eraill.'

'Iawn 'te. Mae bywyd ar y *Princess* a'i thebyg yn gallu bod yn ddigon undonog a'r cyflog yn fach.'

'Da iawn ti, Bartholomew!'

'Galwch fi'n Barti – Barti Ddu mae pawb yn fy ngalw i.'

'Iawn ... Croeso at griw y *Wennol Ddu*, Barti Ddu. Gyda llaw, gymeri di banad?'

'Paned? Roeddwn i'n meddwl mai rym a diodydd o'r fath oedd môr-ladron yn yfed?'

'Y sothach hwnnw? Does dim ond y te gorau o India a choffi De America ar y llong yma.

'Coffi? Ches i erioed beth o'r blaen, mae'n rhy ddrud.'

'Wel, dyma dy gyfle di felly. A dweud y gwir, ar y ffordd i Dde America yr oedden ni rŵan pan welon ni chi. Mae digon o aur ac arian i'w gael yno, ond bod y taclau Sbaenwyr yna'n tueddu i chwarae'n fudur a defnyddio gynnau ac ati.

Ac felly yr oedd hi. Fe aeth y *Wennol Ddu*

draw ar draws Môr Iwerydd a'r criw oedd i gyd yn Gymry Cymraeg yn byw fel lords, yn union fel y dywedodd Hywel Dafydd.

O fewn chwe wythnos daeth newid pellach i fywyd Barti. Erbyn hynny roedden nhw wedi cyrraedd traethau Brasil ac wedi ysbeilio nifer o longau – ac nid llongau'n unig chwaith. Rhyfeddodd y criw at ddewrder Barti pan rwyfodd i'r lan ger tref fawr Sbaenaidd un noson a dychwelyd ymhen rhai oriau gyda chadwyn aur y maer yn ei boced!

Yna daeth trychineb, oherwydd wrth fyrddio llong anelodd un o'i chriw wn at Hywel Dafydd a'i saethu'n farw. Beth wnâi'r môr-ladron yn awr? Wel, dewis capten arall, wrth gwrs, ac er mai ond chwe wythnos y bu gyda nhw, dewiswyd Barti.

O fewn dyddiau, roedd pawb yn gwybod am Barti Ddu, capten newydd y *Wennol Ddu*, oherwydd un digwyddiad arbennig. Roedd llongau Sbaen a Phortiwgal yn gwybod eu bod yn darged amlwg i fôr-ladron ac felly yr hyn a wnaent oedd hwylio gyda'i gilydd yn un fflyd fawr. Gwydden nhw, felly, na fentrai'r un môr-leidr ymosod arnynt. Yn wir, felly y tybiai pawb ond Barti Ddu.

'Mae'r cynllun yn un syml iawn,' meddai wrth ei ddynion. 'Fel y gwyddoch chi, mae llynges o bedwar deg dwy o longau'r Sbaenwyr yn yr harbwr yr ochr bellaf i'r trwyn acw ac yn eu canol yn rhywle mae'r *Santa Maria* sy'n orlawn o drysorau'r Indiaid. Rydyn ni'n mynd i'w byrddio a'u cymryd oddi ar y Sbaenwyr.'

'Oes gan yr hen longau yna yr wyt ti wedi mynnu i ni eu hwylio yma ran yn y cynllun?' meddai Jâms Gruffydd, mêt y *Wennol Ddu*.

'Da iawn nawr, Jâms. Oes, wrth gwrs. Yr hyn wnawn ni yw mynd â nhw at geg yr harbwr heno, eu rhoi ar dân a gadael iddyn nhw hwylio ymlaen at y llynges. Buan iawn y daw'r *Santa Maria* a'r lleill allan wedyn ac fe fedrwn ninnau gael helfa go lew.'

A dyna a wnaed y noson honno. Gweithiodd cynllun Barti yn berffaith a thra oedd y llongau yn ceisio ffoi o'r harbwr rhag y llongau tân,

Doedd dim yn well ganddo na sgwario ar y dec mewn trowsus melfed, crys sidan, gwasgod goch a het felen gyda phluen goch ynddi. Chwarddai'n braf wrth weld llongau'n sgrialu wrth ei weld yn dod. Unwaith, fe aeth i Newfoundland lle'r oedd dwy ar hugain o longau, ond ffoi wnaeth pob llong wrth weld y *Wennol Ddu* ...

Crwydrai Barti a'i griw i bedwar ban byd yn hel trysorau o bob math ac roedd llawer yn ei ofni. Er hyn, doedd ddim yn ddyn creulon. Roedd llawer o fôr-ladron eraill yn greulon a chiaidd, ond nid Barti Ddu. Ffieiddiai ef atyn nhw am roi enw drwg i'r proffesiwn, fel y galwai ef.

llithrodd y *Wennol Ddu* at y *Santa Maria* a dwyn y trysor oddi arni cyn i'r gweddill sylweddoli beth oedd yn digwydd. Hwyliodd y llong ddu i ffwrdd i'r tywyllwch a'r criw yn chwerthin yn braf at fenter eu capten a roddodd sawl cist o aur a gemau yn eu dwylo.

O hynny ymlaen daeth sawl un i ofni gweld y *Wennol Ddu* a'i baner newydd, sef y penglog a'r esgyrn croes. Baner Barti oedd hon i ddechrau ond cyn bo hir roedd ar hwylbren llong pob môr-leidr.

Os oedd ei long a'i faner yn ddu, roedd Barti ei hun yn hoffi gwisgo'n ffasiynol a lliwgar.

Yn anffodus i Barti, roedd yr awdurdodau'n edrych ar bob môr-leidr fel gelyn marwol ac un o'r rheini oedd dyn o'r enw Capten Ogle. Po fwyaf y sôn am Barti Ddu, mwyaf y casâi y capten ef. Roedd llwyddiant y môr-leidr yn dân ar ei groen a chrwydrai'r moroedd yn ei long ryfel yn chwilio amdano.

Bu Capten Ogle yn agos iawn at Barti ar adegau ond roedd y môr-leidr dewr yn rhy gyflym iddo bob amser. Yn y diwedd, penderfynodd mai'r unig ffordd i'w ddal oedd ei hudo i drap.

Byddai'r *Wennol Ddu* yn crwydro'n

rheolaidd i chwilio am ysbail rhwng De America a thraethau Gorllewin Affrica ac fe wyddai Capten Ogle hyn. O ddilyn y llong ddu, gwelodd fod Barti yn mynd am Wlff Gini a gwelodd ei gyfle. Anelai Barti at Benrhyn Lopez ac yno yr aeth y môr-leidr i gaethgyfle.

Mewn bae unig ar lwybrau'r llongau cludo aur a thrysorau, trefnodd Capten Ogle fod ei long yn cael ei hangori. Gwyddai Capten Ogle y byddai Barti yn ymosod arni a phan wnâi hynny, dyna ei gyfle yntau.

Ar fwrdd y *Wennol Ddu* roedd Barti wedi cymryd at y mêt, Jâms Gruffydd, yn arw.

'Jâms, os digwydd rhywbeth i mi, rydw i am i ti fod yn gapten ar fy ôl ac rydw i am i ti ofalu fy mod yn cael fy nghladdu yn y môr – yn Locar Dafydd Jones – a hynny yn fy nillad gorau. Wyt ti'n addo?'

'Gapten annwyl, peidiwch â siarad fel yna, wir. Fe fyddwch chi efo ni am flynyddoedd eto, nes byddwch chi'n barod i roi'r gorau iddi, ac fe ddilynwn ni chi i ble bynnag yr ewch chi â ni.'

'Wel, ar hyn o bryd, rydw i'n bwriadu mynd i'r lan am wythnos neu ddwy i gael gorffwys. Cofia di 'ngeiriau i. Wyt ti'n addo?'

'Ydw siŵr, ond arhoswch am funud – beth ydi nacw?'

'Llong ar ei phen ei hun! Dyna beth prin y dyddiau yma – ac un yn llawn trysor ddywedwn i hefyd, oherwydd mae'n isel yn y dŵr.'

'Beth wnawn ni, Capten?'

'Wel ei chipio hi, siŵr iawn, ac yna mynd i'r lan am fymryn o wyliau yn yr haul.'

Ar hynny, galwyd pawb ar y dec a daeth pob un gyda'i gleddyf, ei raff a'i gyllell, yn barod i fyrddio'r llong drysor. Nid oedd neb i'w weld ar gyfyl y llong a wnaeth Barti amau dim nes bod bachau a rhaffau cynta'r criw yn taro'i dec. Roedd popeth yn rhy hawdd – tybed nad trap oedd y cyfan ...?

Fe gafodd ei ateb yn y man, oherwydd o grombil y llong ymddangosodd ugeiniau o filwyr arfog, ac yn waeth fyth, o'r tu ôl i drwyn o dir ymddangosodd llong ryfel Capten Ogle. Roedd rhaid ffoi ar unwaith!

'Torrwch y rhaffau! Trap ydi o!' bloeddiodd Barti nerth esgyrn ei ben.

Rhain oedd ei eiriau olaf. Edrychodd un o'r milwyr i gyfeiriad y llais, gweld y wasgod goch, anelu a thanio. Lladdwyd Barti Ddu yn y fan a'r lle.

Er eu dychryn, ni chollodd criw y *Wennol Ddu* arnyn nhw eu hunain, a chyda Jâms Gruffydd wrth y llyw, llwyddodd pawb i ddianc. Y noson honno, cadwodd Jâms ei air i'w gapten a llithrodd corff Barti Ddu i ddyfnderoedd y môr wedi ei wisgo'n ysblennydd. Roedd y crwt o Gasnewy'-bach wedi byw a marw ar y môr a doedd hi ond yn addas ei fod yn cael ei gladdu ynddo hefyd.

CANTRE'R GWAELOD

Dewch am dro drwy Gymru'r gorffennol. Y gorffennol pell – pell iawn, hefyd. Doedd Caerdydd, prifddinas Cymru, yn ddim ond pentref pysgota bach ar lan y môr. Roedd Merthyr Tudful a'r cyffiniau yn ddyffryn gwyrdd hyfryd, a defaid, geifr a gwartheg yn pori'n dawel ar y llethrau. Yn Rhaeadr Gwy, gwelid dynion cryfion, barfog yn rhwydo eogiaid anferth fel bariau o arian byw. Ymlaen â ni am y mynyddoedd. Rhaid fyddai cymryd pwyll bellach gan nad oedd ond llwybr cul yn mynd dros lepan Pumlumon. Fyddai wiw i ni fynd y ffordd hon wedi iddi dywyllu oherwydd roedd gwylliaid anwar yn byw yn nannedd y

creigiau, medden nhw. Gwell mynd ymlaen am Aberystwyth a glan y môr ...

Glan y môr? Pa lan y môr? Dal i lifo yn ei blaen yr oedd afon Ystwyth a dim hanes o aber na thraeth. Roedd Bae Ceredigion yn dir sych!

Yr enw ar y tir sych hwnnw oedd Cantre'r Gwaelod ac roedd yn lle arbennig o hyfryd. O'r tir uchel gellid ei weld yn ymestyn yn wastad braf tua'r gorwel a machlud yr haul. Tir ffrwythlon iawn oedd hwn, a'r awyr yn llawn su gwenyn ac arogl blodau hyfryd. Dyma'r unig ran o Gymru lle gellid tyfu grawnwin yn ddidrafferth. Roedd pobl Cantre'r Gwaelod wrth eu bodd yn byw yma oherwydd roedd digon o fwyd a diod ar gael, haf a gaeaf.

Enw brenin y Cantref oedd Gwyddno

Garanhir oherwydd ei fod yn ddyn eithriadol o dal, a choesau hir ganddo. Dyn caredig iawn oedd Gwyddno ac roedd ei bobl yn hapus iawn. Clywid sŵn chwerthin a chwarae, dawns a chân ym mhob cornel o'r wlad.

Un broblem oedd ynglŷn â Chantre'r Gwaelod. Roedd y tir mor isel nes bod yn rhaid cael clawdd anferth i gadw'r môr allan. Ac roedd hwn yn glamp o glawdd hefyd. Roedd yn cychwyn yn Aberdaron ym Mhen Llŷn ac yn gorffen yn Abergwaun yn sir Benfro. Gan fod nifer o afonydd yn llifo drwy'r Cantref roedd dorau mawr yn y clawdd i adael iddyn nhw lifo allan pan oedd y môr ar drai ond gofelid cau'r dorau pan oedd y llanw'n codi.

Roedd yn hanfodol agor a chau'r dorau mawr mewn pryd, oherwydd trigai miloedd o bobl yn y Cantref, mewn un ar bymtheg o ddinasoedd hardd. Un o'r dinasoedd hynny oedd Mansua, porthladd pwysicaf Cymru ar y pryd. Prifddinas y Cantref oedd Caer Wyddno a safai filltiroedd allan i'r môr o Aberystwyth. Gwaith cyfrifol tu hwnt oedd gofalu am y morglawdd a'r dorau oherwydd dibynnai bywydau pawb yn y Cantref a'r dinasoedd arno. Chwiliai pob un o frenhinoedd Cantre'r Gwaelod am ddyn cyfoethog, urddasol i wneud y gwaith, a'r un a ddewisodd Gwyddno oedd Seithennyn. Roedd yn ŵr cyfoethog iawn oherwydd roedd ei dad, Seithyn Seidi, yn dywysog. Yn anffodus roedd hefyd yn feddwyn a oedd yn beryglus iawn i ddyn mewn gwaith mor bwysig.

Un diwrnod roedd Gronw, mab hynaf Gwyddno, yn cael ei ben-blwydd a phenderfynodd y brenin gynnal gwledd fawr yng Nghaer Wyddno i ddathlu'r achlysur. Anfonwyd gwahoddiad i bawb o bwys ac am ddyddiau cyn y wledd gwelid pobl yn cyrchu tua'r ddinas.

'Symud o'r ffordd Berwyn, mae coets fawr arall yn dod!'

'Oes, myn diain i. Mwy o fyddigions yn mynd i'r wledd, mae'n siŵr. Maen nhw'n dweud bod cannoedd os nad miloedd yn dod yma erbyn fory. Mi fydd hon yn wledd a hanner!'

'Greda i. Mae ugeiniau o longau dieithr ym Mansua a rhai ohonyn nhw wedi cludo gwesteion o gyn belled â Llydaw.'

'Wel, mae gan Gwyddno deulu yn y fan honno wedi'r cwbl, does?'

'Oes, o ran hynny.'

'Wyt ti wedi cael gwahoddiad?'

'Na, dydw i ddim yn ddigon pwysig.'

'Na finnau chwaith.'

Roedd Caer Wyddno'n ferw gwyllt a'r holl ddinas wedi ei haddurno'n hardd ar gyfer yr achlysur. Mewn sawl cilfach a sgwâr, roedd byrddau wedi cael eu hulio a lle wedi ei glirio i ddawnsio, oherwydd roedd y werin hefyd am ddathlu a chynnal eu partïon eu hunain i ddathlu pen-blwydd Gronw.

Os oedd prysurdeb yn y strydoedd, doedd hynny'n ddim o'i gymharu â'r palas brenhinol. Roedd hwnnw fel nyth morgrug. Rhuthrai gweision, morynion a negeswyr yma ac acw gan gario a symud pob math o nwyddau. Fel y gallech ddisgwyl, y gegin anferth oedd y lle prysuraf. A dweud y gwir, roedd hi'n draed moch yn y fan honno. Oherwydd bod cymaint o bobl bwysig yn dod i'r wledd roedd Gwyddno wedi talu i gogydd enwocaf Ffrainc ddod i baratoi'r bwyd. Ei enw oedd Monsieur Blanc. Gwisgai het wen uchel ac roedd ganddo wyneb mawr, coch a sgleiniai fel tomato gwlyb yng ngwres y gegin. Roedd ganddo hefyd glamp o fol – a chlamp o dymer!

'O, *mon dieu*! Mwy o fwyd! Ond mae'r Cymry yma mor anwaraidd! Maen nhw wedi eu magu ar alwyni o lobsgows ac yn disgwyl cael tomennydd o fwyd bob tro. Ych a fi! Maen nhw'n bwyta fel canibaliaid. Ond rydw i'n athrylith, a sut y mae disgwyl i mi greu gyda mynydd o fwyd fel hyn?'

Ac roedd ganddo le i gwyno. O'i flaen roedd tomen anferth o lysiau, cig a ffrwythau. Doedd dim amdani ond dechrau ar y gwaith, oherwydd fel y dywed yr hen air – deuparth gwaith yw ei ddechrau. (Nid y gwyddai Monsieur Blanc hynny wrth gwrs, gan mai Ffrancwr ydoedd!)

'Chi, chi a chi – ewch ati i blicio'r tatws a'r moron! Dechreuwch chithau dorri'r cig yn ddarnau. Chwithau, golchwch y ffrwythau. O, am gael bod yn fy nghegin fy hun yn paratoi pryd gwaraidd!'

Aeth pawb ati fel lladd nadroedd i ddilyn gorchmynion Monsieur Blanc.

'Bydd angen gwin arnom i'w roi yn fy ryseitiau cyfrinachol ac ysblennydd i. Oes gwin ar gael?'

'Wrth gwrs,' meddai Mererid, un o'r morynion a oedd yn prysur golli ei thymer â'r cogydd ffroenuchel. 'Sut win sydd ei angen arnoch – un coch neu un gwyn?'

'O? Mae dewis?'

'Wrth gwrs – a hwnnw'n win wedi'i wneud yma yng Nghaer Wyddno gyda grawnwin y Cantre.'

'O, felly'n wir,' meddai Monsieur Blanc. 'Mae pethau'n gwella, felly. Dydych chi ddim wedi'ch magu ar ddim ond stwnsh rwdan yn unig wedi'r cwbl.'

'Y penci powld!' poerodd Mererid dan ei gwynt. Taflodd y daten roedd newydd ei phlicio'n wyllt i'r bwced wrth ei thraed, gan ddychmygu ei bod yn ei thaflu at y cogydd.

Gwawriodd diwrnod y wledd yn braf ond gwyntog. Roedd y bobl gyffredin, gwerin y ddinas, a oedd yn bwyta allan ar y strydoedd yn cynnal eu partïon hwy yn y prynhawn, cyn iddi dywyllu. Clywid canu 'Pen-blwydd Hapus' o bob cwr o'r ddinas a thua phedwar o'r gloch aeth Gronw o gwmpas y strydoedd yng ngherbyd y brenin. Roedd Caer Wyddno yn atseinio i 'Hwrê' y bobl. Yr un pryd roedd y gwynt yn cryfhau nes ei fod yn chwibanu o gwmpas tyrau'r ddinas. Cliriwyd y byrddau'n gyflym, ond nid cyn i aml liain bwrdd gael ei chwythu ymaith i ebargofiant.

Erbyn gyda'r nos, roedd y gwynt fel peth byw, yn carlamu ar draws y Cantref. Roedd y trigolion yn falch o swatio yn eu tai wrth wrando arno'n ubain drwy'r strydoedd gweigion, gan sgytian drysau a ffenestri fel petai'n benderfynol o fynd i mewn.

Ond yn y wledd, ni chymerai neb sylw o'r gwynt. Rhwng y sgwrsio, y canu a'r dawnsio, prin y clywai neb smic o'i sŵn ac ni phoenai ddim arnynt. Daethpwyd â cherddorion a beirdd o bob rhan o Gymru i'r wledd, ac yn eu plith roedd Carwyn ab Irfon.

Bardd ifanc a ganai i gyfeiliant telyn fechan oedd Carwyn. Roedd yn hardd iawn a sawl un o forynion y palas wedi gwenu'n dlws arno ac ambell un fwy mentrus na'i gilydd wedi rhoi winc arno, hyd yn oed. Ni chymerodd Carwyn sylw o'r un ohonyn nhw, fodd bynnag. Roedd y forwyn benfelen dlos a wnaeth bryd sydyn iddo yng nghanol ei phrysurdeb wedi ei swyno'n lân. A'i henw? Wel, Mererid, wrth gwrs.

Tro Carwyn oedd hi i ganu ac aeth i ben y llwyfan gyda'i delyn. Cafodd groeso brwd, oherwydd roedd yn enwog drwy Gymru am ei ganeuon hyfryd. O gongl ei lygad, gwelai Mererid yn cario jygeidiau o win melys i'r gwesteion. Rhedodd y bardd ei fysedd yn ysgafn ar hyd tannau ei delyn a dechreuodd ganu, gan syllu i fyw llygaid Mererid:

'Dacw hi, ac mi a'i gwelaf,
ati'n union y cyfeiriaf;
Os nad wyf i yn camgymryd,
y fain olau yw f'anwylyd.'

Cochodd Mererid wrth sylweddoli bod Carwyn yn canu amdani a dechreuodd y gynulleidfa fawr guro dwylo. Aeth Carwyn ymlaen â'i gân:

'Ni bu ferch erioed cyn laned,
ni bu ferch erioed cyn wynned;
ni bu neb o ferched dynion
nes na hon i dorri 'nghalon.

Mae dwy galon yn fy mynwes,
un yn oer a'r llall yn gynnes;
un yn gynnes am ei charu,
a'r llall yn oer rhag ofn ei cholli.'

Erbyn diwedd y gân roedd Mererid wedi diflannu i'r gegin a'r gloddestwyr wrth eu bodd, yn gweiddi am fwy a mwy. Ond mynd i'r gegin ar ei hôl wnaeth Carwyn.

Cymerodd Mererid arni ei bod wedi gwylltio'n gandryll, ond yn ddistaw bach roedd hithau wedi syrthio mewn cariad gyda Carwyn hefyd.

Yn y gegin, er y prysurdeb, roedd sŵn y gwynt i'w glywed yn amlwg iawn. Agorodd Carwyn y drws i gael golwg ar y tywydd a dychrynodd wrth deimlo'r glaw yn cael ei chwipio'n erbyn croen ei wyneb. Roedd y gwynt bellach yn gorwynt.

'Ar noson fel hon rydw i'n falch fod gennym ni wal uchel i gadw'r môr allan,' meddai Mererid.

'Greda i. Roeddwn i'n gweld Seithennyn yn y wledd gynnau. Roedd e'n chwil ulw.'

'Beth? Ddylai o ddim bod yma. Mae'r llanw wedi troi ers awr ac fe ddylai fod wedi cau'r dorau i'w gadw allan!' meddai Mererid.

Agorodd Carwyn y drws unwaith yn rhagor ac uwchben rhuo'r ddrycin, tybiai y gallai glywed sŵn tonnau.

'Tyrd Mererid, does dim eiliad i'w sbario! Mae'n rhaid i ni gau'r dorau neu fe fydd hi ar ben arnon ni a phawb arall.'

Y tu ôl iddyn nhw yn neuadd y wledd, clywent Seithennyn yn bloeddio canu'n aflafar a meddw, yn malio dim beth oedd yn digwydd y tu allan.

Cychwynnodd y ddau gariad am y morglawdd ac ofn yn eu gyrru ymlaen. Prin y medren nhw symud oherwydd bod y corwynt yn eu hwynebau, ac nid oedd gobaith iddyn nhw gyrraedd y mur. Pediodd y glaw erbyn hyn ond roedd y gwynt cyn gryfed ag erioed. Bob hyn a hyn, deuai'r lleuad i'r golwg, a chymylau fel talpiau anferth o wadin du yn sgrialu heibio iddo. Yn ystod un o'r cyfnodau pan ddaeth y lleuad i'r golwg gwelodd Carwyn a Mererid fod y môr wedi llifo drwy'r dorau agored. Yn waeth na hynny roedd rhannau o'r wal o boptu'r dorau wedi chwalu a thonnau uchel, barus yn sgubo dros fwy a mwy o dir sych. Mewn arswyd, trodd y ddau ar eu sawdl a rhedeg nerth eu traed am Gaer Wyddno.

'Mae Seithennyn wedi gadael y dorau ar agor!'

'Mae'r môr yn torri trwodd!'

'Mae'r morglawdd yn chwalu!'

'Rhedwch am eich bywyd!'

Yn anffodus, oherwydd sŵn y gwynt, ychydig iawn o bobl a'u clywodd. Buodd y ddau'n curo ar ddrysau cymaint o dai a phosib gan weiddi nerth esgyrn eu pen.

'Codwch y munud yma!'

'Mae'r môr wedi torri trwodd!'

Rhuthrodd Carwyn a Mererid i'r palas i rybuddio pawb i ffoi. Carwyn aeth i mewn yn gyntaf ac aeth yn syth at fwrdd y brenin.

'Eich mawrhydi, mae'n rhaid i chi a phawb arall ffoi ar unwaith! Gadawodd Seithennyn ddorau'r morglawdd ar agor ac mae'r môr wedi dod drwyddyn nhw.'

'Beth? Mae hynny'n amhosib. Mae Seithennyn bob amser yn gofalu eu cau.'

'Gofynnwch iddo – mae yma yn y wledd.'

'Ydi, fe wn i. Ond mae wedi mwynhau gwledd ben-blwydd Gronw gymaint nes ei fod yn cysgu'n sownd erbyn hyn. Chwarae teg iddo, mae'n gweithio'n galed ac yn haeddu gorffwys weithiau.'

'Ond mae'r dorau ar agor!'

'Choelia i fawr. Fyddai Seithennyn byth yn gwneud y fath beth. Codi bwganod yr ydych chi!'

Doedd dim troi ar y brenin, a gadawodd Carwyn a Mererid y llys yn sŵn ei chwerthin:

'Y môr yn torri trwodd, wir!' Gwyddai'r ddau fod eu bywydau mewn perygl ac nad oedd eiliad i'w gwastraffu bellach.

Eu hunig obaith oedd gadael tir isel y Cantref ac anelu am y bryniau, allan o gyrraedd y tonnau. O'u blaenau, gwelodd y ddau ambell olau lantern egwan wrth i rai o bobl Caer Wyddno ffoi am eu hoedl. Ond beth am weddill y bobl? A phobl y dinasoedd eraill? Doedd ganddyn nhw ddim gobaith!

Roedd y llwybr o'u blaenau yn dechrau codi am y bryniau o'r diwedd, ond nid arafodd Carwyn na Mererid mo'u camau. Yna'n sydyn, clywsant sŵn rhyfedd y tu ôl iddyn nhw. Sŵn rhuo rhyfedd oedd o. Trodd y ddau a gweld golygfa arswydus fydden nhw'n ei chofio am byth. Roedd ton anferth, cyn uched â thŵr yr eglwys uchaf, yn sgubo dros Gaer Wyddno ac yn syth

amdanyn nhw. Fel safn rhyw fwystfil dychrynllyd a adawyd i mewn drwy'r dorau agored, llyncai'r don garpiog bopeth o'i blaen, a gwelodd y ddau Gaer Wyddno'n diflannu am byth.

Yn ystod y noson ofnadwy honno, ychydig iawn o bobl Cantre'r Gwaelod lwyddodd i ddianc yn fyw ac yn iach fel Carwyn a Mererid. Llond dwrn yn unig oedden nhw, a chael a chael oedd hi mewn sawl achos i gyrraedd diogelwch bryniau Llŷn, Meirion, Ceredigion neu Benfro cyn i'r don anferth sgubo dros bopeth.

Erbyn iddi wawrio drannoeth, roedd golygfa dorcalonnus yn wynebu'r rhai oedd yn fyw. Gostegodd y gwynt ond doedd dim golwg o Gantre'r Gwaelod. Na'r un ddinas ar bymtheg. Na'r morglawdd. Roedd miloedd o bobl a thir gorau Cymru wedi boddi oherwydd meddwdod Seithennyn. Diflannodd y cyfan am byth a'r cyfan a welid oedd dŵr llonydd y môr.

Crwydrodd Carwyn a Mererid yn dawel a thrist ar hyd ymyl y dŵr, yn meddwl am yr holl bobl a foddwyd. Doedd dim arwydd o fywyd yn unman. Yna'n sydyn sylwodd y ddau fod rhywun yn gorwedd ar y lan, a chadair anferth wrth ei ochr.

'Ydi e'n fyw, Carwyn?'

'Ydi, drwy ryw ryfedd wyrth. Gwyddno yw e. Ac yli beth ydi hon – ei orsedd. Mae'n rhaid bod honno wedi nofio o flaen y don anferth yna neithiwr a bod y brenin wedi llwyddo i ddal ei afael ynddi rywsut.'

Aethon nhw â'r brenin i dŷ a safai ar fryn gerllaw a chyn hir daeth ato'i hun. Er ei fod yn ddiolchgar ei fod yn fyw, roedd yn torri ei galon oherwydd y drychineb ac yn melltithio Seithennyn. Hyd heddiw, enw'r bryn lle bu Gwyddno yn torri ei galon yw Bryn Llefain.

Maen nhw'n dweud bod pysgotwyr Aberystwyth hyd heddiw yn gallu gweld olion Caer Wyddno ar wely'r môr drwy'r dŵr clir ar adegau. Mae hyd yn oed nifer o ffyrdd i'w gweld yn arwain allan i'r môr, i'r cyfeiriad lle'r oedd Cantre'r Gwaelod gynt. Yr enwocaf ohonyn nhw yw Sarn Badrig, sy'n ymestyn am un filltir ar hugain.

Maen nhw'n dweud hefyd bod llawer o adeiladau Cantre'r Gwaelod yn dal yn gyfan o dan y dŵr, gan gynnwys yr eglwysi. Mae'n siŵr eich bod wedi clywed y gân enwog 'Clychau Aberdyfi' sy'n sôn am hyn. Pan fo'r tywydd yn braf a'r môr yn llonydd, gellir clywed clychau Cantre'r Gwaelod yn canu dan y dŵr. Pan fo'r môr yn stormus ni ellir clywed dim ond tonnau'n torri, wrth gwrs.

O ie, mae un peth arall sy'n profi bod hon yn stori wir. Cyn sicred ag y bydd storm anferth neu lanw a thrai mawr ym Mae Ceredigion, fe ddaw olion coed i'r golwg drwy'r tywod a'r graean. Profa hyn fod tir sych yma gynt, a bod coed a glaswellt lle mae crancod a gwymon bellach.

Y WIBERNANT

Maen nhw'n dweud am ambell ddynes ei bod hi'n rêl draig! Peth rhyfedd hefyd, achos welwch chi byth ddynes sy'n goch i gyd ac yn chwythu tân! 'Sgwn i pam mae rhai'n cael eu galw'n ddreigiau? Ar ôl dweud hyn, does neb yn cael ei alw'n wiber chwaith, chwarae teg! Hoffech chi gael eich galw'n neidr? Dyna ydi gwiber erbyn heddiw – neidr wenwynig efo patrwm 'V' ar ei gwar.

Ers talwm roedd gwiberod yn bethau gwahanol iawn. Bwystfilod ofnadwy oedden nhw, fel nadroedd anferth yn hedfan. Roedden nhw'n beryg bywyd i ddyn ac i anifail. Mewn hanes o Ynys Môn, bu un dyn farw wrth i ddant gwiber fynd i'w droed ar ôl iddo roi cic i'w phenglog.

Cafodd un lle ei enwi ar ôl gwiber, sef y Wibernant ger Penmachno yn Nyffryn Conwy, er bod enw'r lle wedi ei sillafu'n wahanol – y Wybrnant – ers rhai canrifoedd bellach. Mae'n siŵr eich bod chi wedi clywed am yr Esgob William Morgan a gyfieithodd y Beibl i'r Gymraeg dros bedwar can mlynedd yn ôl. Wel, yn y Wibernant y cafodd ei eni, ond roedd hynny ymhell ar ôl amser y wiber.

Cloben fawr oedd hon, ac yn beryg tu hwnt gan ei bod hi nid yn unig yn medru byw ar y tir ond o dan ddŵr hefyd. O'r holl wiberod a fu yng Nghymru erioed, hon oedd yr unig un a fedrai wneud hyn.

'Mae'n rhaid i ni gael gwared â hi! Bwytaodd ddau o'm hŵyn gorau yr wythnos diwethaf!'

'Do, a lladd llo i minnau!'

'Ond fe geisiodd Sam y Gof ei lladd hi efo gwaywffon ac fe wyddoch beth ddigwyddodd iddo fo ... welwyd byth mohono wedyn.'

'Maen nhw'n dweud ei bod hi wedi bwyta Sam druan.'

'Ac fe wyddoch beth ddigwyddod pan daflwyd rhwyd drosti a'i llusgo am yr afon efo ceffylau gwedd – fe'u llusgodd hi nhw i'r afon a'u boddi nhw.'

'Do, rydw i'n cofio. A ninnau'n gobeithio ei bod hithau wedi boddi i'w canlyn nhw, ond yn lle hynny mae hi'n medru nofio ac anadlu fel pysgodyn!'

'Wyddoch chi beth? Mae peryg na chawn ni byth wared â hi.'

'Na, peidiwch a siarad fel yna. Mae'n rhaid fod yna ryw ffordd o'i lladd hi.'

'Ond rydan ni wedi trio pob ffordd bosib!'

'Do, efallai – ond beth am bobl y tu allan i'r Wibernant? Beth am gynnig gwobr fawr am ei lladd hi? Bydd hynny'n sicr o ddenu dynion dewr i geisio'i difa.'

Ac felly y bu. Er hynny, dim ond un a fentrodd i'r ardal i herio'r wiber. Owain ap Gruffydd, un o Wylliaid Hiraethog, oedd hwn, un nad oedd ofn neb na dim arno. Cymeriadau ar y naw oedd y Gwylliaid, yn byw ar Fynydd Hiraethog ac yn casáu swyddogion y brenin – brenin Lloegr – ac yn torri pob un o'u rheolau yn fwriadol. Fe wyddoch am Robin Hood a Dafydd ap Siencyn, mae'n debyg. Wel, roedd y rhain yn debyg iawn iddyn nhw a'u dynion.

Cyn mynd at y nant lle'r oedd y wiber yn byw, aeth Owain at ddewin oedd yn byw mewn ogof ar ymyl Mynydd Hiraethog. Dyn rhyfedd oedd hwn. Roedd ganddo lawer o hen, hen lyfrau ac roedd pobl yn dweud ei fod yn medru rheoli stormydd, codi ysbrydion y meirw a rhagweld y dyfodol. Dyma pam yr aeth Owain ato, er mwyn gweld beth oedd yn mynd i ddigwydd iddo.

Er ei fod yn ddyn dewr iawn, doedd arno ddim llai nag ofn wrth fynd at yr ogof dywyll. Beth petai'r dewin wedi codi ysbrydion? Mynd i mewn wnaeth Owain beth bynnag, ac ym mhen draw'r ogof gallai weld llygedyn o olau a'r hen ŵr yn darllen un o'i lyfrau.

'Tyrd i mewn, Owain, roeddwn i'n dy ddisgwyl di!'

'Beth? Sut y gwyddech chi fy mod i'n dod i'ch gweld chi?'

'O, does yna ddim llawer o bethau yn yr hen fyd yma nad ydi Rhys Ddewin yn eu gwybod. Rwyt ti eisiau gwybod a fyddi di'n lladd y wiber ai peidio.'

'Ydw, ond sut ...?'

'Dwyt ti ddim yn mynd i lwyddo.'

'O, beth sy'n mynd i ddigwydd i mi felly?'

'Bydd y wiber yn dy frathu di.'

Roedd Owain wedi dychryn braidd ar ôl clywed hyn, oherwydd gwyddai na fethodd Rhys Ddewin erioed. Ac eto, roedd tro cyntaf i bopeth, on'd oedd? Felly, ymhen diwrnod neu ddau aeth yn ôl i'r ogof, ond wedi gwisgo fel crwydryn blêr y tro hwn, fel na fyddai Rhys yn ei adnabod.

'Fedrwch chi ateb un cwestiwn syml i hen gardotyn tlawd, ddewin?'

'Gofyn, ac fe gei di weld.'

'Sut fydda i'n marw?'

'Dyna gwestiwn od!'

'Ie, ond rydw i am gael gwybod.'

'Wel, os wyt ti'n mynnu: syrthio wnei di a thorri dy wddf.'

Roedd Owain wrth ei fodd. Sgwariodd allan o'r ogof yn llanc i gyd. Onid oedd Rhys Ddewin yn anghywir? Fedrai ddim marw mewn dwy ffordd wahanol. Dim ond un waith y medrai farw!

Er mwyn cael hwyl am ben Rhys a phrofi ei fod yn anghywir eto, penderfynodd Owain fynd i'w weld y trydydd tro. Y tro yma roedd wedi gwisgo fel melinydd, efo barclod mawr gwyn o'i flaen a chlamp o locsyn smalio mawr i guddio'i wyneb.

'Pnawn da!'

'Sut hwyl sydd?'

'Iawn diolch, ond bod y wraig yn poeni am fy

mod i'n felinydd. Mae hi'n poeni rhag ofn i mi syrthio o ben un o'r ysgolion yn y felin.'

'O ie?'

'Ie. Rydych chi'n ddewin. Fedrwch chi weld beth sy'n mynd i ddigwydd fory?'

'Medraf wrth gwrs!'

'Fedrwch chi ddweud sut fydda i'n marw?'

'Wrth gwrs – fe fyddi di'n boddi.'

'O ie!' meddai, gan dynnu'r locsyn a'r barclod. 'Dydych chi fawr o ddewin! Owain, y Gwylliad fu atoch chi wythnos yn ôl ydw i – a fi oedd yr hen dramp hefyd!'

'Ie, fe wn i. Dydw i ddim yn wirion, wsti.'

'Dydw innau ddim chwaith, i chi gael deall. Ddois innau ddim i lawr efo'r gawod ddiwethaf o law. Rydych chi wedi dweud fy mod i'n mynd i farw mewn tair ffordd wahanol – ac mae hynny'n amhosib!'

'Tybed?'

'Wrth gwrs ei bod hi – fedr neb farw drwy gael ei frathu gan wiber, wedyn torri ei wddf ac wedyn boddi! Twyllwr ydych chi – ac fe gaiff pawb wybod hynny ar ôl i mi ladd y wiber!'

'Gawn ni weld, ynte,' meddai Rhys, a golwg bell yn ei lygaid gleision. 'Amser a ddengys.'

Penderfynodd Owain, a oedd yn glamp o ddyn mawr cryf, ei fod am ladd y wiber efo bwyell drwy dorri ei phen. Gwisgodd ei ddillad Gwylliad gwyrdd a oedd yn ei guddio rhag dynion y brenin. Gobeithiai'n arw y byddent yn ei guddio rhag y wiber hefyd!

Sleifiodd i'r Nant i chwilio am y bwystfil. Bu'n chwilio am oriau ond doedd dim golwg o'r wiber. Yna, gwelodd ôl traed ar silff gul oedd yn mynd ar draws wyneb clogwyn mawr uwchben yr afon. Roedd wedi cael hyd i'w gwâl o'r diwedd!

Estynnodd y fwyell, a oedd yn finiog fel rasel, o'i wregys a chychwyn ar hyd y silff. Roedd ei galon yn ei wddf ond roedd yn rhy hwyr i droi'n ôl yn awr. Rhaid oedd mynd ymlaen. Clustfeiniodd, ond doedd dim i'w glywed. Yna'n sydyn sylwodd fod hynny'n beth od. Doedd yr un aderyn na dim i'w glywed yma. Pam tybed? A oedd y wiber gerllaw ...?

Ni chafodd amser i feddwl mwy. Roedd silff arall uwch ei ben nad oedd wedi ei gweld. Saethodd pen anferth y wiber amdano gan suddo'i dannedd melyn, gwenwynig i'w fraich. Y peth olaf a deimlodd y Gwylliad oedd poen arswydus yn ei fraich dde. Gyda sgrech a fferrodd waed pobl yr ardal, syrthiodd oddi ar y silff gul. I lawr ac i lawr y clogwyn ag ef ac ar y ffordd trawodd ei wegil yn erbyn y graig gan dorri ei wddf fel matsien. Syrthiodd ei gorff llipa i'r dŵr tywyll ugeiniau o droedfeddi islaw a diflannodd am byth i'r dyfnderoedd.

Yn ei ogof, gwyddai Rhys Ddewin i'w eiriau ddod yn wir wedi'r cwbl. Roedd Owain ap Gruffydd wedi marw drwy gael ei frathu gan wiber, wedyn torri ei wddf ac wedyn boddi.

Pan welodd y Gwylliaid fod eu cyfaill wedi methu lladd y wiber, aeth y cwbl ohonyn nhw i'r Nant fel un dyn, yn benderfynol o'i difa.

'Rhaid i ni ddial lladd Owain!'

'Mae gan bob un ohono ni fwa cryf a digon o saethau. Rydan ni'n siŵr o'i lladd, er mor gryf ydi hi!'

'Angau i'r wiber!'

Aethon nhw am y graig ac oherwydd bod pob un yn wyliadwrus tu hwnt, gwelwyd y wiber yn cuddio'n dorchau ar y silff uchaf cyn iddi gael cyfle i frifo'r un ohonyn nhw.

Hedfanodd cawod o saethau marwol am y wiber ond roedd ei chroen yn galed fel haearn Sbaen a syrthiodd y rhan fwyaf oddi arni ac i'r afon. Er hyn, aeth un neu ddwy drwy'r croen meddal oedd ar ei bol.

'Edrychwch! Mae'r wiber yn gwaedu!'

'Saethwch eto! Brysiwch!'

'Ie, saethwch da chi!'

Ond roedden nhw'n rhy hwyr. Trodd y wiber ar ei hochr a syrthio oddi ar y graig. Roedden nhw'n disgwyl ei gweld yn syrthio'n slwtsh i'r dŵr ond yn lle hynny hedfan i'r dŵr a diflannu yn y llif a wnaeth hi.

Buon nhw yno am oriau lawer yn disgwyl i gorff y wiber godi i'r wyneb ond ni welwyd dim. Yn ôl rhai pobl, mendiodd drwyddi yn y dŵr ond treuliodd weddill ei hoes yn yr afon ac ni welodd neb mohoni wedyn, diolch byth. Erbyn hyn mae'r gwiberod mawr wedi hen ddiflannu o Gymru, ond eto mae'n bosib fod hanes am un yn eich ardal chi. Beth am holi?

RHYS A MEINIR

Lle braf iawn i fyw ynddo oedd Nant Gwrtheyrn ers talwm. Hyd yn oed os oedd y gamffordd i lawr yno'n serth a garw a'r Graig Ddu yn guchiog a bygythiol, roedd y cwm bach yn lle hyfryd. Gan ei fod wedi ei gysgodi gan fynyddoedd ar dair ochr, roedd yn ddiogel rhag pob gwynt croes, ond y rheini a ddeuai o'r môr. O ganlyniad, wrth edrych i lawr i'r Nant ers talwm gwelai'r teithiwr glytwaith o gaeau bach twt yn llawn cnydau o bob math yn amgylchynu'r ffermdai gwyngalchog. Ar y llethrau uwchben, roedd y defaid, fel tameidiau o wadin gwyn yma ac acw. Islaw a thu draw i'r cyfan, roedd y môr a dyna sut y deuai unrhyw beth mawr a thrwm i'r Nant. Fel y gallwch fentro, roedd y diwrnod pan gyrhaeddai llong o gyfeiriad Lerpwl neu Ddulyn i ddadlwytho ar y traeth yn un i'w gofio. Byddai ysgol fach y Nant yn wag y diwrnod hwnnw a phawb wrthi fel lladd nadroedd.

Yn un o ffermydd bach twt y Nant roedd Meinir yn byw, a Rhys mewn fferm gyfagos. Er pan oedden nhw'n ddim o beth, bu'r ddau yn gariadon – a dim rhyfedd. Roedd Meinir yn dlws iawn, gyda gwallt tywyll a bochau cochion. Roedd gwên ar ei hwyneb bob amser ac roedd yn dipyn o ffefryn gan bawb. Gwallt du fel y frân oedd gan Rhys ar ei ben hefyd. Roedd gwên

ddireidus ar ei wyneb yntau bob amser, ac er ei fod yn dynnwr coes heb ei ail, roedd pawb yn ei hoffi yntau.

Daeth Rhys a Meinir yn gariadon yn ifanc iawn, ac fel hyn y bu. Roedd criw o blant y Nant wedi mynd i chwarae at lan yr afon fach sy'n llifo i'r môr drwy'r cwm un prynhawn braf. Tra oedd y genethod yn mynd ati i chwarae tŷ bach, awgrymodd Siôn Tŷ Pella fod y bechgyn yn codi argae ar draws yr afon er mwyn ei sychu a dal y pysgod oedd ynddi.

'Syniad gwych!' meddai Rhys, 'ac fe gawn ni bwll da i ymdrochi ynddo wedyn hefyd.'

Roedd yr haul yn tesio y prynhawn hwnnw a phawb wrthi'n ddiwyd yn symud pridd a cherrig am y gorau – y genethod i orffen eu tŷ

a'r bechgyn i atal lli'r afon. Am awr a mwy, ni bu fawr o sgwrsio rhwng y ddau griw, peth prin iawn yn y Nant yr adeg honno. Yr unig sŵn oedd suo'r gwenyn, clecian rhedyn yn y gwres – ac ambell ebwch wrth i un o'r bechgyn godi carreg oedd yn rhy drwm iddo. Diflannodd murmur yr afon wrth i'r wal godi, a'r hogiau'n cau pob twll gyda phridd a cherrig mân.

'Iawn, hogiau, dyna'r argae'n barod,' meddai Rhys.

'Ie,' meddai Siôn, 'mi awn ni ar hyd yr afon rŵan i weld faint o bysgod gafodd eu gadael ar ôl.'

Ac i ffwrdd â nhw yn dyrfa hapus, tua chwech ohonyn nhw'n clustfeinio am swalpio brithyll mawr wedi ei adael mewn modfedd neu ddwy o ddŵr ar ôl sychu'r afon. Chymerodd y genethod, wrth gwrs, ddim sylw ohonyn nhw. Roedd ganddyn nhw bethau gwell o lawer i'w gwneud, megis troi cregyn o lan y môr yn llestri te.

Ymhen tua awr, dychwelodd y bechgyn â llond eu hafflau o bysgod braf.

'Yli, Meinir,' meddai Rhys, 'mae hwn tua phwys, dwi'n siŵr. Fe wnaiff o swper blasus i 'nhad heno.'

'Ych a fi, Rhys, dos â fo o 'ngolwg i wir!'

'Mi wyt ti'n bwyta pysgod, mae'n siŵr.'

'Ydw, ond mae hynny'n wahanol. Yr adeg hynny mae mam wedi eu llnau a'u ffrio nhw.'

'Hy! Merched!' meddai Rhys, gan droi at weddill y bechgyn.

Rhoddodd pawb ei bysgodyn mewn dŵr i'w gadw rhag sychu ac yna aeth y bechgyn i newid er mwyn cael ymdrochi yn y pwll dwfn oedd bellach wedi cronni y tu uchaf i'r argae. Ddaeth yr un o'r genethod ar eu cyfyl gan eu bod yn rhy brysur yn chwarae tŷ bach.

Tua diwedd y pnawn, pan oedd pawb yn hel i fynd am adref, clywodd Meinir lais ei mam yn galw arni.

'Meinir! Tyrd i gael dy de! Meinir!'

'Iawn, Mam, rydw i'n dod rŵan!' atebodd.

Heb feddwl dim, rhedodd Meinir at yr argae, gan fwriadu byrhau ei thaith adref drwy groesi'r afon yno yn hytrach na cherdded chwarter milltir i fyny at y bompren.

'Gwylia rhag ofn nad ydi'r ...' Ond cyn i Rhys orffen rhybuddio Meinir, gwelodd garreg yn rhoi o dan ei throed a chyda bloedd syrthiodd yr eneth i'r pwll.

Syllodd pawb yn syn nes gwaeddodd Gwyneth Ty'n Llwyn: 'Fedr hi ddim nofio!'

Heb feddwl dwywaith, plymiodd Rhys i'r pwll a llusgo Meinir o'i waelod at y lan. Roedd yn llwyd fel lludw ac wedi cael braw mawr. Er hyn, llwyddodd i wenu'n swil ar Rhys a dweud yn wan:

'Diolch iti.'

'Croeso, doedd o'n ddim byd,' meddai yntau, gan deimlo ei fochau yn cochi.

Ac o'r dydd hwnnw ymlaen, roedd Rhys a Meinir yn gariadon. Roedd hi'n unig blentyn, a phan fu farw ei mam, hi oedd cannwyll llygad ei thad gweddw. Ond byth er y diwrnod yr achubodd Rhys ei bywyd, roedd yn meddwl y byd ohono yntau hefyd ac yn ei drin fel mab. Yn yr un modd, roedd teulu Rhys yn meddwl y byd o Meinir.

Ac felly y bu pethau. Bu'r ddau yn caru'n selog drwy ddyddiau'r ysgol a gwelid y llythrennau 'Rh' a 'M' wedi eu cerfio y tu mewn i galon ar risgl sawl coeden yn y Nant. Dywedai pawb y byddai Rhys a Meinir yn priodi rhyw ddiwrnod, ac o'r diwedd daeth y diwrnod pan gyhoeddodd y ddau eu bod am wneud hynny. Roedd y ddau deulu uwchben eu digon.

'Pwy ydi'r hynaf yn y Nant?' gofynnodd tad Meinir.

'Wiliam Cae'r Nant,' meddai Rhys. 'Pam ydych chi'n gofyn hynny?'

'Dwyt ti ddim yn cofio beth sy'n digwydd yma pan fo dau fel chi'n dyweddïo, Rhys? Wyt ti'n cofio am y neidio?'

'O, ydw wrth gwrs.'

Y diwrnod wedyn, daeth Wiliam Cae'r Nant a oedd yn gant oed, draw at gartref Meinir, gyda'r rhan fwyaf o drigolion y cwm yn ei ddilyn. Yno, yn disgwyl amdano roedd y ddau gariad yn wên o glust i glust. Yn ei law, roedd gan Wiliam ysgub wedi ei gwneud o frigau'r dderwen hynaf yn y Nant ac yn ôl traddodiad roedd yn rhaid i'r ddau neidio dros yr ysgub

hon. Ar ôl gwneud, gwyddai pawb eu bod am briodi yn fuan.

'Pryd fydd y briodas, Meinir?' gofynnodd Siôn Tŷ Pella.

'Tri mis i'r Sadwrn nesaf, ar Ŵyl Ifan, ynte Rhys?'

'Ie – ac rydw i eisiau i ti fod yn was priodas i mi, Siôn. Wnei di?'

'Wrth gwrs – mi fydd hi'n bleser.'

'Ac rydw i am i ti fod yn forwyn, Gwyneth,' gofynnodd Meinir i Gwyneth Ty'n Llwyn. 'Wnei di?'

'Gwnaf, siŵr iawn.'

Aeth pawb adref yn hapus y prynhawn hwnnw gan wybod y câi'r ddau ddiwrnod i'r brenin ymhen tri mis, oherwydd roedd priodas yn Nant Gwrtheyrn yn hwyl fawr ...

Dair wythnos cyn priodas Rhys a Meinir, gwelwyd dyn rhyfedd yn cerdded i lawr y gamffordd i'r Nant.

'Mae Ifan y gwahoddwr ar ei ffordd!'

'Ydi, fe'i gwelais i o'n dod i lawr heibio'r Graig Ddu gynnau.'

'Sut gwyddost ti mai fo ydi o?'

'Pwy arall fuasai'n gwisgo het silc efo rubanau a blodau o'i chwmpas hi'r lob?'

'Ia – fo ydi o'n sicr. Fe welais i ei farclod gwyn, ac mae ganddo ffon hir yn ei law efo rubanau a blodau wedi eu clymu am honno hefyd.'

Roedden nhw'n iawn, wrth gwrs. Ifan y Ciliau oedd o. Ef oedd y gwahoddwr a'i waith ef oedd mynd o gwmpas y cwm yn gwahodd pawb i'r briodas. Roedd hyn cyn dyddiau'r post, felly fedrai pobl ddim gyrru cardiau gwahoddiad at ei gilydd. Yr hyn wnaen nhw oedd talu i bobl fel Ifan fynd o dŷ i dŷ yn sôn wrth hwn a'r llall – gan ofalu atgoffa pawb i ddod ag anrheg i'r pâr ifanc!

Doedd Ifan y Ciliau byth yn curo drws neb. Y cwbl wnâi oedd codi'r glicied a cherdded yn syth i mewn. Dyna'n union a wnaeth yn Nhy'n Llwyn, cartref Gwyneth. Curodd y llawr dair gwaith efo'i ffon ac yna dechrau ar yr araith oedd ganddo ar gyfer pob tŷ.

'Ffrindiau, rydw i wedi dod yma i'ch gwahodd chi i briodas Rhys a Meinir yn hen eglwys Clynnog Fawr dair wythnos i ddydd Sadwrn, sef Gŵyl Ifan. Ar ôl hynny fe fyddan nhw'n dychwelyd i gartref Meinir i gael clamp o ginio mawr ac mae croeso cynnes i chi ddod draw – ond cofiwch ddod ag anrheg i'r ddau. Fe wnaiff rhywbeth y tro – cyllyll a ffyrc, llond trol o datws, llestri, sosbenni – unrhyw beth! Diolch am eich sylw a dydd da i chi!'

Felly yr oedd hi ym mhob tŷ nes bod Ifan wedi curo llawr pob cegin yn y Nant ac yntau wedi gorffen ei waith. Gyda llaw, fe aeth Ifan i fyny'r llwybr serth yn ôl am y Ciliau dipyn mwy ansad y noson honno ar ôl cael sawl gwydraid o gwrw cartref yn y cwm ...

Buan iawn yr aeth y tair wythnos heibio a daeth y nos Wener cyn y briodas. Roedd yn draddodiad i alw yng nghartre'r briodferch gyda'r anrheg ar y noson cyn y briodas yr adeg honno, yn enwedig os oedd yn un mawr. Wedi'r cwbl, doedd neb eisiau llusgo llond trol o rwdins i'w canlyn i briodas!

Gosodid popeth, lle medrid, yn y stafell orau. Yr enw ar hyn, am resymau fydd yn amlwg i bawb, oedd 'Stafell' a chafodd Rhys a Meinir bob math o anrhegion y noson honno. Yn ogystal â bwyd o bob math – yn gaws ac ŷd, tatws a menyn – cawsant lestri, brethyn,

dodrefn, lampau a hyd yn oed moch, ieir, gwyddau a lloi ... popeth, yn wir, yr oedden nhw ei angen i fyw yn eu tyddyn eu hunain.

'Wel Rhys, beth wyt ti'n feddwl?' meddai Siôn wrtho.

'Campus! Wnes i erioed feddwl y byddai pobl mor garedig.'

'Na finnau chwaith,' meddai Meinir.

'Ydych chi wedi gweld faint o'r gloch ydi hi?' meddai Siôn yn sydyn. 'Mae hi'n hanner awr wedi deg. Go brin y daw neb arall heibio eto heno ac mae gennym ddiwrnod hir o'n blaenau fory,' meddai, gan roi winc fawr ar Rhys.

'Oes wir, y taclau!' meddai Gwyneth yn gellweirus. 'Fe wna i'n saff na fydd cael Meinir i'r eglwys yn waith hawdd i chi. Mi fydd yna sawl cwinten yn eich aros yn y bore.'

Rhwystr ar draws y ffordd oedd cwinten, ac o glywed hyn, ffarweliodd pawb gan gymryd arnyn nhw beidio gweld Rhys yn rhoi cusan nos da i Meinir.

Yr adeg honno, roedd yn draddodiad i deulu a ffrindiau'r ferch oedd yn priodi gymryd arnyn nhw nad oedd hi eisiau priodi, gan greu pob math o rwystrau rhag iddi gyrraedd yr eglwys. Tynnu coes oedd y cwbl, wrth gwrs, a'r syniad oedd cael cymaint o hwyl â phosib – ac fe fwriadai Gwyneth a'i chriw gael sbort, credwch chi fi.

Daeth Gŵyl Ifan a bore'r briodas. Roedd yn fore bendigedig o haf yn Nant Gwrtheyrn, yr awyr yn ddigwmwl a'r môr yn ymestyn fel sidan glas draw at y gorwel. Nid bod gan Rhys, Siôn a'r criw oedd wedi aros yn ei gartref y noson honno amser i edrych ar yr olygfa. Roedden nhw wedi codi cyn cŵn Caer er mwyn rhuthro i chwilio am Meinir – ond roedd Gwyneth wedi cael y blaen arnyn nhw ...

'Fedra i ddim agor y drws, Rhys,' meddai Siôn.

'Peth od,' meddai yntau. 'Fydd Mam a 'Nhad byth yn ei gloi. Efallai ei fod o wedi chwyddo ar ôl y glaw yr wythnos diwethaf. Rho blwc iawn iddo fo.'

'Ia, mae'n beryg bod rhaid i ti fwyta mwy o uwd os wyt ti am fynd allan heddiw, Siôn,' meddai Pyrs, un arall o'r criw.

Tynnodd Siôn â'i holl nerth ... ac yna sylwodd Rhys fod rhywun wedi clymu clicied y drws yn dynn. Roedd yn rhaid i'r criw ddringo allan drwy ffenest oherwydd cawsai drws y cefn yr un driniaeth hefyd. Wrth gwrs, doedd hyn ond cychwyn eu trafferthion ...

Ar eu ffordd i gartref Meinir, roedd sawl cwinten ar y ffordd y bore hwnnw – yn goed wedi cwympo, yn giatiau wedi cloi, ac wrth geg y lôn fach a arweiniai at y tŷ roedd y rhwystr mwyaf: holl droliau'r cwm wedi eu gadael yn un dagfa fawr! Roedd mwd ar sawl siwt erbyn i'r criw symud y cyfan a marchogaeth at y tŷ. Ond hyd yn oed wedyn, chaen nhw ddim mynd drwy'r drws heb gystadleuaeth farddoni rhwng y gwas a'r forwyn briodas.

Ar y gair, dyma lais Gwyneth o'r tŷ:

'Bore da, gwmpeini dethol –
beth yw'ch neges mor blygeiniol?
Os brecwast geisiwch yn y cwm
bu'r haf yn wael: mae'r pantri'n llwm.'

Roedd yn rhaid i Siôn ateb ar unwaith – a gwnaeth hynny:

'Rydym ni yn dod ar neges
ar ran llanc â chalon gynnes:
Nôl y Feinir – hyn a fynnwn –
i briodi Rhys y bore hwn.'

Aeth hyn ymlaen am amser nes i Gwyneth fethu llunio pennill yn ddigon sydyn a chafodd Rhys a'r criw fynd i'r tŷ. Yno, roedd golygfa ryfedd yn eu disgwyl: roedd y tŷ yn llawn pobl ddieithr! Neu felly yr ymddangosai ar yr olwg gyntaf, gan fod Meinir a phawb wedi eu dilladu mewn gwisgoedd ffansi.

'Siôn, gan mai chdi ydi'r gwas priodas,' meddai hen ŵr o'r gornel mewn llais cryg, 'dy dasg di ydi ceisio adnabod Meinir. Mae gen ti ddau funud a dydi o ddim yn waith hawdd!' Dechreuodd chwerthin, a dyna pryd y sylweddolodd Siôn mai Gwyneth oedd hi – a

gwaith mor anodd oedd o'i flaen.

Bu'n syllu ar y criw am sbel ond heb allu adnabod neb gan fod rhywun wedi paentio eu hwynebau'n gelfydd iawn.

'Tyrd, rwyt ti wedi cael munud yn barod,' meddai Gwyneth. 'Os na fedri di adnabod Meinir yn y munud nesaf, mi fydd yn rhaid i ti roi cusan fawr i mi!'

'O'r andros! Ble'r wyt ti Meinir fach?' meddai Siôn, gan smalio dychryn.

Chwarddodd y criw yn braf, yn enwedig Rhys a oedd wedi adnabod Meinir er pan gamodd dros y rhiniog i'r tŷ. Er ei bod wedi ei gwisgo fel gwraig oedrannus a rhywun wedi gwneud iddi edrych yn hen fel pechod, roedd wedi adnabod ei llygaid gleision, llawn direidi. Wrth gwrs, ddywedodd o'r un gair rhag difetha'r hwyl o weld Siôn yn rhoi clamp o gusan i Gwyneth nes bod bochau honno'n mynd yn goch fel tân.

'Allan â chi rŵan, y cnafon,' meddai Gwyneth. 'Rydan ni eisiau newid. Arhoswch amdanon ni ar y buarth.'

Bu Rhys a'r criw yn eistedd ar eu ceffylau yn y buarth am bum munud da. Ar ôl deng munud, roeddent yn dechrau anesmwytho. Ar ôl chwarter awr, roeddent yn amau fod rhyw ddrwg yn y caws. Roeddent yn hollol gywir, wrth gwrs, oherwydd yr eiliad nesaf, clywsant chwerthin Gwyneth o gefn y tŷ a sŵn carnau ceffylau yn carlamu i ffwrdd.

'Dewch, hogiau! Maen nhw'n trio dianc ar draws y caeau!' bloeddiodd Siôn.

'Ie wir, dewch yn eich blaenau, neu chyrhaeddwn ni mo'r eglwys heddiw,' meddai Rhys, gan sylweddoli fod Meinir a'i chriw wedi rhoi dau dro am un iddyn nhw eto.

'Dacw nhw'n mynd i gyfeiriad y Graig Ddu,' meddai rhywun arall. 'Fyddwn ni ddim yn hir yn eu dal nhw!'

I ffwrdd â nhw ar garlam ar ôl Meinir, a phan welson nhw eu bod yn mynd am Goed y Nant, gwyddai'r bechgyn fod gobaith dal y merched. A dyna wnaethon nhw.

'Wel, Gwyneth, dyna ni wedi eich dal chi,' meddai Rhys. 'Ond ble mae Meinir?'

'Fe ddywedais i wrthi am guddio yn y coed am ychydig ac wedyn mynd am yr eglwys efo chi cyn iddi fynd yn rhy hwyr.'

Er ei fod eisiau brysio am Glynnog, ceisiodd Rhys fagu amynedd a bu'n sbecian yma ac acw yn y coed i weld a welai unrhyw olwg o Meinir. Ond welodd o ddim lliw na llun ohoni.

Y tro hwn, aeth y munudau'n awr a phawb erbyn hynny yn dechrau poeni bod rhywbeth o'i le a bod y chwarae wedi troi'n chwerw. Dechreuodd y ddau griw gribinio'r coed ac ardal y Graig Ddu am Meinir.

'Meinir! Meinir! Wyt ti'n fy nghlywed i?' bloeddiodd Rhys, ond ddaeth yr un ateb.

'Efallai iddi gael y blaen arnon ni i gyd a

mynd am y gamffordd,' meddai Siôn.

'Go brin,' meddai Gwyneth. 'Am y coed yr aeth hi.'

'Meinir! Meinir! Wyt ti'n fy nghlywed i?' gwaeddodd Rhys eto, ond fel pob tro arall, ddaeth yr un ateb.

Buon nhw'n chwilio'n ofer drwy'r prynhawn ac erbyn min nos, gwyddai pawb yn y Nant fod Meinir ar goll ac aeth pawb i chwilio amdani. Hyd yn oed ar ôl iddi nosi, aeth y chwilio ymlaen a gwelid lanterni lu yn symud i gyfeiriad y traeth, llethrau'r Eifl a hyd yn oed yn nannedd y Graig Ddu. Clywid rhywun yn galw ei henw bob hyn a hyn, ond yr un a alwai ei henw amlaf oedd Rhys:

'Meinir! Meinir! Ble'r wyt ti? Rydw i'n siŵr ei bod hi yma yn y coed yn rhywle, Siôn,' meddai.

'Ond Rhys bach,' meddai hwnnw, 'rydan ni wedi chwilio pob modfedd â chrib mân. Dydi hi ddim yma. Tyrd adref i gael rhywfaint o gwsg er mwyn i ni gael dechrau chwilio bore fory.'

'Na, mae Meinir yma'n rhywle – mi wn i hynny.'

Ac felly aeth y chwilio ymlaen drwy'r nos, ond doedd dim golwg ohoni. Roedd fel petai wedi diflannu oddi ar wyneb y ddaear ...

Bu chwilio mawr am ddau ddiwrnod arall ond heb ganfod dim. Erbyn hynny roedd Rhys wedi syrthio i lewyg oherwydd blinder, a phenderfynodd Gwyneth fynd i weld hen wrach oedd yn byw ar lethrau'r Eifl. Er bod ofn mawr arni, mentrodd at ddrws y tŷ cerrig bychan a lechai yn y grug.

'Edna Lwyd – ydych chi yna?'

'Ydw, Gwyneth.'

'S ... s ... sut wyddoch chi beth ydi fy enw i?'

'Mae Edna Lwyd yn gwybod llawer.'

'Wyddoch chi ble mae Meinir?'

'Gwn.'

'Fydd rhywun yn cael hyd iddi?'

'Bydd.'

'Fydd Rhys yn cael hyd iddi?'

'Bydd.'

'Pryd fydd hynny?'

'Fe ddaw golau o'r awyr a'i dangos iddo.'

'Ymhen faint y daw hi'n ôl?'

'Dydi hi ddim wedi gadael .... ond dyna ddigon o dy holi di. Dos rŵan – mae gen i swynion i'w paratoi. Gyda llaw, waeth i chi heb â chwilio mwy amdani: fe ddengys y golau ble mae hi.'

Gyda neges mor od, ddywedodd Gwyneth ddim gair wrth neb, dim ond disgwyl y golau rhyfedd oedd i ddangos Meinir. Ar ôl dyddiau lawer o chwilio ofer, rhoddwyd y gorau i'r gwaith ac aeth pobl y Nant yn ôl i'w tai ac at eu gwaith. Roedd pawb yn drist iawn, yn gwybod bellach bod rhywbeth mawr wedi digwydd i Meinir, druan.

Ond roedd un yn dal i chwilio'n ddygn amdani, a Rhys oedd hwnnw. Roedd bron â gwallgofi wrth chwilio amdani ddydd a nos, gan alw ei henw yn ddi-baid. Ond eto, doedd dim golwg ohoni.

Aeth y misoedd heibio ac un noson roedd Rhys allan ar dywydd gwyllt, stormus a tharanau yn rhuo yng nghreigiau'r Eifl. Roedd pawb arall yn y Nant yn y tŷ yn swatio, oherwydd gwydden nhw ei fod yn lle drwg am fellt, ond roedd Rhys druan yn dal allan yn chwilio am Meinir.

Daeth y storm yn nes a fflachiadau'r mellt yn goleuo'r Nant fel petai'n olau dydd. Roedd rhu'r taranau yn boddi llais Rhys wrth iddo alw ar ei gariad.

Erbyn hyn, roedd Rhys druan wedi cyrraedd Coed y Nant ac yn sydyn dallwyd ef gan fellten a drawodd goeden dderw oedd o'i flaen. Hon oedd y fwyaf a'r hynaf yn y Nant i gyd a dyna pam y tynnodd y fellten. O hon y torrodd Wiliam Cae'r Nant, yr hen ŵr cant oed, frigau i wneud ysgub i Rhys a Meinir neidio drosti, a chyn hyn roedd Rhys wedi cerfio ei enw ef a Meinir mewn calon yn ei rhisgl.

Bellach roedd y dderwen wedi hollti'n ddau ac yng ngolau'r fellten nesaf sylweddolodd Rhys ei bod yn wag – mai ceubren ydoedd – a'i fod yn syllu ar sgerbwd Meinir, druan, yn ei gwisg briodas. Roedd hi wedi rhedeg at y goeden i guddio, mynd i mewn i'r ceubren a methu dod oddi yno. Wyddai Rhys mo hynny wrth gwrs, ond roedd geiriau Edna Lwyd, gwrach yr Eifl, wedi cael eu gwireddu ... Wyddai o ddim, oherwydd roedd yntau wedi marw o dor calon a dychryn ar ôl darganfod ei gariad ar ôl yr holl fisoedd o chwilio.

DEWI SANT

Fe wyddoch i gyd, mae'n siŵr, beth yw sant, sef dyn da iawn, iawn. Ond beth am nawddsant? Beth ar wyneb y ddaear ydi hwnnw? Wel, sant sy'n gofalu am rywbeth neu rywle arbennig.

Mae gan bob un o wledydd Prydain sant sy'n gofalu amdani – Andreas yn yr Alban, Siôr yn Lloegr, Padrig yn Iwerddon ac, wrth gwrs, Dewi Sant yma yng Nghymru. Fe all pobl dda ofnadwy fod yn greaduriaid digon diflas mewn gwirionedd – ond nid felly'r seintiau. Roedden nhw'n byw ar adeg gythryblus iawn ac fe gafodd pob un ohonyn nhw fywyd difyr tu hwnt. Yn enwedig Dewi Sant ...

Fe wyddon ni lawer iawn am Dewi oherwydd i ddyn o'r enw Rhigyfarch, a oedd yn ŵr pwysig yn yr eglwys, sgrifennu ei hanes. Roedd hynny bum can mlynedd ar ôl i Dewi Sant farw ond roedd traddodiadau amdano'n dal yn fyw ar lafar. Casglodd Rhigyfarch y rheini a'u sgrifennu yn 'Buchedd Dewi', sef Hanes Bywyd Dewi.

Roedd Dewi'n perthyn i deulu pwysig iawn. Enw ei dad oedd Sandde ac roedd yn dywysog. Pan glywch chi beth oedd enw tad hwnnw, fe fyddwch yn gwybod tywysog pa ran o Gymru oedd ei dad yn syth. Enw tad Sandde oedd Ceredig ... ac ie, wrth gwrs, ef roddodd ei enw i Geredigion, a dyna lle'r oedd Sandde yn byw.

Ar un adeg, ar ôl i'r Rhufeiniaid adael, roedd yn draed moch yma yng Nghymru. Doedd dim trefn o fath yn y byd a dechreuodd y Gwyddelod groesi o Iwerddon a dwyn tiroedd y Cymry. Aeth pethau'n ddrwg iawn a bu'n rhaid i ŵr o'r enw Cunedda ddod i'n hachub, drwy wneud i'r Gwyddelod fynd o Gymru mor gyflym ag y medrai eu cychod crwyn eu cario. Ac os oedden nhw wedi colli'r cwch olaf, doedd gan lawer ohonyn nhw ddim dewis ond dechrau nofio!

Ta waeth. Fe gafodd Sandde syrffed ar yr holl ymladd a phenderfynodd droi at fywyd syml a di-lol mynach. Erbyn hyn, rydan ni'n tueddu i feddwl am fynaich fel dynion yn byw mewn mannau anial ond yn amser Sandde, roedden nhw'n priodi, a dyna'n union a wnaeth.

Un diwrnod, roedd wedi mynd i hela ac yn erlid carw ger afon Teifi. Daliodd ef a'i ladd ger Henllan. Yna sylwodd fod haid o wenyn mewn coeden gerllaw a llwyddodd i gael y diliau mêl o'u nyth. Roedd ar fin cychwyn yn ôl i'r fynachlog pan welodd eog braf yn yr afon. Taflodd ei rwyd a llwyddodd i'w ddal.

Caf groeso mawr pan af yn ôl heno, meddyliodd wrtho'i hun. *Bydd hwn yn fwyd blasus dros ben.*

Yna sylwodd fod dyn dieithr yn dod tuag ato.

'Prynhawn da, Sandde.'

'Sut ...? Sut y gwyddoch chi beth yw fy enw?'

'Fe wn i lawer o bethau ... llawer iawn, hefyd.'

'Pwy ydych chi felly?'

'Dim ots am hynny'n awr. Dywed i mi, beth wyt ti am ei wneud â'r cig, y mêl a'r pysgodyn?'

'Wel, mynd â nhw i'r fynachlog. Caf groeso mawr.'

'Cei, mae'n siŵr. Ond yn well byth, dos â nhw i eglwys y Tŷ Gwyn.'

'Ble mae fanno?'

'Ar lethrau Carn Llidi, uwchben Porth Mawr.'

'Ond pam ddyliwn i?'

'Dos â nhw yno ac fe delir i ti ar dy ganfed. Bydd mab a enir i ti yn etifeddu nodweddion y rhoddion – anwyldeb y carw, nerth y mêl a doethineb yr eog.'

Gwnaeth Sandde yr hyn a ofynnwyd iddo a rhoddodd y bwyd i ferch ifanc oedd yn astudio yn ysgol eglwys y Tŷ Gwyn. Ei henw oedd Non a syrthiodd y ddau mewn cariad yn y fan a'r lle. Ymhen amser priododd y ddau.

Aeth amser heibio a chanfu Non ei bod am gael plentyn bach. Un diwrnod, roedd pregethwr a hanesydd enwog tu hwnt o'r enw Gildas i fod bregethu yn eglwys y Tŷ Gwyn. Roedd yr adeilad yn orlawn oherwydd gwyddai pawb amdano ac roeddent wrth eu bodd yn ei glywed yn dweud y drefn wrth y bobl ddrwg. Ac roedd digon o'r rheini'r adeg honno, credwch chi fi! Byddai Gildas yn mynd i hwyl ac yn sôn am y pethau ofnadwy fyddai'n digwydd i'r bobl ddrwg, gan chwifio'i freichiau a cholbio'r pulpud. Deuai pobl o bell ac agos i'w weld a'i glywed ac felly'r oedd hi'r tro hwn. Roedd yr eglwys dan ei sang.

Ond eu siomi gafodd y gynulleidfa. Am ryw reswm ni fedrai Gildas – y dyn tân a brwmstan – ddweud yr un gair o'i ben! Roedd wedi ei daro'n fud. Gofynnwyd i'r bobl adael i weld a ddeuai ato'i hun. Pan wagiwyd yr eglwys, nid oedd ddim mymryn gwell. Yna sylwyd fod gwraig ifanc wedi aros ar ôl, sef Non. Pan aeth hi allan, medrodd Gildas siarad unwaith yn rhagor a galwyd y gynulleidfa i mewn – pawb ond Non. Pregeth fyr a thawel oedd honno.

'Frodyr a chwiorydd, methais siarad â chi gynnau gan fy mod wedi fy nharo'n fud. Fe wn pam bellach. Roedd gwraig ifanc, feichiog yn y gynulleidfa. Bydd y mab a gaiff hi yn ddyn da iawn. Bydd yn sant a bydd pawb yn y wlad yn ei barchu a'i ddilyn. Fedra i ddim aros yma funud yn fwy. Rhaid i mi fynd er mwyn gwneud lle i un gwell.'

Ac felly y bu pethau.

Doedd geni Dewi ddim heb ei drafferthion chwaith. Clywsai'r tywysog lleol am bregeth Gildas ac roedd yn benderfynol o ddifa'r bachgen a gâi ei eni i fod yn arweinydd. Yn ffodus iawn, clywodd cyfeilles i Non am ei fwriad a rhybuddiodd hi.

'Mae'n rhaid i ti ffoi a chuddio ar unwaith,' meddai.

'Ond i ble'r af i, Esyllt? Beth wnaf i?'

'Mae gen i syniad. Fe wn i am fwthyn bach mewn lle unig ar y creigiau y tu hwnt i Fryn y Gain. Mae ffynnon wrth ei ymyl lle cei di ddigon o ddŵr glân. Fe fyddi'n ddiogel yno.'

Ffodd Non i'r bwthyn diarffordd ac yno y ganed Dewi Sant. Y noson y cafodd ei eni roedd yn storm arswydus gyda mellt yn tasgu i'r ddaear fel tafodau tân. Welwyd erioed y fath storm yn Nyfed a chrynai'r ddaear pan daranai. Eto'n rhyfedd iawn, yng nghanol y fath sŵn roedd yn dawel a llonydd ger bwthyn Non. Ni chlywid yr un smic yno.

Pan aned ei baban, gafaelodd Non mewn carreg fawr ac er nad oedd hi ddim cryfach na'r un wraig arall, suddodd ei bysedd iddi fel petai'n glai meddal. Roedd yn gorwedd ar garreg a holltodd honno'n ddwy hefyd. Lle glaniodd un o'r darnau codwyd eglwys fechan o'r enw Capel Non, a'r darn carreg oedd yn dal yr allor. Mae gweddillion Capel Non yn dal i'w gweld, tua milltir a hanner o Dyddewi. Mae Ffynnon Non i'w gweld yno hefyd a phobl yn dal i ddod yno i gael gwellhad i glefydau llygaid.

Cafodd y baban ei fedyddio gan yr Esgob Aelfyw a oedd yn byw yn Solfach gan ddefnyddio dŵr o ffynnon ym Mhorth Clais. Yr enw a roddwyd arno oedd Dewi.

Pan oedd Dewi'n ddigon hen anfonwyd ef i'w ddysgu gan Peulin yn ysgol yr Henllwyn yn

Nhŷ Gwyn. Yn union fel yr oedd y dieithryn wedi dweud wrth ei dad, tyfodd Dewi i fod yn fachgen annwyl fel y carw, cryf fel y mêl, a doeth fel yr eog. Roedd yn ddisgybl galluog iawn a dysgai'n gyflym. Hyd yn oed yr adeg honno, gwelwyd bod Dewi'n arbennig iawn, a mwy nag unwaith gwelwyd colomen wen gyda phig aur yn hofran uwch ei ben.

Gwelwyd hynodrwydd Dewi tra ei fod yn yr ysgol hefyd. Yn hollol annisgwyl a dirybudd, trawyd Peulin yn ddall. Meddyliai pawb y byd ohono ond fedrai neb wneud dim i'w wella, er ei fod mewn poen ofnadwy.

Galwodd Peulin ei ddisgyblion ynghyd.

'Fy nisgyblion annwyl, ofnaf fod fy niwedd ar ddod a gelwais chi ynghyd i ffarwelio â chi.'

'Ond Peulin,' meddai Teilo, cyfaill Dewi, 'dydyn ni heb orffen dysgu eto. Mae'n rhaid bod yna rywbeth y gallwn ni ei wneud i'ch gwella.'

'Yr unig beth y gallaf ei awgrymu yw eich bod yn cyffwrdd fy llygaid i weld a wnaiff gwyrth ddigwydd,' meddai'r hen athro.

A dyna'n union a wnaeth pawb. Daeth pob disgybl yn ei dro a chyffwrdd llygaid caeedig Peulin. Ond ddigwyddodd dim. Dewi oedd yr ieuengaf yn yr ysgol a'i dro ef oedd olaf. Erbyn hynny roedd pawb yn gwangalonni. Dim ond prin gyffwrdd llygaid ei athro wnaeth Dewi, a thorrodd gwên dros wyneb Peulin ar unwaith.

'Diolch i ti, Dewi. Rydw i'n gallu gweld unwaith yn rhagor,' oedd y cyfan a ddywedodd. Roedd Dewi newydd gyflawni gwyrth – y gyntaf o lawer.

Bu Dewi yn ysgol Peulin am ddeng mlynedd. Erbyn hynny roedd pawb yn ei barchu'n fawr a phan ymddeolodd Peulin, dewiswyd Dewi i fod yn abad neu arweinydd yr eglwys yn ei le.

Bu yno am gyfnod cyn teimlo y dylai grwydro'r wlad yn sefydlu eglwysi. Gadawodd Gwestlan, ei ewythr, i ofalu am yr eglwys a'r ysgol yn y Tŷ Gwyn ac aeth yntau o gwmpas de Cymru, Cernyw, Llydaw a rhannau o Loegr yn pregethu ac yn adeiladu eglwysi bychain, syml.

Bu felly am rai blynyddoedd cyn dychwelyd i'r Tŷ Gwyn. Un noson cafodd sgwrs â Gwestlan.

'Mae'r fynachlog a'r ysgol yma yn y Tŷ Gwyn yn tyfu a llawer yn heidio yma. Mae hynny yn achos pleser i mi – ond ar yr un pryd mae'n fy mhoeni hefyd.'

'Pam felly?' meddai Gwestlan.

'Rydyn ni mewn lle amlwg iawn ar ochr Carn Llidi yn y fan yma – fel y gwyddon ni pan mae'n chwythu o'r môr. A dyna sy'n fy mhoeni. Gallai môr-ladron ein gweld, glanio'n ddistaw bach ym Mhorth Mawr a difa gwaith ein bywyd.'

'Beth wnawn ni felly, Dewi?'

'Rydw i wedi gweld lle cysgodol heb fod yn rhy bell i ffwrdd a fydd yn ddelfrydol i ni. Fe gawn gysgod rhag stormydd yno ac fe fyddwn allan o olwg môr-ladron.'

Y llecyn a ddewisodd Dewi oedd Glyn Rhosyn, dyffryn cul, cysgodol gydag afon Alun yn llifo trwyddo. Yn rhyfedd iawn roedd sant arall, a hwnnw'n nawddsant hefyd, wedi meddwl byw yn y lle rai blynyddoedd cyn hyn. Padrig oedd hwnnw ond clywodd lais yn dweud nad y fan honno oedd y lle iddo ef. Dywedwyd wrtho am fynd i eistedd ar ben Carn Llidi ac o'r fan honno y gwelai lle'r oedd i fynd. Os ewch chi i Eisteddfa Badrig ar ben y Garn ar noson braf, fe welwch fynyddoedd Iwerddon ar y gorwel. Ac wrth gwrs, i'r fan honno yr aeth Padrig.

Aeth Dewi a'i ddilynwyr ffyddlon Gwestlan, Aidan, Teilo, Ismael a llawer un arall i Lyn Rhosyn a chodi cysgod syml iddyn nhw eu hunain gyda brigau coed nes y caent amser i godi adeilad parhaol. Cynheuwyd tân hefyd i'w cadw'n gynnes.

Gwelwyd mwg y tân gan ŵr peryglus iawn. Boia oedd ei enw. Gwyddel paganaidd oedd o, a dyn tew, hyll na faliai ddim am ladd unrhyw un a'i gwrthwynebai. Roedd y cenau drwg yma'n byw ar Glegyr Boia ac yn hawlio'r holl dir a welai islaw, gan gynnwys Glyn Rhosyn.

'Pwy sy yn y Glyn?' gofynnodd yn flin i'w wraig, Satrapa, a oedd cynddrwg os nad gwaeth nag ef.

'Sut wn i? Bydd yn rhaid i ti fynd i lawr yno i weld. Ond fe wn i un peth – dydyn nhw ddim i fod yno.'

'Fe af i lawr yno'n awr a dangos iddyn nhw pwy ydi'r mistar tir yn y fan yma, o gwnaf!' meddai Boia, a gwên sbeitlyd ar ei wyneb. Gwyddai Satrapa petai'n cael hanner cyfle y deuai'n ei ôl â gwaed pwy bynnag oedd yn y Glyn ar ei gleddyf ar ôl ei drywanu yn ei berfedd.

Ymhen awr, dychwelodd Boia. Nid oedd yn bytheirio fel y gwnâi ar ôl lladd ac roedd ei gleddyf yn lân.

'Wel?'

'Wel beth?' meddai Boia.

'Wel beth ddigwyddodd, wrth gwrs.'

'Mynaich sydd yna, gyda rhyw ddyn o'r enw Dewi. Maen nhw'n ymddangos yn ddigon diniwed, ond rydw i wedi rhoi wythnos iddyn nhw godi eu pac a mynd.'

'Wythnos! Beth sydd ar dy ben di, dywed? Os byddan nhw yno am gymaint â hynny, yno y byddan nhw, yn union o'n blaenau NI yn y fan yma.'

Ac roedd Satrapa'n iawn. Yn ystod y dyddiau nesaf dechreuodd Dewi a'i ddilynwyr godi mynachlog yn y Glyn. Doedd geiriau Bora ddim wedi eu dychryn o gwbl.

'Y ffŵl!' meddai Satrapa. 'Rhaid bod yn fwy cyfrwys efo'r rhain. Gwna dy hun yn ddefnyddiol. Dos i nôl fy morynion y munud yma.'

'Beth wyt ti'n fwriadu'i wneud?'

'Fe gei di weld. Does gen i ddim amser i geisio esbonio i rywun mor ddiddeall â chdi rŵan.'

Syniad Satrapa oedd tynnu sylw dilynwyr Dewi oddi wrth eu gwaith drwy anfon ei morynion i gael bàth yn afon Alun. Ac roedd y cynllun mewn perygl o lwyddo!

'Dewi,' meddai Teilo, 'rydw i'n gwybod ein bod ni'n fynaich – ond mae'n andros o anodd dal ati i godi waliau pan mae'r rheina'n 'molchi ychydig lathenni i ffwrdd. Roeddwn i'n edrych ar Ismael gynnau: mae ei lygaid bron yn groes erbyn hyn!'

'Paid â phoeni dim,' meddai Dewi. 'Pa adeg o'r flwyddyn ydi hi?'

'Medi.'

'Yn union. Ha' Bach Mihangel ydi hwn. Aros di i'r tywydd dorri. Fydd morynion Satrapa ddim mor fachog i ymolchi wedyn!'

Ac roedd yn iawn, wrth gwrs.

Roedd Satrapa'n gandryll fod ei chynllun wedi methu a phenderfynodd gael cymorth ei duwiau paganaidd i drechu Dewi. Aeth â Dunawd, ei llysferch, i goedwig fechan ger Glyn Alun gan esgus mynd yno i hel cnau. Yno lladdodd hi drwy dorri ei phen i ffwrdd â chyllell finiog nes bod y lle'n waed diferol. Lle syrthiodd gwaed Dunawd ymddangosodd ffynnon, a gwyddai Satrapa nad oedd gobaith iddi bellach, oherwydd codai ffynnon fel hyn lle lleddid sant neu santes, a dyna oedd Dunawd. Ffodd Satrapa am ei bywyd.

Y noson honno glaniodd môr-leidr o'r enw Licsi ym Mhorth Mawr a sleifiodd i fyny Clegyr Boia. Lladdodd Boia a dwyn ei arian i gyd. Wrth iddo fynd yn ôl am ei long gwelodd olygfa ryfeddol. Goleuwyd yr awyr gan fellt, er na chlywodd yr un daran. Yn rhyfeddach fyth trawodd pob mellten Glegyr Boia ac o fewn eiliadau roedd yr holl adeiladau'n ddim ond llwch.

O'r diwedd llwyddodd Dewi i godi ei fynachlog a daeth mwy a mwy ato i Lyn Rhosyn, er bod bywyd yno'n galed ofnadwy. Yr unig fwyd a gaent oedd dŵr, llysiau a bara. Roedd Dewi ei hun yn byw ar fara a dŵr ac am hynny gelwid ef yn Dewi Ddyfrwr. Roeddent yn dlawd ofnadwy, gan roi eu holl eiddo i bobl eraill. Ar ben hyn, roeddent yn gorfod gweithio'n galed tu hwnt. Fel mynaich eraill, roedden nhw'n trin y tir ond doedd ganddyn nhw'r un ych i aredig. Yn lle hynny, roedd raid iddyn nhw dynnu'r aradr eu hunain, a doedd neb a weithiai'n galetach na Dewi ei hun. Gwnaethon nhw lawer o waith da yn gwella'r dall, y methedig a'r afiach.

Deuai disgyblion o bell ac agos i'r fynachlog ac un ohonyn nhw oedd Gwyddel o'r enw Domnoc. Gofalu am yr ardd a'r cychod gwenyn oedd ei waith ef.

Ymhen amser, penderfynodd fynd yn ôl i Iwerddon ond pan oedd y llong ar fin hwylio daeth haid o wenyn a glanio arni. Hwy oedd y gwenyn cyntaf yn Iwerddon.

Cofiwch chi, doedd rheolau caeth Dewi ddim at ddant pawb. Un tro penderfynodd tri o'i weision ei ladd drwy roi gwenwyn yn ei fara. Roedd Ysgolan, un o'r mynaich, wedi eu hamau, fodd bynnag.

'Fe af i â'r bara at Dewi heno,' meddai wrth un o'r tri, sef y cogydd. Edrychodd y tri'n amheus ar ei gilydd gan wybod nad oedd gobaith i'w cynllwyn weithio bellach.

'Dewi, mae'r bara wedi ei wenwyno,' meddai Ysgolan wrtho.

'Felly'n wir,' meddai yntau gan ei dorri'n dri.

Taflodd Ysgolan ddau o'r tameidiau i ffwrdd ar unwaith ond fe'u cipiwyd gan gi a chigfran. Syrthiodd y ddau anifail yn farw ar unwaith ar ôl eu bwyta. Arswydodd pawb wrth weld Dewi'n bendithio'r tamaid oedd ar ôl ac yna'i fwyta. Wrth gwrs, ni chafodd unrhyw effaith arno ond anfonwyd y tri gwas bradwrus o'r fynachlog.

Bywyd tawel i weddïo a gwneud daioni oedd nod Dewi ond sylweddolai pawb ei fawredd ac roedden nhw'n awyddus iddo fod yn arweinydd arnynt. Un tro, galwodd Dyfrig bob un o arweinwyr yr eglwys i senedd arbennig a elwir Senedd Brefi. Daeth miloedd yno – cymaint â dwy fil ar hugain yn ôl rhai. Faint bynnag oedd yno, dim ots pwy a geisiai siarad, doedd neb yn eu clywed a doedd dim trefn o fath yn y byd yno.

Penderfynwyd anfon am Dewi a chytunodd i fynd, oherwydd roedd yn gyfarfod pwysig i sefydlu rheolau ar gyfer yr eglwys. Ar y ffordd yno, atgyfododd fab gwraig weddw ond o'r diwedd cyrhaeddodd y dyrfa anferth. Taenodd hances ar lawr ac ar unwaith cododd bryn o dan ei draed fel y gallai pawb ei weld a'i glywed yn eglur. Glaniodd colomen ar ei ysgwydd. Tra siaradai â hwy, pwysai ar garreg ac y mae Ffon Ddewi, fel y gelwir hi, yno o hyd.

Yn ddiweddarach codwyd eglwys yn Llanddewibrefi, fel y galwyd y lle wedi hynny. Roedd yn waith caled iawn a dau ych yn cael eu defnyddio i lusgo cerrig adeiladu i fyny bryn creigiog. Oherwydd yr ymdrech, syrthiodd un ych yn farw ac roedd y llall mor drist nes rhoi naw bref anferth a holltodd y bryn yn ôl yr hen rigwm:

> Llanddewi y Brefi braith,
> lle brefodd yr ych naw gwaith,
> nes hollti Craig y Foelallt.

Yn y diwedd, ar ôl oes hir a gwaith caled, gwyddai ei fod am farw, ond nid oedd yn drist. Galwodd ei ddilynwyr ynghyd i eglwys y fynachlog a phregethodd am y tro olaf:

'Fy mrodyr a chwiorydd annwyl. Peidiwch â bod yn drist. Byddwch yn llawen a chadwch eich ffydd a'ch cred. Gwnewch y pethau bychain a welsoch ac a glywsoch gennyf i.'

Rai dyddiau'n ddiweddarach, ar Fawrth y cyntaf, bu Dewi Sant farw ac fe'i claddwyd yn Nhyddewi. Dyna pam mai'r dydd hwnnw yw Dydd Gŵyl Dewi, wrth gwrs.

Dros y blynyddoedd bu llawer o bererinion yn mynd i Dyddewi i weld y fynachlog a sefydlodd Dewi yng Nglyn Rhosyn. Yn raddol, tyfodd i fod yr eglwys gadeiriol hardd a welwn yno heddiw. Mae'n werth mynd yno o hyd i weld y lleoedd lle bu Dewi'n troedio a gellir hyd yn oed gweld y gist fechan lle cedwir esgyrn y sant yn yr eglwys.

Dewiswyd Dewi yn Nawddsant Cymru am ddau reswm. Sefydlodd fwy o eglwysi na'r un sant arall ond yn bwysicach na dim, dysgodd i'r Cymry mai drwy ddal i wneud y pethau bychain, syml yr arhoswn ni'n Gymry ac y bydd plant y dyfodol yn deall iaith Dewi Sant.

MORWYN LLYN Y FAN

Un diwrnod, aeth Hywel, mab Blaen Sawdde, Llanddeusant, i fyny llethrau'r Mynydd Du i wneud yn siŵr fod ei ddefaid a'i wartheg yn iawn. Roedd y tywydd yn boeth ac yntau'n chwysu chwartiau yn ei grys brethyn tew, felly arhosodd wrth Lyn y Fan Fach i gael diod o ddŵr. Ew, roedd yn dda! Gallai ei deimlo'n llifo'n oer braf i lawr ei wddf.

Eisteddodd am funud i edrych a gwrando. A oedd popeth yn iawn? Oedd – dim ond bref ambell ddafad yn chwilio am oen oedd wedi crwydro'n rhy bell. Bob hyn a hyn hefyd clywai fref un o'r gwartheg oedd yn pori gwair melys y gwanwyn. Yna clywodd grawc ddofn cigfran uwch ei ben. Caiff y gigfran enw drwg am bigo llygaid ŵyn o'u pennau, ond roedd yn gwybod mai ŵyn bach gwantan oedd y rheini bob amser ac nid oedd ŵyn felly ganddo. Ond er hynny dechreuodd edrych o'i gwmpas rhag ofn.

Yna, o gil ei lygad, gwelodd Hywel rywbeth yn symud yn y dŵr yn ei ymyl. Pysgodyn oedd yno tybed? Nage ... y nefoedd fawr! ... roedd yna ferch yn codi o'r llyn! Prin y medrai gredu ei lygaid. Ysgytiodd ei ben yn wyllt rhag ofn ei fod yn pendwmpian ond roedd hi'n dal yno. A'r peth rhyfedd oedd, er ei bod hi wedi codi o'r llyn, roedd ei gwallt a'i dillad yn sych grimp. Daeth rhyw gryndod rhyfedd drosto wrth iddo edrych ar y ferch a oedd bellach yn sefyll ar wyneb y llyn yn cribo'i gwallt hir melyn gyda chrib aur.

Ni welsai erioed ferch mor hardd o'r blaen.

Am eiliad, ni wyddai Hywel beth i'w wneud na'i ddweud. Wedi'r cwbl, nid bob dydd y mae'r ferch dlysaf welsoch chi erioed yn codi wrth eich ymyl o lyn! Edrychodd hi arno gan wenu'n swil a dyma'i bennau gliniau yntau'n mynd fel jeli. Roedd arno ofn iddi fynd yn ôl i'r llyn a chofiodd am ei ginio yn y sach ar ei gefn. Roedd yn fodiau i gyd wrth geisio estyn ei frechdanau caws, heb dynnu ei lygaid oddi ar y ferch.

'Gy ... gy ... gymerwch chi frechdan?' meddai mewn llais bach gwichlyd, nerfus.

'Gymera i, diolch yn fawr. Beth sydd gen ti ynddi hi?'

'Caws.'

'O, hyfryd iawn,' a dyma hi'n cymryd cegaid – a'i boeri allan!

'Ych a fi! Mae dy fara di wedi crasu'n sych grimp,' cwynodd hi. 'Sut medri di fwyta peth mor ofnadwy? Nid fel'na y mae fy nal!'

Rhoddodd hi gam yn ôl a diflannu i'r llyn, yn union fel petai drws wedi agor a chau ar ei hôl.

Roedd Hywel yn siomedig iawn a bu'n sbecian a stwna o gwmpas y llyn drwy'r pnawn ond doedd dim golwg o'r ferch. Pan ddechreuodd dywyllu aeth am adref yn drist. Doedd dim hwyl o gwbl arno ac ni fwytaodd ei swper. Roedd ei fam yn gwybod bod rhywbeth yn ei boeni a dyma ddechrau holi. Ac er bod arno ofn iddi chwerthin am ei ben, dyma ddweud yr hanes i gyd.

'Un o Dylwyth Teg y llyn oedd hi, yn saff i ti,' meddai ei fam. 'Rwyt ti'n lwcus iawn, achos mae'n rhaid ei bod hi'n dy hoffi di. Mi wnâi hi wraig iawn i ti, achos maen nhw'n dweud eu bod nhw'n glyfar iawn ac yn gyfoethog tu hwnt.'

Roedd y fam yn awyddus iawn i'w mab gael gwraig dda oherwydd ef oedd ei hunig fab. Neu'n fwy cywir, ef oedd yr unig un oedd ar ôl yn fyw. Roedd y tri arall a'i gŵr wedi cael eu lladd mewn rhyfeloedd.

'Wel, roedd hi'n goblyn o bishyn, beth bynnag!'

'Tydyn nhw i gyd? A doedd hi ddim yn cael blas ar fy mara fi, nagoedd? Yr hen grimpen anniolchgar – ond rhai anodd eu plesio ydi'r tylwyth teg, meddan nhw.'

'Ie wir? Sut gwyddoch chi?'

'Mam-gu fyddai'n dweud. Roedd hi wedi'u gweld nhw'n dawnsio ar lan y llyn meddai hi, a chylch ar y ddaear yno wedyn ar eu holau nhw.'

'Wela i hi eto tybed?'

'Synnwn i ddim na weli di hi fory. Fe wna i dorth arall iti fynd efo ti at y llyn – a gwae hi os bydd hi'n cwyno bod honno wedi crasu gormod!'

Y bore wedyn, cododd Hywel gyda'r wawr a chychwyn am Lyn y Fan gyda thorth oedd ond prin wedi gweld y tu mewn i'r popty yn y sach ar ei gefn. Ar ôl cyrraedd y llyn dyma fo'n eistedd a disgwyl, oherwydd roedd yr hen Hywel mewn cariad dros ei ben a'i glustiau!

Diwrnod hir oedd hwnnw. Daeth yn amser cinio ond doedd dim golwg o'r ferch. Ganol y pnawn, cododd gwynt oer a chyffio Hywel, ond roedd yn benderfynol o aros a disgwyl. Erbyn hyn, roedd hi'n dechrau nosi ac yntau'n bur ddigalon. Roedd ar fin codi a mynd pan dynnwyd ei sylw gan sŵn brefu a phan drodd yn ei ôl am un olwg cyn gadael, roedd hi yno!

'Ho ... Hoffech chi frechdan?'

'Ydi hi'n well na honno ges i ddoe?'

'Ydi'n tad – mae Mam wedi'i gwneud hi'n un swydd i chi. Un dda am grasu ydi hi ...'

'Hy! Pawb â'i farn ydi hi'n 'te? Tyrd â hi yma ... U-ych! Mae hon yn saith gwaeth. Dydi hi'n ddim byd ond toes! Dos â hi o 'ngolwg i – dim gŵr gyda bara gwlyb ydw i eisiau.' A diflannodd gyda sblash yn ôl i'r llyn.

'Wel yr hen sopen ddigywilydd!' meddai ei fam pan adroddodd yr hanes y noson honno.

'Welaist ti rywun mor gysetlyd erioed, dywed?'

Ond roedd Hywel yn benderfynol o wneud un cais arall i demtio'r ferch o'r llyn. Felly perswadiodd ei fam i wneud un dorth arall, a'i phobi'n ofalus ofnadwy, fel y byddai at ddant merch y llyn. Geiriau olaf ei fam y noson honno oedd:

'Os na fydd yr hen gnawes fisi yn hoffi hon, gad hi i'w photes yn y llyn ... Yn gweld bai ar fy mara i, wir! Aros di nes bydd hi'n ferch yng nghyfraith i mi – fe ddysga i iddi hi sut i bobi, o gwnaf!'

Drannoeth, gwyddai Hywel fod yn rhaid iddo lwyddo'r tro hwn, felly cariodd y dorth oedd yn berffaith – gobeithio! – i fyny at y llyn yn ofalus. Roedd yn rhaid iddo aros yn hir y tro hwn hefyd, ac roedd hi rhwng dau olau cyn iddo sylwi bod gwartheg yn cerdded ar wyneb y dŵr. Wedyn gwelodd y ferch yn cerdded tuag ato o'u canol nhw. Roedd mor falch o'i gweld hi nes y rhedodd i'w chyfarfod, heb gofio na fedrai gerdded ar ddŵr! Syrthiodd i mewn at ei ganol a bu ond y dim i'r dorth berffaith gael ei gwlychu'n wlyb domen!

Chwarddodd y ferch wrth ei weld yn wlyb at ei groen a helpodd ef i ddod o'r dŵr. Ar ôl cyrraedd y lan cynigiodd yntau'r dorth iddi.

'Pwy wnaeth hi?'

'Mam.'

'O na!' meddai hithau.

'Ie, ond mae hon wedi crasu'n ysgafn braf. Rwyt ti'n siŵr o gael blas arni hi.'

'Gawn ni weld ... Mm! Blasus iawn! Wel, dwyt ti ddim yn ddrwg i gyd ac fe wnest ti dy orau i 'mhlesio fi. Sibi ydi fy enw i ac rydw i'n meddwl y prioda i ti.'

Roedd Hywel wedi gwirioni gymaint, wyddai o ddim beth i'w wneud gyda'i hun. Neidiodd i'r awyr a rowlio tin-dros-ben sawl tro, gan ddod yn agos at daro Sibi. Rhybuddiodd hithau ef rhag gwneud hynny, gan ddweud y byddai'n wraig dda iddo ar yr amod na fyddai'n ei tharo dair gwaith heb achos. Wedyn, ar ôl ei rybuddio i aros lle'r oedd am funud, diflannodd eto.

Roedd y bugail wedi mynd i ddechrau poeni, pan welodd ryw grychni yn y dŵr. Ond yn lle Sibi, ymddangosodd hen ŵr gyda barf laes, laes a dwy ferch y tu ôl iddo. Roedd y ddwy ferch yn union yr un fath â'i gilydd a doedd dim modd dweud y gwahaniaeth rhyngddyn nhw.

'Mae Sibi'n dweud dy fod eisiau ei phriodi hi, 'ngwas i,' meddai'r hen ŵr.

'Y ... ydw'n tad!'

'Wel, cyn gwneud mae'n rhaid i ti benderfynu pa un o'm dwy ferch ydi dy gariad. Os dewisi di'n iawn fe gei di ei phriodi hi, ond os methi di, chei di ddim.'

Dyma beth oedd picil. Os dewisai'n anghywir byddai'n colli Sibi am byth. Felly dechreuodd astudio'r ddwy o ddifri. Oedd gan un wallt hirach na'r llall? Nac oedd. Oedd ffrog un yn wahanol i'r llall? Go drapia, nac oedd. Roedd gan un fodrwy ar ei llaw dde – ond erbyn edrych, roedd gan y llall un hefyd. Roedd ar fin cymryd ei siawns ac enwi'r agosaf ato pan welodd y llall yn symud ei throed y mymryn lleiaf erioed. Roedd yn ddigon i dynnu ei sylw ati heb i'w thad weld, a sylwodd fod ei sandalau'n wahanol.

'Wel wyt ti'n barod i ddewis bellach? Does gen i ddim drwy'r dydd,' meddai'r hen ŵr yn flin.

'Ydw, hi ar y dde ydi Sibi.'

'Wyt ti'n siŵr?'

'Ydw.'

'Wel rwyt ti'n iawn. Fe gewch chi briodi. Rydw i'n cymryd dy fod ti wedi clywed nad wyt ti i fod i'w tharo hi?'

'Ydw. Chyffyrdda i ddim pen bys ynddi, heb sôn am ei tharo hi.'

'Ie, wel, amser a ddengys. Wrth eich bod chi am briodi, rydw i eisiau rhoi anrheg bach i chi. Fe gewch chi gymaint o ddefaid, gwartheg, ceffylau a geifr o'r llyn ag y medr Sibi eu cyfri ar un gwynt.'

Mae gwragedd y tylwyth teg, fel y tylwyth i gyd o ran hynny, yn gyfrwys iawn a dyma hi'n cymryd andros o wynt mawr a dechrau cyfri anifeiliaid. Ond yn lle cyfri un, dau, tri, pedwar fel ni, aeth Sibi ati i gyfri fesul pump – pump, deg, pymtheg – ac felly roedd hi'n medru cyfri'n gyflym iawn. Erbyn ei bod wedi colli ei gwynt, roedd wedi cyfri cannoedd o anifeiliaid.

Daeth pobl yr ardal i gyd i weld y briodas oherwydd roedd pawb wedi clywed am y ferch ryfeddol a thlws oedd wedi codi o Lyn y Fan. Ar ôl priodi, aeth y ddau i fyw mewn fferm o'r enw Esgair Llaethdy ac fe gawson nhw hwyl fawr ar ffermio. Roedden nhw'n hapus tu hwnt ac fe gawson nhw dri o fechgyn.

Aeth y blynyddoedd heibio fel y gwynt ac erbyn hyn roedd Hywel a'i deulu yn gyfoethog iawn. Roedd yr anifeiliaid ddaeth o'r llyn yn rhai arbennig o dda a dim ots beth wnâi Sibi, roedd yn sicr o lwyddo.

Yng nghanol yr holl brysurdeb, anghofiodd Hywel rybudd Sibi i beidio â'i tharo dair gwaith, ond buan y cafodd ei atgoffa. Un diwrnod, roedden nhw ill dau i fod i fynd i fedydd. Doedd dim llawer o siâp cychwyn ar Sibi ac roedd Hywel yn eitha pigog.

'Dwyt ti *byth* yn barod? Brysia, neno'r tad, neu bydd y bedydd drosodd cyn i ni gychwyn.'

'O! Mae'n bell iawn i gerdded i'r eglwys ac rydw i wedi blino'n lân.'

'Pell? Dim ond milltir o daith ydi hi!'

'Dwi'n gwybod, ond ...'

'Yli, cer i'r cae i ddal dau o'r ceffylau, fe awn ni ar gefn y rheini.'

'Iawn ... ond rydw i eisiau fy menig gorau o'r llofft.'

'Nefoedd yr adar! Cer di i nôl y ceffylau ac mi af innau i nôl y menig.'

Ac felly y bu. Aeth Hywel i'r llofft a chael y menig ond collodd ei limpin yn lân pan welodd nad oedd Sibi wedi symud.

'Wel, gwna siâp arni!' meddai, gan roi pwniad ysgafn i'w braich i'w chychwyn.

'Dyna beth gwirion i'w wneud,' dwrdiodd hithau. 'Roeddwn i wedi dy rybuddio di i beidio fy nharo dair gwaith, ac yn awr dyma ti wedi gwneud hynny unwaith. Cymer ofal o hyn ymlaen.'

Roedd Hywel wedi dychryn braidd, achos roedd wedi meddwl mai sôn am roi bonclust yr oedd y rhybudd, felly o hynny ymlaen fe fu'n ofalus tu hwnt.

Flwyddyn yn ddiweddarach cafodd y ddau wahoddiad i briodas. Roedd pawb yn hapus fel y gog yno – pawb ond Sibi. Tra oedd pawb arall yn chwerthin yn braf roedd hi'n wylo a theimlai Hywel fod pawb yn edrych arni. Felly dyma yntau'n ei tharo hi'n ysgafn ar ei braich a gofyn:

'Beth ar wyneb y ddaear sy'n bod arnat ti? Mae pawb arall yn hapus a thithau'n drist! Beth sydd?'

'Rydw i'n crio am fod poenau'r pâr ifanc yn cychwyn – ac y mae dy rai dithau hefyd. Rwyt ti wedi fy nharo ddwywaith heb achos da bellach. Gwna di unwaith eto a byddaf yn mynd yn ôl at fy nheulu i'r llyn.'

Wel, roedd Hywel yn ofalus iawn yn awr. Un cyffyrddiad arall difeddwl a byddai popeth ar ben.

Un diwrnod yn y gwanwyn ymhen blynyddoedd, roedd cymydog wedi marw a hwythau yn ei gynhebrwng. Fel y gallech chi ddisgwyl, roedd pawb yn drist iawn yno – pawb ond Sibi. Tra oedd pawb arall yn crio, chwarddai hithau'n braf! Teimlai Hywel fod pawb yn yr eglwys yn ei chlywed a dyma fo'n sibrwd, 'Taw

wir!' gan daro'i braich yn ysgafn. 'Dangos dipyn o barch. Cofia mai mewn angladd yr wyt ti. Pam wyt ti'n chwerthin?'

'Rydw i'n chwerthin am fod poenau ein cymydog ar ben – ac y mae'n bywyd ninnau efo'n gilydd ar ben hefyd. Rwyt ti wedi fy nharo dair gwaith bellach a rhaid i mi fynd yn ôl at fy nhad.'

Rhuthrodd Sibi allan o'r eglwys at Esgair Llaethdy, gan alw ar yr holl anifeiliaid oedd wedi dod o'r llyn i ddod ati. Yr un pryd roedd Hywel yn crefu arni hi i aros, ond i ddim diben.

Dyna i chi olygfa oedd honno! Daeth y cannoedd anifeiliaid ati hi gan frefu a gweryru. Roedd un o'r gweision wrthi'n aredig gyda phedwar ych a llusgodd y pedwar yr aradr at Sibi. Bydden nhw wedi llusgo'r gwas hefyd ond iddo ollwng ei afael. Roedd llo bach du wedi cael ei ladd y bore hwnnw a daeth hwnnw hyd yn oed yn ôl yn fyw a mynd ar ôl Sibi, a oedd bellach yn cerdded dros Fynydd Myddfai am Lyn y Fan. Aeth y rhes hir ar eu pennau i mewn i'r llyn a doedd dim i ddangos lle buon nhw ar wahân i'r rhych gafodd ei wneud gan yr aradr a lusgwyd gan yr ychen. Mae ôl hwnnw yno hyd heddiw, medden nhw.

Cafodd y golled effaith fawr ar Hywel a'i

fechgyn. Roedd bellach fel hen ddyn yn swatio wrth danllwyth o dân, waeth beth oedd y tywydd. Roedd y bechgyn, ar y llaw arall, yn byw ac yn bod wrth y llyn, yn y gobaith o weld eu mam eto.

Un diwrnod, roedden nhw wrth giât y mynydd, lle sy'n cael ei alw'n Llidiart y Meddygon hyd heddiw. Yno, fe welodd Rhiwallon, y mab hynaf, ei fam.

'Mam! Rydw i'n falch o'ch gweld chi!'

'Wel, a finnau tithau, ond gwranda, does gen i ddim llawer o amser,' meddai gan edrych dros ei hysgwydd i gyfeiriad y llyn. 'Rydw i eisiau i ti a dy frodyr gael dysgu ein cyfrinachau ni, bobl y llyn, a medru gwella pobl. Rydw i am i chi fod yn feddygon.'

'Ond sut, Mam bach?'

'Cymer y bwndel yma o lyfrau ac astudiwch nhw. Ynddyn nhw fe weli di a dy frodyr pa blanhigion i'w defnyddio i wella pob clefyd a salwch. Byddwch yn feddygon enwog ryw ddydd.'

Darllenodd y brodyr y llyfrau o glawr i glawr a'u dysgu. Wedi hyn daeth Meddygon Myddfai, fel yr oedd y brodyr a'u meibion yn cael eu galw, yn enwog drwy Gymru i gyd oherwydd eu gallu i wella pob afiechyd.

TWM SIÔN CATI

Mae llefain mawr a gweiddi
yn Ystrad-ffin eleni;
Mae'r cerrig nadd yn toddi'n blwm
rhag ofon Twm Siôn Cati.

Bedwar can mlynedd yn ôl roedd y pennill yna ar wefusau sawl un o drigolion siroedd Ceredigion a Chaerfyrddin. Mewn gwirionedd, y rhai oedd ag angen bod ofn Twm Siôn Cati oedd y bobl fawr hynny a oedd yn camdrin y bobl gyffredin a chymryd mantais arnyn nhw. Glywsoch chi am Robin Hood erioed? Roedd Twm fel rhyw Robin Hood Cymraeg, yn dwyn oddi ar y cyfoethog a'i roi i'r tlodion. Roedd yn ddyn clyfar iawn, yn adnabod y wlad fel cefn ei law, yn gwybod hanes pob bryn a phant, yn un dirieidus iawn, ac yn ŵr bonheddig oedd bob amser yn barod i helpu ei gymdogion os oedden nhw mewn trybini. Does dim rhyfedd fod gwerin gwlad yn meddwl y byd ohono a bod sawl stori amdano ar gof a chadw. Hoffech chi gael ei hanes?

Efallai y dylen ni gychwyn gydag enw Twm. Sut cafodd enw mor anghyffredin â Twm Siôn Cati, tybed? Wel, fel hyn yr oedd hi. Roedd ei dad, Syr John Wynn o Wydir, ger Llanrwst yng Ngwynedd, yn ddyn cyfoethog iawn. Roedd

hefyd yn ddyn cas iawn a'r union fath o ddyn y byddai Twm yn dwyn oddi arno yn ddiweddarach. Ta waeth, ar ôl ei dad y cafodd Twm yr enw Siôn ... Ond beth am y Cati, meddech chithau? Wel, enw ei fam oedd Catrin, neu Cati i'w ffrindiau – a dyna ni, Twm Siôn Cati.

Cafodd Twm ei fagu mewn tŷ o'r enw Porth y Ffynnon ger Tregaron. Yr enw lleol ar y tŷ wedyn oedd Plas Twm Siôn Cati, ond roedd hynny ar ôl i Twm ddod yn enwog a chyn iddo orfod ffoi i fyw mewn ogof, fel y clywch chi yn y man. Roedd Twm wrth ei fodd ym Mhorth y Ffynnon a chafodd ddigon o gyfle i chwarae castiau ar bobl y cylch a hefyd i ddysgu llawer am hanes yr ardal a Chymru. Hynny wnaeth Twm yn benderfynol o fod yn wahanol i'w dad; mynd i helpu'r tlawd yr oedd ef, nid dwyn eu tir fel Syr John.

Un tro, yn fuan ar ôl iddo ymadael â'r ysgol, gwelodd Twm hen wraig yn cerdded heibio'i gartref, i gyfeiriad Tregaron.

'Prynhawn da, Lisi Puw. Mae'n ddiwrnod braf.'

'Ydi wir, Twm bach, mae'n dwym iawn. Maddau i mi, 'ngwas i, mae'n rhaid i mi frysio i stondin Smith ym marchnad y dref i brynu crochan newydd. Mae'r hen un sydd gen i wedi darfod ei oes ond wn i ddim sut ydw i'n mynd i dalu am yr un newydd, chwaith. Mae'r rhent mor uchel a dyw'r ieir ddim wedi dodwy fawr yn ddiweddar – ac i goroni'r cwbl mae Smith yn codi crocbris am ei hen sosbenni a'i grochanau!'

'Ydi e, wir?' meddai Twm, â golwg synfyfyrgar ar ei wyneb. 'Gaf i ddod i Dregaron gyda chi, Lisi?'

'Cei wrth gwrs, 'ngwas i' oedd ateb parod yr hen wraig. 'Ond pam wyt ti eisiau mynd i'r dre mwyaf sydyn?'

'Fe fedra i gario'r crochan yn ôl i chi,' atebodd Twm, 'ac efallai y medra i'ch helpu chi mewn rhyw ffordd arall hefyd.'

'Chwarae teg i ti'n wir am fod mor feddylgar wrth hen wraig,' meddai Lisi, ac i ffwrdd â nhw i gyfeiriad Tregaron.

Ar ôl cyrraedd stondin Smith, aeth Twm yn syth at y perchennog a gofyn iddo am bris rhai o'r crochanau oedd ar werth. Yn union fel yr oedd Lisi wedi dweud, roedden nhw ymhell y tu hwnt i gyrraedd yr hen wraig.

'Fe ddylai fod cywilydd arnoch chi yn codi cymaint am grochanau â thyllau ynddyn nhw,' dwrdiodd Twm.

'Tyllau?' ebychodd Smith. 'Mae hynny'n amhosib. Mae pob un wan jac o'r rhain yn newydd a does dim twll ynddyn nhw.'

'Os medra i ddangos crochan â thwll ynddo i chi,' meddai Twm, 'a wnewch chi ei roi e i mi?'

'Wrth gwrs,' oedd yr ateb. 'Fydd e'n dda i ddim i mi gyda thwll ynddo.'

'Wel, mae twll yn hwn,' meddai Twm, gan afael yn y crochan mwyaf yn y siop.

'Ymhle? Wela i'r un twll!'

'Rhowch eich pen yn y crochan,' meddai Twm, 'ac efallai y gwelwch chi ef wedyn.'

Gwnaeth Smith hyn. Wedyn tynnodd ei ben o'r crochan a dweud: 'Wela i'r un twll ynddo. Rwyt ti'n dychmygu pethau, 'machgen i.'

'Tybed? Sut medroch chi roi eich pen yn y crochan 'te?' meddai Twm, gan gario'r crochan o'r siop yn fuddugoliaethus a Lisi yn ei fendithio am gael crochan mor dda iddi – a hynny am ddim!

O hynny ymlaen, doedd dim stop ar waith Twm ar ran y tlawd. Yn wir, cyn bo hir, deuai

pobl ato i ofyn am gymorth ac, wrth gwrs, fe wnâi yntau bob ymdrech i'w helpu.

Un dydd, daeth cnoc ar y drws. Agorwyd ef gan ei fam.

'Helô, Cati.'

'O, chi sydd yna, Daniel Prydderch. Dewch heibio.'

'Ydi Twm yma?'

'Ydw. Beth fedra i wneud i chi, Daniel?'

'Mari y wraig acw brynodd frethyn yn y farchnad ddydd Sadwrn er mwyn gweithio bob o siwt i'r plant at y gaeaf. Fedrwn ni ddim fforddio prynu dillad parod, 'chweld. Wel, i dorri stori hir yn fyr, fe dalodd hi am bedair llath o frethyn ond ar ôl cyrraedd adref fe welodd Mari mai dwylath yn unig roddodd y wraig iddi.'

'Aeth hi ddim yn ôl i gwyno?' meddai Cati.

'Wel do, wrth gwrs, ond gwadu'r cyfan wnaeth gwraig y stondin. Dweud mai am ddwylath yn unig y talodd Mari. Gwas fferm tlawd ydw i fel y gwyddost ti, Twm, a fedra i ddim fforddio colli cymaint â hynna o arian. Fedri di fy helpu i?'

'Wrth gwrs y gwna i, Daniel. Pa liw brethyn oedd e?'

'Glas tywyll.'

'Iawn, gadewch chi'r cwbl i mi ...'

Y dydd Sadwrn canlynol, roedd Twm yn y farchnad ben bore ac anelodd yn syth at stondin y wraig dwyllodrus. Gwelodd ei bod yn brysur efo cwsmer arall a rhoddodd hyn gyfle iddo wneud yn siŵr fod y brethyn glas tywyll yno o hyd. O fewn eiliadau, roedd wedi gafael yn un pen iddo, a chan roi sawl tro sydyn lapiodd ef am ei gorff – lathenni ohono! Yna cerddodd i ffwrdd yn dalog at stondin arall.

Ar ôl gorffen â'r cwsmer sylwodd y stondinwraig fod peth o'i brethyn ar goll ac aeth i chwilio am y lleidr. Sylwodd ar unwaith ar Twm yn ei 'siwt' frethyn a chychwyn tuag ato.

Yn lle hynny, aeth Twm ati hi.

'Fe welais i'r cyfan,' meddai Twm cyn i'r wraig gael cyfle i ddweud dim.

'Beth ydych chi'n feddwl?' meddai'r stondinwraig yn amheus.

'Fe welais i'r lleidr yn dwyn eich brethyn. Lle ofnadwy sydd yn Nhregaron yma, wyddoch chi. Fedrwch chi ymddiried yn neb. Dyna pam yr ydw i'n lapio fy mrethyn i amdanaf fel hyn, rhag i neb fedru ei ddwyn. Dydd da i chi!'

Ac fel yna cafodd Mari Prydderch ddigon o frethyn i wneud dwy siwt yr un i'w phlant ac y dysgwyd gwers ddrud i'r dwyllwraig, diolch i Twm Siôn Cati.

Ymhen amser, oherwydd ei fod yn gwneud bywyd y byddigions yn boen, bu'n rhaid i Twm ffoi o Borth y Ffynnon. Clywsai fod swyddogion y gyfraith yn chwilio amdano er mwyn ei daflu i garchar Aberteifi ac felly doedd dim amdani ond dianc o'u crafangau. Fel sawl arwr arall yn hanes Cymru dros y canrifoedd, bu'n rhaid i Twm fyw mewn ogof. Saif yr ogof hyd heddiw yn ardal Ystrad-ffin yn yr hen sir Gaerfyrddin.

Ond os oedd Twm bellach yn gorfod byw mewn ogof, chafodd ei elynion – y bobl fawr a oedd yn cymryd mantais ar y werin – ddim mwy o lonydd ganddo. Y gwrthwyneb oedd yn wir mewn gwirionedd. Gan fod ganddo guddfan mor wych bellach, medrai fod yn fwy eofn nag erioed ac aeth yn lleidr pen-ffordd. Wrth gwrs roedd yn wahanol i bob lleidr arall o'r fath gan ei fod yn rhoi'r ysbail i gyd i'r tlawd a'r anghenus.

O hynny ymlaen, doedd wiw i'r un gŵr cyfoethog fentro allan ar gefn ei geffyl, na'r un wraig fonheddig yn ei cherbyd cysurus. Byddai Twm yn siŵr o'u hatal a dwyn eu harian, eu gemau gwerthfawr a'u modrwyau aur. Byddai sawl un yn ei felltithio, ond eto roedd pob un yn dweud mor fonheddig oedd y lleidr – er ei fod

yn ddigon haerllug i fynnu cusan neu hyd yn oed ddawns gydag ambell ferch os oedd yn ddel!

Ar ôl peth amser, fodd bynnag, daeth sôn bod lleidr pen-ffordd arall yng nghyffiniau Ystrad-ffin. Roedd hwn yn un hollol wahanol i Twm – yn dwyn oddi ar bawb, yn gas a sarrug ac yn cadw popeth a gipiai iddo ef ei hun. Roedd pawb yn ei gasáu, yn fonedd a gwreng ... a Twm Siôn Cati. Penderfynodd ddysgu gwers iddo, ac fel hyn y bu pethau ...

Er ei fod yn byw mewn ogof, doedd y lle ddim fel twlc mochyn, ac roedd Twm wedi symud ei eiddo i gyd yno, gan gynnwys ei ddillad. Yr hyn wnaeth, felly, oedd gwisgo ei ddillad gorau: crys sidan gwyn, siwt o frethyn

llwyd, esgidiau lledr efo byclau arian am ei draed ac i goroni'r cyfan, het grand a chlamp o bluen goch ynddi.

Gadawodd ei gleddyf ar ôl yn yr ogof yn fwriadol a marchogaeth i gyfeiriad Rhandir-mwyn. I bob golwg, gallai fod yn ddyn busnes cyfoethog – neu hyd yn oed borthmon cefnog ar ei ffordd adref ar ôl taith lwyddiannus dros Glawdd Offa.

'Aros lle'r wyt ti!' Daeth bloedd sydyn o goedwig fechan ar ochr y ffordd.

'Wo, Bes!' meddai Twm wrth ei geffyl a gwelodd y lleidr pen-ffordd arall yn camu o guddfan yn y coed. Yn ei law roedd gwn milain yr olwg, a hwnnw wedi ei anelu at galon Twm.

'Ar eich ffordd adref, gyfaill?' meddai'r lleidr.

'Y ... ydw,' atebodd Twm mewn llais bach main, gan gymryd arno bod ofn am ei fywyd. 'P ... p ... pwy ydych chi? Nid y Twm Siôn Cati ofnadwy yna?'

'Twm Siôn Cati, wir – Dafydd Ddu maen nhw'n fy ngalw i, ac fel yr ydych chi wedi clandro'n barod, giaffar, mi ydw i'n lleidr pen-ffordd.'

'O bobl bach, chi ydi'r enwog Dafydd Ddu. Beth wnaf i?'

'Mi ddyweda i wrthych chi,' meddai hwnnw. 'Os nad ydw i'n camgymryd, mae cod arian go drom ym mhoced eich côt, onid oes?'

'Oes, ond ...' meddai Twm.

'Dim "ond" o gwbl gyfaill, rydach chi'n mynd i'w rhoi i mi – rŵan!'

'Iawn,' meddai Twm, gan daflu'r god dros y gwrych.

'Y llarpad, mi gei di dalu am hynna!' gwaeddodd Dafydd Ddu, gan ruthro tu ôl i'r gwrych.

'Fe gawn ni weld am hynny hefyd,' oedd yr ateb tawel, oherwydd yr eiliad y diflannodd Dafydd Ddu y tu ôl i'r gwrych rhuthrodd Twm ar gefn ei geffyl am y goedwig. Erbyn i'r lleidr ganfod cod Twm, roedd hwnnw'n carlamu ymaith gyda'i geffyl wrth ei ochr. Yn ofer y melltithiodd y 'gŵr bonheddig' am ddwyn ei geffyl a holl ysbail wythnos galed o ladrata. Ond yna cysurodd ei hun – roed cod arian y cnaf ganddo – nes ei hagor a gweld ei bod yn llawn hoelion!

Os llwyddodd Twm Siôn Cati i gael sawl dihangfa gyfyng rhag y gyfraith a'r byddigions, fe gafodd ei ddal yn y diwedd – gan galon merch.

Un dydd, stopiodd Twm goets fawr grand a thybiai y câi helfa dda oherwydd gwyddai mai un plasty Ystrad-ffin oedd hi. Roedd sgweiar Ystrad-ffin yn enwog am ddau beth: cyfoeth a chalon galed.

'O'r gorau, sgweiar,' meddai Twm, 'allan â chi. Hoffech chi wneud cyfraniad at achos da?

Ni chafodd orffen ei frawddeg, oherwydd o'r goets fawr camodd y ferch dlysaf a welsai erioed.

'Nid y sgweiar ydych chi!'

'Na – ac nid hel calennig ydych chithau.'

'Pwy ydych chi?'

'Elen Wyn, merch y sgweiar, os oes rhaid i chi wybod. A phwy ydych chi?'

'Twm Siôn Cati.'

'O! A *chi* ydi'r Twm Siôn Cati y mae fy nhad yn bytheirio yn ei gylch byth a beunydd,' meddai Elen, â gwên fach chwareus ar ei gwefusau.

Roedd Twm wedi synnu cymaint at dlysni Elen fel yr anghofiodd ofyn am ei thlysau, a gadael iddi fynd. Y gwir amdani oedd fod ein harwr wedi syrthio mewn cariad ag aeres benfelyn stad Ystrad-ffin.

Y newyddion da i Twm oedd fod Elen hithau mewn cariad dros ei phen a'i chlustiau ag yntau. Y newyddion drwg, wrth gwrs, oedd fod ei thad, y sgweiar, am ei waed. Yn slei bach, dechreuodd y ddau ganlyn yn selog – yn slei bach, oherwydd doedd wiw i Elen sôn am Twm nad oedd ei thad yn gandryll. Yn wir, bu bron iddo lewygu pan glywodd am y garwriaeth rhwng Twm ac Elen.

'Ond rydw i'n ei garu, 'Nhad, ac am ei briodi,' meddai hithau.

'Ei briodi, wir! Os caf i hanner cyfle, fe daflaf i'r cnaf i'r carchar agosaf – ac yna taflu'r allwedd ymaith!'

Pan glywodd Twm hyn, sylweddolodd fod rhaid iddo gael y llaw uchaf ar y sgweiar ac wrth gwrs, cafodd syniad sut i wneud hynny ...

Un noson, clywodd y sgweiar sŵn cnocio ar ddrws y plas ac aeth i'w agor. Yn sefyll yno roedd dyn wedi ei wisgo mewn clogyn du a gyrhaeddai at ei draed.

'Ie, beth ydych chi eisiau?'

'Galw ar ran Twm Siôn Cati ydw i syr.'

'Beth? Mae gennych chi wyneb!'

'Mae'n gofyn a gaiff weld Elen am y tro olaf.'

'Y tro olaf, ddywedsoch chi?'

'Ie, syr. Mae'n addo mynd yn ôl i'r gogledd i fyw os caiff ei gweld.'

'Yn ôl i'r gogledd, aie? Does gen i ddim ffydd yn y gwalch. Fyddai waeth ganddo gipio Elen i'w ganlyn ddim.'

'Na, mae'n addo peidio â gwneud hynny syr. Beth am adael iddi roi ei llaw allan drwy'r ffenest er mwyn iddo gael ysgwyd llaw a ffarwelio?'

'Ac mae'n addo mynd o ardal Ystrad-ffin am byth wedyn?'

'Ydi.'

'A phwy wyt ti, i fod mor sicr o dy bethau?'

'Ei was, syr.'

'Iawn 'te, os mai fel hyn mae cael gwared â'r cnaf, boed felly. Dewch yn ôl mewn pum munud a sefyll y tu allan i'r stafell fyw.'

Ymhen pum munud, agorodd ffenest y stafell fyw ac estynnodd Elen ei llaw allan. Teimlodd rywun yn ei chusanu.

'Twm, ti sydd yna?'

'Wrth gwrs. Agor y llenni i weld pwy arall.'

Agorodd Elen y llenni a gweld 'gwas' Twm yn diosg ei glogyn, ac adnabu ef fel y ficer lleol. Ond nid ef yn unig oedd yno, ond hefyd Daniel a Mari Prydderch.

'Wnei di fy mhriodi i, Elen?'

'Gwnaf, wrth gwrs!'

Ac felly y bu! O fewn eiliadau roedd y ficer wedi mynd drwy'r seremoni, Twm wedi rhoi'r fodrwy ar ei bys, a Daniel a Mari yn dystion i'r cyfan. A doedd dim a fedrai'r sgweiar ei wneud! Wedi'r cyfan, ef oedd wedi cytuno i roi llaw ei ferch i Twm.

Yn unol â'i air, fe symudodd Twm o'r ardal, gan fynd ag Elen i'w ganlyn. Ŵyr neb yn iawn ble buon nhw'n byw ar ôl hyn, ond fe allwch fentro eu bod yn hapus fel y gog, ble bynnag yr oedden nhw.

Ardal anghysbell iawn ydi Ystrad-ffin hyd heddiw a does fawr o olion Twm Siôn Cati yno ar wahân i'w ogof sydd mewn craig heb fod ymhell o'r pentref. Ar y llaw arall, fyddech chi ddim yn disgwyl i herwr mor llwyddiannus â Twm adael llawer ar ei ôl, neu byddai ei elynion wedi medru ei ddal.

Y peth pwysicaf sydd wedi parhau ar ei ôl mewn gwirionedd ydi'r parch sydd gan bobl yr ardal tuag ato fel ceidwad y werin. Dyna pam mae straeon fel y rhain – a mwy – yn cael eu hadrodd amdano. Beth am weld a fedrwch chi ganfod mwy?

JEMEIMA NICLAS

Mae gan Gymru nifer o arwyr sydd wedi achub ein gwlad rhag sawl argyfwng dros y blynyddoedd – dynion dewr megis Arthur, y ddau Llywelyn ac Owain Glyndŵr. Ymhlith merched arwrol mae enwau anrhydeddus, gan gynnwys Gwenllian a Jemeima Niclas.

Fe achubodd Jemeima Gymru rhag mynd dan sawdl Ffrainc pan ymosododd byddin y wlad honno ar sir Benfro ddau can mlynedd yn ôl. Yn ddiddorol iawn, fe lwyddodd i wneud hynny efo criw o ferched ar ôl i'r fyddin leol ffoi am ei bywyd! Hoffech chi glywed y stori i gyd? Wel, dyma hi i chi ...

Gwraig i bysgotwr tlawd o ardal Pencaer, ger Abergwaun yn sir Benfro, oedd Jemeima. Cyn

1797, wyddai nemor neb amdani ar wahân i bobl y cylch. Roedden nhw'n gwybod amdani fel clamp o ddynes dros chwe throedfedd o daldra a oedd yn gwneud gwaith crydd. Ar ôl glaniad y Ffrancod, fe wyddai pawb amdani ac roedd y beirdd yn crwydro'r wlad yn canu baledi amdani yn y ffeiriau.

Dynes benderfynol o gael chwarae teg fu Jemeima erioed, heb falio pwy oedd yn ei gwrthwynebu. Nid oedd arni ofn neb na dim. Un tro, ceisiodd siopwr dwyllo Robat ei gŵr drwy dalu rhy ychydig iddo am fecryll a ddaliwyd ganddo. Sylweddolodd Jemeima beth oedd wedi digwydd a cherddodd i'w siop yn Abergwaun gan ddweud wrtho beth a feddyliai o dwyllwr fel ef heb flewyn ar ei thafod – a hynny yn y Gymraeg gryfaf sydd i'w chael yn sir Benfro. Erbyn iddi orffen roedd y siopwr yn fwy na pharod i dalu'r arian oedd yn ddyledus i Robat Niclas, dim ond er mwyn cael gwared â Jemeima!

Lle bach tawel ar arfordir Bae Ceredigion oedd Abergwaun ddau can mlynedd yn ôl. Y peth mwyaf a boenai'r trigolion oedd naill ai prinder pysgod yn y môr neu gnydau gwael ar y tir. Yna, aeth yn rhyfel rhwng Ffrainc a gwledydd Prydain ac o hynny ymlaen, bu llawer si am fyddin o Ffrancod yn glanio yng Nghymru. Yn wir, codwyd nifer o geyrydd arbennig ar lan y môr i geisio atal hyn, mewn lleoedd megis Belan ger Abermenai yn y gogledd ac Abergwaun yn y de. Roedd rhain yn llawn gynnau mawr a milwyr wedi eu hyfforddi'n arbennig.

Wrth gwrs, roedd gweld y ceyrydd hyn yn cael eu codi yn gwneud i'r bobl fod ar bigau'r drain. Yn haf 1796, roedd pob math o straeon ar lafar gwlad a llawer o sôn am ysbiwyr o Ffrainc. Fe grogwyd un 'ysbïwr' yn Lloegr ar ôl i'w long gael ei dryllio ar y traeth ... a dim ond ar ôl ei grogi y sylweddolodd rhywun mai mwnci oedd wedi ei grogi!

'Fe rown i Ffrancod iddyn nhw,' oedd ymateb Jemeima i'r holl sibrydion am ymosodiad.

'Os cyffwrdd troed un ohonyn nhw â sir Benfro fe fydd yn edifar ganddo!'

'Rwyt ti'n gywir yn y fan yna!' meddai Robat, gan ddiolch yn ddistaw bach fod ei wreiddiau ef yn gadarn yn nhir penrhyn Pencaer.

'Wel, bydd di'n ofalus ar yr hen fôr yna, rhag ofn i rapsgaliwns o Ffrainc dy ddal di, Robat. Pobol ombeidus ydyn nhw – maen nhw'n dweud mai malwod maen nhw'n fwyta i ginio bob dydd! Ych a fi!'

'Fe fyddwn ni'n ddigon diogel, Jemeima. Fe fydd Thomas Knox a'i filwyr yn ein hamddiffyn ni o'r gaer yn Abergwaun.'

'Thomas Knox, wir! Beth ŵyr hwnna am ymladd? Ffŵl wedi ei ddifetha gan ei dad yw e. Mae e wrth ei fodd yn martsio drwy'r dre a swancio yn ei ddillad milwr ond rydw i'n siŵr y

bydde fe'n rhedeg milltir petai e'n gweld Ffrancwr.'

Ychydig a feddyliai Robat mor agos at y gwir oedd geiriau Jemeima ...

Daeth yn hydref a gaeaf ac erbyn dechrau 1797, roedd y rhan fwyaf o bobl sir Benfro yn dechrau anghofio am y Ffrancod. Roedd y tywydd yn rhy stormus a'r môr yn rhy arw i neb yn ei iawn bwyll feddwl am ymosod a ph'run bynnag, roedd pethau gwell i fynd â'u bryd, megis hwyl yr Hen Galan a macsu cwrw cartref. Fe ellwch fentro fod Robat a Jemeima Niclas yng nghanol y miri a'r hwyl, a'r peth olaf ar eu meddwl hwythau oedd glaniad gan y Ffrancod.

Dyna'n union wyddai'r Ffrancod hefyd. Heb yn wybod i'r Cymry, roedd byddin o fil a hanner o garidýms gwaethaf Ffrainc – eu hanner newydd eu gollwng o'r carchar – yn barod i hwylio mewn pedair llong am Gymru. Y cwbl oedd ei angen oedd tywydd braf a môr tawel i lanio. A dyna'n union a gafwyd ym mis bach 1797. Codwyd angor ar unwaith ac anelu am Gymru ...

Hwyliodd y llongau yn dalog ddigon heibio Cernyw ac am sir Benfro gan dwyllo'r llynges a gadwai lygad barcud am unrhyw symudiad o du'r Ffrancod. Ond sut y gwnaethon nhw hynny, meddech chi? Wel, yn hawdd – fe godon nhw faneri Jac yr Undeb ar eu mastiau ac wedyn

wnaeth neb o lynges Prydain eu hamau. Wedi'r cwbl, pwy feiddiai godi baner o'r math ar eu mast ond llongau Prydeinig ...

Wel, os twyllon nhw'r llynges, twyllon nhw mo'r Cymry. Erbyn Chwefror 22ain roedden nhw ger Tyddewi a gwelwyd hwy gan Tomos Williams a oedd yn byw yn Nhrelethin. Hen forwr wedi ymddeol oedd Tomos, ac oherwydd yr heli yn ei waed fe wyddai ar unwaith mai llongau Ffrengig oedd y rhai a hwyliai gyda'r creigiau oddi tano.

Anfonodd neges frys ar ei union i'r awdurdodau yn Nhyddewi a daliodd i wylio'r llongau. Roedd yn amlwg bellach eu bod yn chwilio am fan addas i lanio ac erbyn y prynhawn, roedden nhw wedi canfod y lle

hwnnw, sef Carreg Wastad ar benrhyn Pencaer, heb fod ymhell o Abergwaun. O fewn ychydig oriau, roedd y fyddin a obeithiai oresgyn Cymru wedi glanio ar dir sych sir Benfro a'r bobl leol wedi dychryn am eu bywydau – hynny ydi, pawb ond Jemeima Niclas.

'Edrych mewn difri calon, Robat! Maen nhw wedi cynnau tanau ger Llanwnda. Beth maen nhw'n losgi, tybed? Coed tân a thanwydd pobl dda Pencaer mae'n siŵr, neu eu dodrefn, hyd yn oed. Synnwn i damaid! Rydw i bron â mynd draw a rhoi cweir iawn iddyn nhw!'

'Rhoi cweir iddyn nhw wir! Wyt ti'n gall, Jemeima bach? Toes yna gannoedd ar gannoedd ohonyn nhw! Fe fydden nhw'n dy larpio di neu dy saethu'n gelain.'

'Fe gawn ni weld am hynny. Feiddien nhw ddim!'

'Efallai'n wir, ond mae'n well gadael i Thomas Knox a'i filwyr ein hamddiffyn ni rhag y Ffrancod. Dyna yw eu gwaith wedi'r cwbl.'

'Hy! Thomas Knox, wir. Fedrai hwnnw a'i sowldiwrs tegan ddim codi ofn ar gath drws nesaf, heb sôn am hel byddin o Ffrancod yn ôl i'r môr a'u cynffon yn eu gafl.'

'Chwarae teg nawr, Jemeima ...'

'Chwarae teg, wir! Dyna'n union mae Thomas Knox a'i griw o Saeson yn ei wneud – chwarae sowldiwrs. Synnwn i ddim nad nhw fydd yn ffoi o flaen y Ffrancod ac nid fel arall.'

Roedd glaniad y Ffrancod wedi creu anhrefn llwyr yn ardal Abergwaun. Aeth y newyddion fel tân gwyllt o dŷ i dŷ a ffodd y rhan fwyaf o drigolion Pencaer am Abergwaun gan gario cymaint o'u heiddo ag y medrent. Byddai mwy o ofn arnyn nhw petaen nhw'n medru gweld yr olygfa yn y gaer ger ceg harbwr y dref.

'Lefftenant, syr, fe ddylen ni fod ar benrhyn Pencaer yn amddiffyn y bobl a'r tai!'

'Dyna ddigon o hynna, Jones!' meddai Knox yn ei Saesneg grand. 'Ein dyletswydd ni, filwyr y brenin, yw aros yma yn y gaer i amddiffyn trueniaid bach Abergwaun. Dyna pam wnaeth fy nhad godi'r gaer hon a rhoi iwnifform smart i bob un ohonoch chi.'

'Ond syr, mae'r Ffrancod eisoes wedi glanio ym Mhencaer,' meddai Jones.

'Nonsens! Dydw i ddim wedi gweld na liw na lun o'r bwyatwyr malwod dwl. Mae'r bobl leol yn gwneud storïau tylwyth teg er mwyn codi ofn arnom ni, filwyr dewr y Brenin Siôr!'

'Fe ddylech chi fod wedi mynd yn nes at Garreg Wastad ar y ffordd yma heno, syr,' meddai Jones eto. 'Mae 'da fi dylwyth ym Mhencaer, a phan fo Reuben yn dweud bod Ffrancod ar Garreg Wastad, rydw i'n ei gredu fe!'

'Wfft iddo, wir! Mae o wedi bod yn yfed y cwrw cartref afiach yna eto ac wedi dychmygu'r cyfan. Na, fe arhoswn ni yma dros nos ...'

'Syr, fe welais i'r Ffrancod!' meddai llais o'r cefn.

'A minnau!'

'Wes, mae cannoedd ohonyn nhw obeutu Carreg Wastad.'

'O, efallai eich bod chi'n iawn,' meddai Knox, yn gwybod bellach na fedrai wadu bod y Ffrancod ar dir sir Benfro – tir y dylai ef arwain ei ddynion i'w amddiffyn. Ond nid oedd am gael ei orfodi i wneud ei ddyletswydd mor hawdd â hynny chwaith. 'O diar, diar,' meddai. 'Mae bellach wedi nosi, ddynion, a does dim lleuad i'n helpu ni i weld y Ffrancwyr. Hen dro, ond fe fydd rhaid i ni aros yma tan y bore.'

A dyna wnaed. Fe glowyd drws y gaer a medrai'r Ffrancod fod wedi cipio tref Abergwaun mor hawdd â phoeri y noson honno petaen nhw ond yn gwybod ...!

Mewn gwirionedd, roedden nhw'n rhy brysur i feddwl am adael Pencaer. Ar ôl eu mordaith hir a chyda dros eu hanner wedi dioddef misoedd o fwyd carchar diflas cyn hynny, roedden nhw'n brysur yn gwledda ar yr ysbail a gafwyd yn y cylch. Bwytaodd sawl un yn well nag a wnaethai ers amser maith ar wyau, caws, cig moch, ieir, gwyddau a hwyaid sir Benfro. Ar ben hyn i gyd, yfodd llawer ohonyn nhw'n drwm hefyd ar ôl canfod casgenni o gwrw, gwin a brandi 'smyglin' yn y tai. Erbyn canol nos, roedd y rhan fwyaf o'r goresgynwyr yn feddw dwll.

Byddai hyd yn oed Knox a'i soldiwrs wedi medru trechu'r Ffrancod y noson honno petaen nhw ond yn gwybod ...

Os oedd y Ffrancod a milwyr Fox yn ddisymud y noson honno o Chwefror, nid felly'r Cymry o Dyddewi i Aberteifi. Erbyn y bore, roedd cannoedd o bobl yn tyrru am Abergwaun, yn cario pob math o arfau – yn bicweirch, bwyeill, pladuriau ac unrhyw erfyn miniog neu bigog arall y medren nhw roi eu pump arno. Yn eu canol, fe ellwch fentro, oedd Jemeima.

'Mae'n rhaid taflu'r Ffrancod felltith hyn yn ôl i'r môr ar unwaith!' bloeddiodd.

'Ond sut?' meddai rhywun. 'Mae gan bob un ohonyn nhw wn. Dim ond arfau fferm sydd gennym ni.'

'Ie, mae hynny'n broblem,' cytunodd Jemeima. 'Mae gan filwyr Fox ynnau ond mae e ofn ei gysgod ac eisiau aros yn ei gaer grand. Does dim amdani ond martsio am Bencaer a gwneud ei waith drosto.'

'Ond Jemeima fach,' meddai'r llais o'r cefn eto, 'mae'r Ffrancod yn saethu unrhyw beth sy'n symud. Fe aeth criw ohonyn nhw i ffermdy Brestgarn neithiwr a phan drawodd y cloc wyth niwrnod fe ddychrynodd un ohonyn nhw a meddwl bod rhywun yn cuddio yn y cloc. Ac wyddoch chi beth wnaeth e? Fe saethodd e'r cloc!'

'Yr hyn ydym ni ei angen mewn gwirionedd yw criw o filwyr go iawn yn eu cotiau cochion i ddychryn y cnafon am eu bywyd,' awgrymodd rhywun arall.

'Yn union,' meddai Jemeima, 'ac mae gen i syniad lle cawn ni rai!'

'Does dim milwyr felly yn agos i Abergwaun.'

'O oes, maen nhw yma'n awr,' meddai Jemeima, 'yn ein canol ni!'

'Ble, yn eno'r tad?'

'Edrychwch ar yr hyn ydw i a'r merched yn wisgo dros ein hysgwyddau,' meddai Jemeima. 'Siôl wedi ei gwneud o frethyn cartref coch, ynte?'

'Ie.'

'Wel, o bell fe fyddan nhw'n ymddangos fel cotiau cochion y milwyr ac os daw digon o'r merched gyda ni am Bencaer fe roddwn ni sioc farwol i Sioni Ffrensh a'i filwyr! Ydych chi am ddod gyda mi, ferched?'

Bloeddiodd y merched ag un llais eu bod yn fodlon dilyn Jemeima, ac i ffwrdd â nhw i gyfeiriad y Ffrancod a'r dynion yn eu dilyn o hirbell ...

Ar y ffordd gwelodd y merched ddwsin o Ffrancod yn gwersylla mewn cae uwchben Abergwaun ac yn amlwg wedi eu rhoi yno i gadw llygad ar y trigolion lleol a rhybuddio'r gweddill os oedd perygl. Sut oedd mynd heibio iddyn nhw heb gael eu gweld?

'Gadewch hyn i mi,' meddai Jemeima, gan sleifio wrth fôn y gwrych a amgylchynai'r cae. Pan gyrhaeddodd adwy, cododd ar ei thraed a charlamu dan floeddio am y Ffrancod nes bod gwreichion yn tasgu o'r pedolau dan ei chlocsiau wrth iddyn nhw glecian ar gerrig y cae. Yn ei dwylo, roedd clamp o bicwarch.

'*Mon dieu!* Mae'r diafol yn dod amdanom! Rhedwch!'

'Peidiwch â meiddio neu fe sticia i'r picwarch yma yn rhywle na fyddwch chi'n hoffi, a fyddwch chi ddim yn gallu eistedd am wythnos wedyn!'

'*Sacre bleu!* Mae'r diafol yn siarad Cymraeg!'

'Ydi, ac wedi gwisgo fel merch!'

'Dewch, dim lol, dwylo lan. Nawr!' meddai Jemeima. A dyna'n union wnaeth y dwsin, yn falch o beidio cael blas y picwarch. Martsiwyd hwy o'r cae ac i Abergwaun i'w cadw'n ddiogel dan glo.

Yn wir, roedden nhw'n ddiolchgar iawn am gael drws cloëedig rhyndddyn nhw a Jemeima ...

Ar ôl hyn, aeth Jemeima â'i byddin o ferched ymlaen am Lanwnda a Charreg Wastad. Ar y ffordd, clywson nhw sŵn yn dod o gyfeiriad beudy ac, wrth gwrs, Jemeima aeth i mewn i weld beth oedd yno. Am rai eiliadau, roedd distawrwydd llethol ac yna bloeddio mawr. Taflwyd drws yr adeilad yn agored a chamodd Jemeima allan ... gyda Ffrancwr dan bob braich!

'Y bwytawyr malwod felltith hyn oedd yn chwyrnu y tu mewn i'r beudy, a thomen o boteli gwag o'u cwmpas! Ewch â nhw at y lleill. Fyddwn ni fawr o dro yn cael gwared â'r cwbl fel hyn.'

Bellach, roedden nhw'n dynesu at bencadlys y Ffrancod yn fferm Trehywel a gwyddai Jemeima a phawb mai hwn oedd rhan peryclaf y fenter. Beth petai'r Ffrancod yn sylweddoli mai twyll oedd y cyfan? Mai criw o Gymry dewr – ond heb un gwn ar eu cyfyl – oedd yn dod i'w cyfarfod? Ni fyddai ganddyn nhw obaith mul yn erbyn mil a hanner o filwyr arfog.

'Edrychwch,' meddai Jemeima, 'mae'r llongau ddaeth â hwy yma wedi hwylio ymaith. Maen nhw wedi eu dal fel llygod mewn trap. Os medrwn ni eu perswadio fod clamp o fyddin yn eu hamgylchynu fe fyddan nhw'n meddwl nad oes ganddyn nhw obaith o ennill ac yn sicr o ildio.'

'Beth nesa, felly, Jemeima?'

'Fe osodwn ein hunain yn rhes hir ar draws y penrhyn, rhoi ein picweirch neu bladuriau dros ein hysgwyddau i ymddangos fel gynnau a martsio'n araf dros grib y bryn i olwg Trehywel. Fe fydd Sioni Ffrensh yn sicr o feddwl mai byddin anferth sy'n dod amdano.'

Ac felly y gwnaed, er bod angen dewrder mawr ar ran y merched i fartsio i olwg y Ffrancod, a'r rheini yn symud fel morgrug oddi tanyn nhw ... O fewn eiliadau, fodd bynnag, roedd yn amlwg fod tric Jemeima wedi llwyddo oherwydd gellid gweld y Ffrancod yn rhuthro yma a thraw mewn panig llwyr.

'Hwrê, mae'r cynllun wedi gweithio!'

'Ydi, ond daliwch eich tir,' meddai Jemeima. 'Os arhoswn ni yma, heb fynd yn rhy agos iddyn nhw weld, efallai yr ildian nhw heb ymladd o gwbl!'

Y noson honno, sleifiodd dau o'r Ffrancod drwy linellau'r 'milwyr' oedd yn eu hamgylchynu. Mewn gwirionedd, roedd Jemeima wedi eu gweld yn dod ond gadawodd iddyn nhw fynd gan y tybiai eu bod yn cludo neges yn dweud bod y fyddin Ffrengig am ildio. Mae'n rhyfedd meddwl mai llythyr at Thomas Knox oedd hwn, sef y dyn a wnaeth leiaf i atal y goresgynwyr!

Erbyn hynny, fodd bynnag, roedd milwyr go iawn wedi cyrraedd, a hwy wnaeth y trefniadau

i'r Ffrancod ildio eu harfau ar draeth Wdig
drannoeth. Fe ellwch fentro eu bod hwy wedi
synnu fod y Ffrancod wedi ildio heb danio'r un
ergyd – ar wahân i saethu'r cloc, wrth gwrs! Ar
y llaw arall, roedd y Ffrancod yn gandryll pan
sylweddolwyd iddyn nhw gael eu twyllo gan
Jemeima a 'byddin' o ferched heb wn ar eu cyfyl.
Ond roedd hi'n rhy hwyr arnyn nhw bellach, ac
roedd Jemeima yn arwres i bawb, nid yn unig yn
sir Benfro ond yng Nghymru benbaladr.

Os ewch chi i ardal Abergwaun a Phencaer
heddiw, mae llawer o olion glaniad y Ffrancod
yno o hyd. Mae llun un o filwyr Thomas Knox
ar y wal tu allan i dafarn y Royal Oak yn y dref,
ac ar lan y môr yn Wdig mae maen coffa yn
dweud mai yno yr ildiodd y Ffrancod ar
Chwefror 24ain, 1797. Mae maen coffa arall ar
Garreg Wastad i nodi'r union fan y glanion nhw.
Peth arall diddorol iawn yn yr ardal honno
hefyd ydi'r cloc wyth niwrnod a saethwyd ym
Mrestgarn. Mae'n dal yno, gyda thwll bwled
drwy ei gasyn, ac yn dal i weithio'n berffaith! Os
ewch chi i fynwent Eglwys y Santes Fair yn
Abergwaun, fe welwch chi garreg fedd Jemeima
Niclas.

IFOR BACH

Wyth can mlynedd yn ôl, aeth gŵr o'r enw Gerallt Gymro ar daith o gwmpas Cymru gyfan gan sgrifennu am y pethau hynod a welodd ac a glywodd amdanyn nhw ar y ffordd. Ac fe welodd o bethau rhyfedd! Gwelodd bysgod ag un llygad. Gwelodd garreg a oedd bob amser yn dychwelyd i'r eglwys lle cedwid hi, dim ots os teflid hi i ganol y môr, hyd yn oed. Clywodd hefyd am fynach a fu'n byw gyda'r tylwyth teg pan oedd ef tua'ch oed chi. Mae Cymru'n wlad ddiddorol heddiw ond roedd yn fwy diddorol byth yr adeg honno!

Er ei fod yn hanner Norman ei hun, edmygai Gerallt ddewrder y Cymry a oedd yn ymladd yn erbyn y Normaniaid i gadw eu rhyddid. Un o'r dewraf oedd Ifor ap Meurig, neu Ifor Bach, fel y gelwid ef. Roedd yn byw tua hanner can mlynedd cyn Gerallt Gymro ond roedd pobl yn dal i sôn amdano wrth Gerallt.

Arglwydd Senghennydd, y fro rhwng afonydd Taf a Rhymni ym Morgannwg oedd Ifor ap Meurig. Fel y gallwch ddychmygu, chafodd Ifor mo'r enw Ifor Bach am fod dros chwe throedfedd o daldra! Ond os oedd yn fach o ran corff, roedd ei ddewrder yn fawr.

Roedd Ifor Bach a'i wraig Nest, a oedd yn chwaer i'r Arglwydd Rhys, tywysog mwyaf nerthol y Deheubarth, yn byw yng Nghastell Coch yn Nhongwynlais. Saif y castell ar fryn uchel, coediog yn edrych i lawr ar Gaerdydd i'r de ac roedd yr olygfa honno'n dân ar groen Ifor. Yno'r oedd yr Iarll William, a oedd yn Norman balch, yn byw ac roedd byth a beunydd yn bygwth dwyn tir y Cymry oddi arnynt.

'Melltith ar yr iarll yna! Mae e wedi anfon llythyr mewn Ffrangeg crand yn dweud ei fod am gymryd hanner fy nhir am fy mod yn gwrthod talu trethi iddo. Y bwytäwr malwod goblyn! Pam ddylwn i? Dim ond am ei fod yn ffrindiau gyda brenin Lloegr a bod ganddo fyddin anferth mae e'n meddwl y caiff wneud fel fyw fyd fynnith.'

'Go dda ti, Ifor – paid ti â chymryd gan yr hen genau,' meddai Nest.

'Ie, fe gaiff e weld! Bydd yn edifar ganddo dynnu blewyn o drwyn Ifor ap Meurig. Mae gen innau fyddin ac mae deuddeg cant o filwyr dewr Morgannwg yn well o lawer na deuddeg mil o'i hen filwyr estron ef.'

'Sut hynny?'

'Yn un peth, maen nhw'n ddewr tu hwnt ac ar ben hynny maen nhw'n adnabod pob modfedd o fryniau a choedwigoedd Senghennydd. Fe allen nhw daro'r gelyn a diflannu cyn i'r rheini sylweddoli beth sy'n digwydd iddyn nhw.'

'Beth wnaiff ddigwydd os gwrthodi di roi'r tir iddo?'

'Yn ôl ei lythyr, mae'n dweud y daw i Gastell Coch, fy rhoi mewn cyffion a 'nhaflu i gell ym mherfeddion Castell Caerdydd. Wedyn, mae'r bwbach hyll yn dweud y cymer fy nhiroedd i gyd!'

'Wnei di ddim ildio iddo fe, siawns?'

'Dim ffiars o beryg! Mae gen i gynllun fydd yn dangos i'r cadi-ffan Ffrengig 'na o Gaerdydd pwy yw'r mistar. Mae'n bryd dangos mai trech gwlad nag arglwydd ydi hi yma yng Nghymru.'

'Ie wir, neu fyddwn ni ddim uwch na baw sawdl!'

Galwodd Ifor ar Hywel, ei gyfaill a'i filwr dewraf, a buon nhw'n trafod y cynllun ac yn astudio mapiau am oriau. O'r diwedd daethon nhw i benderfyniad.

'Mae'n rhaid i mi dorri crib y ceiliog Ffrengig – a'r ffordd orau o wneud hynny ydi ei daflu ef i gell yma yng Nghastell Coch!'

'Go dda, Ifor – gwneud yr union beth iddo ef y bu'n bygwth ei wneud i ti.'

I wneud yn siŵr, roedd Ifor Bach am gipio nid yn unig William ond hefyd ei wraig a'i fab a'u cludo i Senghennydd, gan wrthod eu rhyddhau nes y byddai'r iarll a brenin Lloegr ei hun wedi addo y câi gadw ei dir i gyd.

'Mae'n gynllun mentrus iawn,' meddai Hywel. 'Efallai ei fod yn rhy fentrus. Mae llawer o broblemau yn ein wynebu cofiwch. Yn un peth, bydd Castell Caerdydd yn eithriadol o anodd ei gipio oherwydd mae muriau uchel o'i gwmpas a gwylwyr ar ben bob tŵr yn cadw llygad barcud am y symudiad lleiaf. Cofiwch hefyd fod byddin anferth o filwyr a marchogion yn y dref ei hun. Smic o sŵn a byddan nhw ar ein gwarthaf, a bydd wedi darfod arnom.'

Ond roedd Ifor Bach wedi meddwl am bopeth.

'Fe wn i hynny ac y mae mwy nag un ffordd o gael Wil i'w wely – neu Wil o'i wely yn yr achos hwn!'

'Sut felly?'

'Wel, does gennym ni ddim gobaith cipio William drwy ymosod ar y castell a'r dref, nagoes?'

'Nagoes, yn union.'

'Fel mae hi'n digwydd bod, mae Gwilym Foel wedi cael gwaith fel cogydd yn y castell ac ef sy'n paratoi'r bwyd i bawb sy'n byw yno.

'Wel myn diain i! Roeddwn i'n meddwl tybed lle'r oedd e wedi diflannu ers wythnosau bellach.'

'Ond Ifor,' meddai Nest, 'sut cafodd e waith yn y castell? Roeddwn i'n meddwl na châi'r un Cymro fynd ar gyfyl y lle, heb sôn am gael gwaith yno.'

'Roeddwn i'n amau y byddai rhywbeth fel hyn yn digwydd yn y diwedd, felly fe drefnais i iddo ddysgu siarad Ffrangeg a Saesneg. Fel y gwyddoch chi, mae Gwilym yn un eitha peniog ac fe ddysgodd eu siarad yn rhugl mewn dim amser. Dydi'r ffyliaid sy'n y castell ddim callach mai Cymro ydi'r cogydd newydd!'

'Pryd fyddwn ni'n mynd i Gaerdydd?' holodd Hywel. 'Rydw i'n ysu am weld wyneb yr William yna pan gerddwn ni i'w lofft!'

'Ymhen pythefnos. Fydd dim lleuad yr adeg honno ac felly wêl pobl y dref mohono ni. Fe fydd Gwilym wedi gofalu rhoi rhywbeth yng nghawl y gwylwyr fel na sylwan nhw ar ddim, chwaith – ac nid garlleg fydd e!'

Roedd un broblem fawr i'w threchu, fodd bynnag. Gan ei fod yn gweithio yng nghaer fewnol y castell, medrai Gwilym agor y drws hwnnw'n slei bach ond fedrai o ddim agor y porth mawr yn y waliau allanol. Byddai'n rhaid i'r Cymry ddringo drostyn nhw, felly.

'Ond maen nhw'n goblynnig o uchel. Fedrwn ni ddim mynd i lawr am Gaerdydd yn cario ysgolion hanner can troedfedd.'

'Mae Hywel yn iawn, Ifor. Byddai'r dynion wedi blino'n lân cyn cyrraedd a byddai rhywun yn sicr o'u gweld.'

Unwaith eto, fodd bynnag, roedd Ifor Bach wedi meddwl am ateb. Roedd wedi trefnu i gael gwneud ysgolion rhaff ysgafn y gellid eu cario a'u cuddio'n hawdd. Byddai un o'i ddynion yn taflu bach a rhaff i ben y wal a dringo i fyny honno cyn llusgo'r ysgolion rhaff i fyny i'r gweddill ei ddilyn.

Aeth y pythefnos cyn yr ymosodiad heibio'n gyflym a dynion o bob rhan o Senghennydd yn ymarfer dringo creigiau serth gyda'r ysgolion

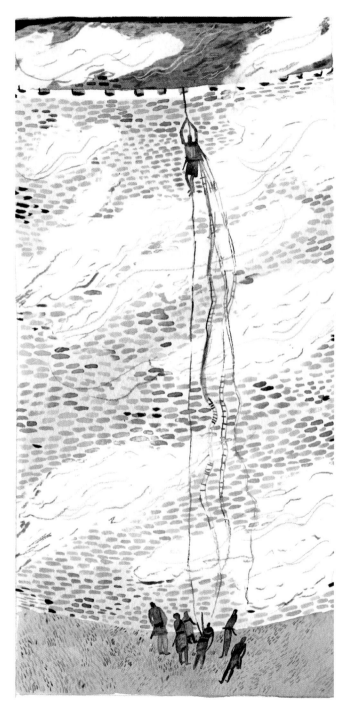

arbennig, nos a dydd. Gwydden nhw fod cyflymder a thawelwch yn hollbwysig os oedd y cyrch beiddgar i lwyddo, a hyd yn oed ar ôl ymarfer yn ddygn, gwydden nhw y gallai cant a mil o bethau fynd o'i le. Er hyn, roedd pawb yn awyddus i ddilyn Ifor Bach, cymaint oedd eu parch tuag ato, a medrodd yntau ddewis deg o filwyr eofn i fynd gydag ef am Gaerdydd.

Am un ar ddeg noson y cyrch, roedd y criw dewr yn sefyll y tu allan i furiau cadarn Castell Caerdydd.

Roedd yn noson niwlog, oer a phrin y gellid eu gweld gan eu bod yn gwisgo dillad duon ac wedi rhoi parddu ar eu hwynebau. Curai calon pawb fel drwm, ond doedd dim mymryn o ofn ar neb. Roedd yn rhaid i'r cyrch lwyddo, doed a ddelo. Gwyddai'r criw y byddai eu problemau i gyd drosodd os medren nhw gael gafael ar yr Iarll a'i deulu.

Daeth chwibaniad isel o'r tu mewn i'r castell. Hwn oedd yr arwydd y buon nhw'n ei ddisgwyl gan Gwilym Foel. Gwydden nhw'n awr fod y gwylwyr i gyd yn cysgu'n drwm a bod y drws mewnol ar agor. Doedd dim eiliad i'w gwastraffu'n awr rhag ofn i rywun o'r dref eu gweld a nôl y fyddin.

'Meilir, ti ydi'r dringwr gorau. Tafla'r bach dros ben y wal! Pob lwc i ti, fachgen – mae popeth yn dibynnu arnat ti yn awr.'

Fu ymarfer caled y pythefnos cynt ddim yn

ofer fodd bynnag, a chyn pen dim roedd Meilir yn dringo i fyny'r rhaff fel gwiwer ac yn llusgo'r ysgolion arbennig ar ei ôl. Clymodd hwy'n gadarn ar ben y mur uchel ac o fewn dau funud roedd Ifor Bach a'i ddynion yn sefyll wrth ei ochr. Roedden nhw yng nghastell y gelyn heb i'r un enaid byw bedyddiol wybod eu bod yno!

Daeth y chwibaniad isel eto.

'Ifor! Ifor! Dilynwch fi.' Gwilym Foel oedd yno.

'Ble mae'r gwalch William yna'n cysgu?'

'Af â chi yno'n awr, gyda phleser.' Hyd yn oed yn y tywyllwch, medrai Ifor Bach weld y wên lydan oedd ar wyneb Gwilym.

Cysgai'r Iarll William, Hawise ei wraig a Robert eu mab mewn dwy lofft y drws nesaf i'w gilydd. Heb ddim lol, rhuthrodd Ifor i lofft yr iarll a'r iarlles.

'Noswaith dda! Wnaeth rhywun yma archebu cwpanaid o lefrith poeth?'

'*Mon dieu*! Beth? Pwy felltith ... Beth ar wyneb y ddaear yw ystyr peth fel hyn? Wyddoch chi pwy ydw i?'

'Gwn yn iawn, y bwytäwr coesau llyffantod hyll. Ar dy draed, y sgerbwd – rwyt ti a'r teulu'n dod am dro bach i'r wlad!'

Yn sydyn, sylweddolodd William pwy oedd y tu ôl i'r huddug.

'*Sacre bleu*! Ifor Bach! Fe gaiff pob un ohonoch eich crogi am hyn – y tu allan i'r castell hwn ben bore fory. Wylwyr! WYLWYR! Dewch yma ar unwaith! Help!'

'Cau dy geg, y ffŵl. Rwyt yn gwastraffu dy anadl. Wnaiff dy wylwyr mo dy glywed di heno. Chlywaist ti ddim am felys cwsg potes maip? Wel mae cwsg potes Gwilym Foel yn fwy melys byth!'

'Hawise, gwna rywbeth, neu fe fydd yr anwariaid Cymreig yma'n mynd â ni oddi yma.'

'Edrychwch, ddynion. Tydi e ddim mor ddewr rŵan, heb ei fyddin a brenin Lloegr y tu ôl iddo fe. Mae e'n gofyn i'w wraig ei amddiffyn! Tyrd y llipryn – gwisga amdanat yn sydyn neu fe gei ddod efo ni yn y crys nos gwirion yna!'

Tra gwisgai William, Hawise a Robert amdanyn nw aeth rhai o ddynion Ifor i agor y glwyd fawr yn y mur allanol. O fewn deg munud i ddringo'r wal, roedd Ifor Bach a'r criw y tu allan i'r castell a'i gynllun wedi llwyddo.

Byddai'r cynllun wedi gweithio'n hollol ddi-lol oni bai i William faglu yn ei ofn a gwneud sŵn mawr. Dechreuodd ci gyfarth a chyn hir clywai'r criw sŵn milwyr mewn arfwisgoedd yn rhedeg ar eu holau wrth iddyn nhw frysio heibio strydoedd tywyll Caerdydd.

'Lladron! Lladron! Mae criw o Gymry yn y dref!' Roedden nhw wedi eu gweld a bu'n rhaid rhedeg am y ceffylau a adawyd tua hanner milltir i'r gogledd, a'r gelyn ar eu gwarthaf.

Carlamu gwyllt wedyn am fryniau a

choedwigoedd Senghennydd, oherwydd gwyddai Ifor Bach a'i ddynion y bydden nhw'n ddiogel yno. Feiddiai'r gelyn mo'u dilyn yno, yn enwedig yn y nos, rhag ofn syrthio i drap. Gwelodd y dynion goedwig yn y pellter a chyn pen dim roedden nhw wedi diflannu iddi fel cysgodion a marchogion William yn dychwelyd am Gaerdydd yn waglaw, heb sylweddoli fod eu pennaeth gyda'r Cymry ac yn crynu o'i gorun i'w sawdl gan ofn.

Clowyd William a'i deulu yng Nghastell Coch a gwrthododd Ifor eu rhyddhau nes yr addawai y câi gadw ei diroedd i gyd. A dweud y gwir, iau cyw iâr oedd gan William ac addawodd ar unwaith ond cymerodd rai wythnosau cyn i'r brenin gytuno.

Pan ryddhawyd William yn y diwedd roedd cryn dolc yn ei falchder Normanaidd a'i grib wedi ei dorri go iawn. Erbyn iddo gyrraedd yn ôl i'w gastell ei hun yng Nghaerdydd, a hynny ar ôl gorfod cerdded bob cam, roedd ganddo dipyn mwy o barch at y Cymry ... ac at Ifor Bach yn enwedig!

Saif Castell Coch yn falch o hyd, oherwydd cafodd ei adnewyddu'n hardd yn ystod y bedwaredd ganrif ar bymtheg, a hyd yn oed yn awr, wyth can mlynedd a mwy yn ddiweddarach, mae pobl yn dal i gofio am ddewrder Ifor Bach.

Maen nhw'n dweud i frenin Lloegr orfod talu crocbris am ryddhau William a'i deulu a bod Ifor wedi cuddio'r trysor mewn ogof o dan y castell. Dywedir bod tri eryr anferth yn gwarchod y trysor nes y bydd Ifor ddewr yn dychwelyd i'w hawlio.

Os byddwch chi yng nghyffiniau Caerdydd, ewch i ymweld â Chastell Coch. Mae'n werth ei weld a chewch ail-fyw hanes un o arwyr dewr ein cenedl a ddangosodd nad yw Cymro go iawn yn fodlon cael ei sathru dan draed.

MARGED FERCH IFAN

Pwy ydi'r person cryfaf yng Nghymru, ddywedech chi? Ydych chi'n gryf, tybed? Ers talwm, doedd yr un dyn na dynes cyn gryfed â Marged Ferch Ifan. Mae llawer o hanesion am Marged yn dal ar gof a chadw, a dyma rai ohonyn nhw ...

Prynhawn braf tua diwedd Medi oedd hi ac roedd dyn dieithr yn cerdded i lawr am Ddrws-y-coed o gyfeiriad Rhyd-ddu. Ychydig y tu allan i'r pentref, gwelodd ddyn yn dod allan o fwthyn bach twt ar ochr y ffordd ac arhosodd i dynnu sgwrs ag ef.

'Prynhawn da – tydi hi'n braf?'

'Ydi wir. Mae'n gwneud tywydd bendigedig – nid fy mod i yn gweld llawer ohono fo.'

'Pam felly?'

'Mwynwr ydw i, yn tyllu am gopor yng ngwaith Simdde'r Dylluan draw yn y fan acw. Dydan ni ddim yn gweld llawer o haul dan y ddaear, credwch chi fi!'

'Nac ydych, mae'n siŵr.'

'Ond dywedwch i mi, beth sy'n dod â dyn dieithr fel chi y ffordd yma?'

'Wel, newydd fod i ben yr Wyddfa ydw i ac fe welais i'r dyffryn yma o'r copa. Roedd Gruffydd Roberts oedd yn fy nhywys yn sôn am yr hanes sydd yma am Llew Llaw Gyffes, a bod yn rhaid dod i'w weld. Ond a dweud y gwir wrthych chi ... mae'n ddrwg gen i, wn i mo'ch enw chi ... '

'Tomos Ifan ydw i, syr.'

'A Thomas ydw innau hefyd – Thomas Pennant! A dweud y gwir, rydw i wedi blino braidd ar ôl yr holl gerdded. Wedi'r cwbl:

Hawdd yw dwedyd, 'Dacw'r Wyddfa,' –
Nid eir drosti ond yn ara';

Wyddoch chi am le i mi aros heno, Tomos?'

'Gwn yn iawn. Glywch chi sŵn telyn?'

'Clywaf. O ble mae'n dod?'

'O dafarn Y Telyrnia – a dyna'r union le i rywun fel chi sy'n hoff o hen draddodiadau ac ati. Marged Ferch Ifan sy'n ei chadw a hi sy'n chwarae'r delyn rŵan. Ar fy ffordd yno i wlychu fy mhig ydw i; fe ddangosaf i'r ffordd i chi, os hoffech chi.'

'Diolch o galon,' meddai Thomas Pennant. 'Sut un ydi'r Marged Ferch Ifan yma?'

'Mae'n ddynes ryfeddol, Mr Pennant. Nid yn unig mae hi'n medru chwarae telyn a chanu, ond hi hefyd gyfansoddodd yr alaw – a gwneud y delyn! Os cofia i'n iawn, "Merch Megan" mae hi'n galw'r gân mae hi'n ei chanu rŵan ac mae hi'n boblogaidd iawn y ffordd yma.'

'Brensiach y bratiau, mae'r Marged yma'n ferch ddawnus. Rydw i'n falch i mi ddod i Ddrws-y-coed yn barod!'

'Duwcs annwyl, dydi hynna'n ddim i beth fedr hi wneud. Mae hi'n gallu barddoni hefyd – a gwneud gwaith crydd a theiliwr.'

'Bobol annwyl ...'

'Ond hela ydi pethau Marged. Chlywch chi mohonyn nhw'n udo a chyfarth rŵan am bod eu meistres yn canu, ond mae ganddi hi ugeiniau o gŵn hela – yn filgwn, daeargwn a bytheiaid. Maen nhw'n dweud i mi ei bod hi'n dal mwy o lwynogod na phob heliwr arall yn y sir efo'i gilydd.'

'Wel, tyrd i mi gael cyfarfod y ddynes ryfeddol yma,' meddai Thomas Pennant wrth weld arwydd tafarn *Y Telyrnia* ar ochr y ffordd a chlywed sŵn ffidil, canu a chwerthin hapus wrth nesáu.

Wyddai'r teithiwr ddim sut ddynes oedd Marged Ferch Ifan o ran pryd a gwedd, a bu bron iddo lewygu pan welodd hi. Roedd ymhell dros chwe throedfedd o daldra, ei gwallt yn goch fel machlud a'i dwylo fel rhawiau. Cyflwynodd Tomos y dafarnwraig a'r teithiwr i'w gilydd ac ysgydwodd hithau law ag ef yn gyfeillgar cyn mynd i mewn i'r dafarn i dywallt peint o gwrw i un o'i chwsmeriaid sychedig.

'Bobol bach, mae hi'n fawr, tydi – ac yn gryf!' meddai Thomas Pennant, oedd a'i wedd yn llwyd. 'Fe fu ond y dim iddi wasgu fy mysedd i'n siwrwd. Hoffwn i ddim ffraeo â hi!'

'Na finnau,' meddai Tomos. 'Mae hi cyn gryfed ag unrhyw ddau o'r mwynwyr sy'n dod yma i yfed, a chredwch chi fi, maen nhw'n gryf. Mae'n rhaid i ni fod neu fydden ni ddim yn gwneud wythnos yn Simdde'r Dylluan. Er hynny, fe welais i Marged yn taflu hanner dwsin o'r mwynwyr oedd wedi meddwi allan drwy'r drws yr wythnos diwethaf, a hynny heb unrhyw help gan ei gŵr.'

'O, mae hi wedi priodi, felly?'

'Ydi, ond tydi Richard Morris ddim byd tebyg i Marged. Dyna fo'n stelcian yn y gornel yn y fan acw.'

'Beth, y dyn bach acw? Ond dydi o ddim hanner cymaint â Marged.'

'Yn union. Mae o wedi cael sawl cweir ganddi a maen nhw'n dweud mai ar ôl cael curfa go dda y cytunodd o i'w phriodi hi. Ond maen nhw'n dweud ei bod hi'n meddwl y byd o Richard Morris – yn lwcus iddo fo!'

Treuliodd Thomas Pennant noson ddifyr yn Y Telyrnia, yn gwrando ar Marged yn canu a chlywed sawl stori am ei chryfder. Yn y bore, ar ôl platiad mawr o wyau a chig moch, parhaodd ar ei daith i lawr drwy Ddyffryn Nantlle, ar ôl cyfarfod un o gymeriadau rhyfeddaf Cymru.

Ymhen rhai blynyddoedd aeth pethau'n flêr yng ngwaith copor Drws-y-coed a bu'n rhaid i lawer fynd oddi yno i chwilio am waith. Yn eu plith roedd Marged a Richard Morris, a aeth i fyw i

Ben Llyn, ger Cwm-y-glo, ar lan Llyn Padarn. Aeth Tomos Ifan hefyd i fyw i'r un ardal, gan setlo yn Nant Peris. Roedd wedi hen syrffedu ar y gwaith copor a bellach enillai ei fara menyn drwy dywys pobl ddieithr i fyny'r Wyddfa.

Wrthi'n chwynnu yn yr ardd yr oedd un diwrnod pan glywodd sŵn troed a rhywun yn galw.

'Oes yma bobl?'

'Oes, dewch trwodd i 'ngardd gefn.'

'O, yn y fan yma yr ydych chi. Rydw i eisiau rhywun i'm tywys i ben yr Wyddfa. Rydw i wedi bod unwaith o'r blaen o ochr Llyn Cwellyn ...'

'Do, mi wn i hynny, Mr Pennant,' meddai Tomos.

'Beth ddywedoch chi? Sut gwyddoch chi pwy ydw i?'

'Tomos Ifan ydw i, syr. Ydych chi'n cofio aros yn Y Telyrniau beth amser yn ôl?'

'Wel, wrth gwrs! Tomos, mae'n dda gen i dy gyfarfod di eto. Wnes i mo'th adnabod di efo'r locsyn yna. Felly rwyt ti wedi gadael y gwaith copor ac yn gweld mwy o'r haul rŵan.'

'Ydw wir,' meddai Tomos.

'A beth ydi hanes y wraig ryfeddol honno, Marged Ferch Ifan, erbyn hyn? Ydi hi'n dal i fyw yn Nrws-y-coed?'

'Nac ydi, wir. Fe aethoch chi heibio ei thŷ hi ar y ffordd yma heddiw. Mae hi'n byw ym Mhen Llyn ers rhai blynyddoedd bellach.'

'Ydi hi'n cadw tafarn yno? Rydw i'n chwilio am le i aros heno – mi fyddai'n braf ei chlywed hi'n canu eto.'

'Na, dydi hi ddim yn dafarnwraig rŵan. Rhwyfo'r copor i lawr o'r Wyddfa ar hyd y ddau lyn, Peris a Phadarn, mae hi bellach.'

'Rhwyfo copor? Pam nad ydi o'n cael ei gario ar hyd y lôn?'

'Does dim lôn werth sôn amdani drwy Fwlch Llanberis at Ben Llyn,' meddai Tomos. 'Mae'n haws cludo'r copor mewn cychod arbennig, ond mae'n waith caled iawn.'

'Wel rydw i'n siŵr fod Marged yn dda iawn wrth ei gwaith. Mae hi'n bladures o ddynes, tydi. Ydi Richard ei gŵr yn ei helpu?'

'Beth ydych chi'n feddwl?' meddai Tomos dan chwerthin. 'Mi fyddai hwnnw'n fwy o drafferth na'i werth ar gwch! Na, mae gan Marged ferch arall yn ei helpu.'

'Beth, merch gref arall? Mae'n rhaid bod rhywbeth arbennig yn eich bwyd chi yn gwneud eich merched chi'n rhai cryfion.'

'Wn i ddim am hynny, ond mae Myfanwy yn goblynnig o gryf. Gyda llaw, Marged sydd wedi adeiladu'r cwch ei hun.'

'Oes yna unrhyw beth na fedr hi wneud dywedwch?'

'Wn i ddim wir. Wel, Mr Pennant, beth am gyfarfod fory wrth y Ceunant Mawr am hanner awr wedi wyth i fynd i ben yr Wyddfa? Mae'r tywydd wedi setlo ac fe allwn ni fynd i lawr i Orffwysfa Peris ar ben y bwlch a cherdded yn ôl heibio'r llynnoedd wedyn. Efallai y cewch chi weld Marged Fwyn Ferch Ifan unwaith eto.'

'Syniad campus, Tomos. Hwyl tan fory felly!'

Fore trannoeth, roedd Thomas Pennant yn barod wrth y Ceunant Mawr wrth droed yr Wyddfa yn disgwyl Tomos y tywysydd mewn da bryd. Am hanner awr wedi wyth union roedd y ddau yn cychwyn cerdded am y copa, a Tomos yn dangos pob math o ryfeddodau i'w gyfaill.

Roedd Thomas Pennant wrth ei fodd yn clywed yr hanesion, yn enwedig pan drodd y sgwrs i sôn am weithfeydd copor yr Wyddfa, a Tomos yn sôn am y mwynwyr oedd yn byw mewn barics neu dai bach ar ochr y mynydd, i arbed cerdded i fyny ac i lawr bob dydd.

'A'r copor yma mae Marged yn ei gario yn ei chwch?' meddai'r teithiwr.

'Ie, a chopor o waith Nant Peris. Maen nhw'n ei gario fo i lawr ar gefn mulod ac yn ei roi yn y cychod. Mae ganddyn nhw waelod gwastad, cryf i gymryd y pwysau ac maen nhw'n gallu cludo cryn bwysau ar y tro – yn enwedig os ydyn nhw'n rhwyfwyr da fel Marged a Myfanwy.'

'Dywedwch ychydig o hanes Marged wrthyf i, Tomos. Mae hi'n ddynes ddiddorol iawn ac fe hoffwn i sgrifennu amdani mewn llyfr rhyw ddiwrnod.'

'Wel,' meddai Tomos, 'mae hi'n dal i hela ac yn cael hwyl dda arni, ond ddim yn mynd mor aml ag oedd hi pan oedd hi'n byw yn Y Telyrnia. Mae hi'n gweithio'n galed iawn rŵan a does ganddi ddim gymaint o amser hamdden.'

'Rydw i'n gobeithio'n arw y cawn ni ei gweld hi wrth ei gwaith y prynhawn yma.'

'Mae'n siŵr y gwnawn ni. Tan yn ddiweddar roedd ambell ŵr bonheddig fel chi, Mr Pennant, yn cael mynd yn y cwch efo Marged, ond ddim bellach.'

'Pam, beth ddigwyddodd?'

'O mi driodd rhyw labwst mawr gymryd mantais ar Marged ar ganol y llyn, gan fynnu cael cusan a rhyw lol felly. Ond wyddoch chi beth wnaeth hi?'

'Na wn i.'

'Gafael ynddo gerfydd ei sgrepan a'i ddal o dros ymyl y cwch gan fygwth ei ollwng os na fyddai'n addo bihafio. Mi wnaeth hynny wrth gwrs, oherwydd fedrai o ddim nofio. Mi ges i lawer o hwyl y prynhawn hwnnw – mi oeddwn i'n ei glywed yn gweiddi a chrefu am gael mynd yn ôl i'r cwch ac i'r lan!'

'Mae Marged mor gryf ag erioed, felly?' meddai Thomas Pennant.

'Cryf ddywedsoch chi?' Goelia i ei bod hi'n gryf. Mae hi'n gallu sythu pedolau efo'i dwylo noeth a mae hi'n dal i reslo yn rheolaidd.'

'Reslo, ddywedoch chi?'

'Ia. Mae ymaflyd codwm yn boblogaidd iawn y ffordd yma a mi fydd Marged yn rhoi sialens i'r llafnau yma'n dra aml. Ond does yna'r un ohonyn nhw fedr drechu Marged Ferch Ifan chwaith!'

Siaradai Tomos a Thomas bymtheg i'r dwsin wrth gerdded heibio rhyfeddodau ar eu taith – o fedd cawr yr Wyddfa i'r cwm lle'r ymladdodd Arthur ei frwydr olaf, a'r ogof lle mae'n cysgu'n drwm hyd y dydd heddiw, i lyn lle mae bwystfil yn byw ... a llawer mwy.

Ddiwedd y prynhawn, daeth y ddau i lawr at Eisteddfa Peris ar ben Bwlch Llanberis, gan basio gweithfeydd copor yr Wyddfa ar y ffordd. Cerddodd y ddau heibio Cromlech Ganthrig Bwt ac adroddodd Tomos hanes y wrach a arferai fyw dan y garreg. Roedd yn bwyta plant nes i ddyn dewr ei lladd drwy dorri ei phen.

'Ych a fi,' meddai Thomas Pennant. 'Ac roedd hi'n byw o dan y Gromlech ar ochr y ffordd yn y fan yma?'

'Oedd, nes i ddyn o Lanberis ei lladd efo cryman.'

Cerddodd y ddau ymlaen am beth amser eto ac yna meddai Tomos:

'Edrychwch, dacw Lyn Peris o'n blaenau. Efallai y bydd Marged Ferch Ifan yno yn rhwyfo heddiw ac y cewch ei chyfarfod eto.'

Rhoddodd hyn ryw sbonc newydd yng ngherddediad y ddau a chyn bo hir roedden

nhw ar lan y llyn. Yno roedd cwch wrthi'n cael ei lwytho â chopor.

'Pnawn da,' meddai Thomas Pennant wrth y cychwr.

'Pnawn da i chithau, syr. Fedra i'ch helpu chi?'

'Medrwch gobeithio – ydi Marged Ferch Ifan yn y cyffiniau heddiw? Fe hoffwn ei chyfarfod.'

'Nac ydi, mae arnaf i ofn. Mae hi wedi mynd i hela ar lethrau'r Elidir heddiw.'

'Dyna hen dro garw. Rydych chi'n ei hadnabod yn dda, gymeraf i?'

'Ydw wir, fel pawb sy'n rhwyfo ar y llynnoedd yma. Wedi cael daeargi newydd mae hi ac wedi mynd i chwilio am lwynogod. Fe fydd gofyn iddo fod yn un da i gymryd lle'r hen Ianto hefyd ...'

'Ianto? Pwy oedd o?'

'Hoff ddaeargi Marged. Doedd o ddim dau damaid i gyd ond mi oedd o'n ddewr fel llew.'

'Beth ddigwyddodd iddo fo?' meddai Tomos.

'Mi oedd o'n mynd yn y cwch efo Marged bob amser ond un diwrnod mi redodd i ffwrdd ar drywydd rhywbeth, a bu'n crwydro nes dod at ryw dŷ. Erbyn hyn, mi oedd yr hen gi bach ar ei gythlwng a beth welodd ar fwrdd y gegin ond darn blasus o gig. Mi sglaffiodd y cig ond mi gafodd ei ddal gan berchennog y tŷ, clamp o fwynwr mawr o'r enw Jac. Yn ei dymer dyma yntau'n lladd Ianto efo'i ddwylo noeth a thaflu ei gorff i'r afon.'

'Y creadur bach,' meddai Tomos.

'Ie wir, ond nid dyna ddiwedd y stori,' meddai'r cychwr. 'Pan glywodd Marged am yr hyn oedd wedi digwydd, sgrialodd i dŷ Jac – peth na wnâi neb arall oherwydd eu bod nhw ofn y llabwst mawr tew. Wrthi'n molchi ar ôl gorffen gweithio yr oedd o pan gyrhaeddodd Marged a dweud beth oedd yn bod. Pan ddywedodd Jac ei fod yn brysur cynigiodd Marged ddod yn ôl ymhen ychydig amser.

'"Hy, wn i ddim i beth wir," oedd ymateb surbwch Jac.

'Ond yn ôl y daeth Marged, gan gynnig talu pedair gwaith gwerth y cig a fwytawyd gan Ianto os talai Jac werth y ci iddi hithau.'

'"Cer i chwythu!" oedd ateb hwnnw. "Dos oddi yma rŵan tra medri di cyn i mi dy daflu dithau i'r afon!"

'Heb air arall dyma Marged â dyrnod i Jac nes ei fod yn llyfu'r llawr ac os byddai hi wedi rhoi un arall iddo fo, fe fyddai'n gelain. Yn lle hynny, dyma hi i'w boced a nôl pres i gael ci arall – a hela efo hwnnw y mae hi heddiw, mae arna i ofn.'

Chafodd Marged mo'i siomi y diwrnod hwnnw.

Roedd y ci bach newydd yn un gwych – cystal â Ianto bob tamaid – ac fe fu'n ffefryn ganddi am flynyddoedd lawer. Ond os cafodd Marged ei phlesio, ei siomi gafodd Thomas Pennant. Welodd mo Marged Ferch Ifan am yr eildro, oherwydd roedd yn rhaid iddo adael ardal Llanberis y noson honno. Ymhen rhai blynyddoedd, sgrifennodd lyfr am ei deithiau yng Nghymru ac yn hwnnw mae'n disgrifio Marged a'i nerth, ond hefyd yn dweud mor siomedig ydoedd o beidio â'i chyfarfod pan oedd yn ardal Llanberis.

Maen nhw'n dweud i Marged fyw nes ei bod yn gant a dau ac na fu'n sâl erioed. Yn wir, roedd hi'n dal i reslo pan oedd hi yn ei saithdegau, a neb yn medru ei threchu. Roedd hi'n dipyn o ddynes!

LLUDD A LLEFELYS

Dau frawd oedd Lludd a Llefelys. Roedd y ddau yn frenhinoedd – Lludd yn frenin Ynysoedd Prydain a Llefelys yn frenin Ffrainc.

Roedd y ddau yn ffrindiau mawr ac uwchben eu digon yn byw yn eu prifddinasoedd. Llundain oedd cartref Lludd a Paris oedd cartref Llefelys. Eto, er bod y ddau yn gymaint o ffrindiau, roedden nhw'n eitha gwahanol i'w gilydd hefyd.

Pysgota, hela a marchogaeth oedd pethau Lludd. Doedd dim yn well ganddo na dychwelyd i'w balas yn fwd o'i gorun i'w sawdl ar ôl bod yn carlamu ar draws y wlad drwy'r dydd. Darllen a sgrifennu oedd hoff bethau Llefelys wedyn, a threuliai oriau bob dydd yn y llyfrgell. Bob tro y gwelid ef, byddai ganddo lyfr yn ei law. Roedd un peth yn gyffredin i'r ddau frenin, fodd bynnag, sef eu bod yn garedig tu hwnt ac roedd eu pobl yn meddwl y byd ohonyn nhw.

Cyfnod hapus iawn oedd hwn yn y ddwy wlad ... ond nid oedd i barhau am byth.

Daeth tri phla dychrynllyd i ormesu Ynysoedd Prydain ac ni fedrai'r bobl druan, na Lludd, wneud dim ynglŷn â nhw. Gwyddai fod Llefelys yn darllen llawer a phenderfynodd sgrifennu ato i ddweud beth oedd yn bod ac i weld a oedd ganddo unrhyw ateb i'w gynnig.

Annwyl Llefelys,

Dim ond nodyn byr i ddweud bod gen i dipyn o broblem yma yn Ynysoedd Prydain ar hyn o bryd – wel, tair, a bod yn fanwl gywir.

Y gyntaf ydi pobl fach gas a elwir y Coraniaid. Corachod ydyn nhw a'r rheini'n rhai blin iawn. Wn i, na neb arall, o ble y daethon nhw; un diwrnod roedd popeth yn iawn a'r diwrnod wedyn roedden nhw ym mhobman.

Mae arna i ofn iddyn nhw gipio'r wlad oddi arna i, oherwydd mae ganddyn nhw alluoedd hud. Maen nhw'n gallu clywed pob smic a does wiw dweud gair cas amdanyn nhw heb sôn am drafod sut i gael gwared â nhw. Yn ôl yr hyn mae pobl yn ei ddweud wrtha i, maen nhw'n clywed pob gair sy'n cael ei gario ar y gwynt. Mae'n rhaid i mi gael gwared â'r cnafon bach, ond sut?

Yr ail broblem ydi rhywbeth sy'n digwydd unwaith y flwyddyn yn unig, a diolch i'r drefn am hynny oherwydd mae'n beth ofnadwy. Pob nos Calan Mai mae 'na sgrech arswydus i'w chlywed uwchben y wlad. Mae mor uchel nes y medrir ei chlywed hi drwy'r wlad, o ben draw Cernyw i bellafoedd yr Alban.

Mae'n gwneud i'r dynion dewraf grynu ac y mae plant ac anifeiliaid ifanc yn marw o ofn. Mae hyd yn oed y coed a'r planhigion yn marw. Fel y bydd mis Ebrill yn tynnu at ei derfyn fe fydd pawb yn ceisio cau'r sŵn allan o'u tai ac yn stwffio wadin i'w clustiau, ond mae'r cwbl yn ofer bob blwyddyn. Y peth gwaethaf am y cyfan ydi na wn i na neb arall beth sy'n sgrechian, heb sôn am sut i'w atal.

Mae'r drydedd broblem yn broblem sy'n fy effeithio i o fewn y palas. Ond y mae hi'n broblem sy'n gallu bod yn un gas iawn hefyd, yn enwedig os oes yna bobl ddieithr yn aros yma.

Yn fyr, y broblem ydi hyn: mae rhywun neu rhywbeth yn dwyn bwyd o'r gegin a dydw i ddim yn sôn am fynd â mymryn o eog adref i'r gath, chwaith. Mae'n waeth o lawer na hynny. Dim ots faint o fwyd wna i ei baratoi ar gyfer fy ngwesteion, hyd yn oed petawn i'n gorchymyn gwneud digon o fwyd am flwyddyn, os na fwytawn ni'r cyfan y noson gyntaf, ni fydd yr un briwsionyn ar ôl fore trannoeth.

Dychmyga fy sefyllfa, Llefelys bach! Clamp o wledd y noson gyntaf. Digonedd o fwyd a diod. Y bore wedyn – dim. Y cypyrddau'n hollol wag. Y brenin yn gorfod picio allan o'i balas i'r siop gornel i brynu ceirch i wneud uwd i frecwast. Fe hoffwn gael fy mhump ar yr un sy'n dwyn fy mwyd. Mae'n gwneud i mi edrych yn ffŵl yn fy mhalas fy hun ac yn costio ffortiwn i mi. Cofia sgrifennu'n ôl ar unwaith gyda dy syniadau.

Cofion gorau,
Lludd.

Cludwyd y llythyr gan negesydd ar geffylau chwim rhwng y ddwy brifddinas. Gofalwyd gwneud y cyfan yn gyfrinachol, rhag ofn i'r Coraniaid ddarganfod beth oedd yn digwydd. Fel y blinai un ceffyl, llamai'r negesydd ar gefn ceffyl newydd. Er mawr syndod i Lludd, roedd yn ei ôl yn Llundain gydag ateb Llefelys ymhen wythnos union.

Annwyl Lludd,

Mon Dieu! Frawd bach, mae gen ti broblemau! Ond paid ti â phoeni, rydw i wedi darllen am bethau tebyg ac yn fodlon dy helpu.

Y peth cyntaf y soniaist ti amdano oedd y Coraniaid. Rydw i wedi clywed am bobl o'r fath mewn gwledydd eraill ac y mae sawl enw arnyn nhw. Rwyt ti wedi bod yn anlwcus i gael criw mor annifyr, oherwydd maen nhw'n gallu bod yn ddigon caredig.

A dweud y gwir, fe hoffwn i weld rhai o'r Coraniaid yma, oherwydd dim ond darllen amdanyn nhw yr ydw i wedi ei wneud. Os wyt ti'n fodlon, fe ddof i draw yr wythnos nesaf, gan ofalu gwneud hynny'n ddi-lol wrth gwrs, rhag iddyn nhw amau dim. Yn y cyfamser, fedri di orchymyn gwneud pibell hir o efydd fel y medrwn ni siarad efo'n gilydd yr adeg hynny heb i'r Coraniaid glywed? Diolch.

Dreigiau sydd wrth wraidd dy ail broblem, di yn ôl pob tebyg. Mae creaduriaid o'r fath i'w cael yn y Dwyrain Pell ac y mae'n swnio'n debyg fod dwy ohonyn nhw wedi dod draw acw ac yn ymladd unwaith y flwyddyn. Yn ôl teithwyr ac anturiaethwyr sydd wedi eu clywed nhw, mae eu sgrechfeydd yn ddigon i godi gwallt pen y dyn dewraf.

Problem elfennol iawn ydi'r drydedd, Lludd annwyl. Mae'n amlwg fod dewin yn dwyn bwyd y llys a hynny ar ôl gwneud i bawb gysgu'n drwm. Fyddan ni fawr o dro yn rhoi diwedd ar ei gastiau.

Adieu, tan yr wythnos nesaf felly,
Llefelys.

Fel yr oedd Llefelys wedi addo yn ei lythyr, aeth i Lundain i weld Lludd yr wythnos ganlynol. Cafodd groeso cynnes – ond tawel – rhag i'r Coraniaid glywed.

'Llefelys! Diolch i ti am ddod.'

'Croeso'n tad. Rŵan, rhag i ni wastraffu dim amser – ydi'r bibell efydd yn barod?'

'Ydi, dacw hi.'

'Iawn. Rho di dy glust wrth un pen ac fe siarada i y pen arall. Fedr wyddost-ti-pwy ddim clywed ein sgwrs ni wedyn.'

Dechreuodd Llefelys siarad drwy'r beipen a Lludd yn gwrando ond roedd yr hyn a glywai yn lol llwyr. Prin y medrai gredu bod Llefelys yn dweud y fath bethau twp. Ceisiodd ddweud hynny wrtho drwy'r beipen ond roedd yntau hefyd yn swnio'n hollol wirion i'w frawd.

'Sacre bleu! Fe wn i beth sydd. Oes gen ti win?'

'Oes, dacw fo. Oherwydd y lleidr, rydw i'n gorfod ei brynu fesul casgennaid bellach.'

'I'r dim, fe dywalltwn ni win i mewn i'r bibell i weld beth wnaiff ddigwydd.'

Caewyd un pen i'r bibell a gwagiwyd y

gasgennaid gwin i mewn iddi. O fewn rhai munudau daeth Coraniad bach blin – a thu hwnt o feddw – allan ohoni a chafodd ei daflu o'r palas yn ddiseremoni.

Ef oedd wedi bod yn taflu ei lais o un pen i'r beipen i'r llall wrth i'r brodyr siarad!

'Wyt ti'n fy nghlywed i'n iawn rŵan?' holodd Llefelys.

'Ydw, yn glir fel cloch.'

'Da iawn. Wel, dyna fi wedi gweld un ohonyn nhw, o leiaf. Rydw i'n gwybod yn union sut rai ydyn nhw bellach a does dim angen i ti boeni. Mae'r ateb gen i.'

'Beth ydi hwnnw felly?'

'Mewn bocs yn y fan yna mae math arbennig o anifail. Yr enw arnyn nhw ydi ffolliaid ac ni welwyd erioed rai yn Ynysoedd Prydain o'r blaen. Yr hyn sydd angen i ti ei wneud ydi cadw rhai ohonyn nhw'n fyw ac yna gwneud cawl gyda'r gweddill. Pan fydd y cawl yn barod bydd eisiau gwahodd y Coraniaid draw atat. Er mwyn cael gwared â nhw, smalia fod yn gyfeillgar tuag atyn nhw am unwaith.'

'Ac rydw i i fod i roi'r cawl iddyn nhw'n fwyd, ydw i?' meddai Lludd.

'Na, nid yn union ... pan fydd y Coraniaid i gyd wedi cyrraedd, tafla'r cawl am ben pawb. Fe fydd yna andros o lanast ond dyna ddiwedd y Coraniaid hefyd, a fyddi di a dy bobl ddim gwaeth.'

'Wyt ti'n siŵr?'

'Yn berffaith siŵr. Mae o wedi ei brofi mewn sawl gwlad yn barod.'

Gwnaed yn union fel y dywedodd Llefelys a gweithiodd y cawl i'r dim. Diflannodd y Coraniaid yn y man ond cadwodd Lludd ychydig o'r ffolliaid yn fyw, rhag ofn i'r Coraniaid ddychwelyd rywbryd eto, ac wrth gwrs, roedd golwg ofnadwy ar stafell fwyta'r palas ond buan iawn y daeth y lle i drefn efo dŵr a sebon a llyfiad o baent.

'Iawn, yr ail broblem – y dreigiau yma sy'n sgrechian,' meddai Llefelys. 'Oes gen ti fap a phren mesur?'

'Oes, dacw fo.'

Roedd map crand iawn gan Lludd. Aur oedd ei ddefnydd ac roedd gemau gwerthfawr yn dangos y prif drefi a'r dinasoedd. Aeth Llefelys ato ar unwaith, gan fesur yn fanwl.

'Beth wyt ti'n ei wneud?'

'Ceisio canfod union ganol dy deyrnas di.'

'I beth?'

'Am mai uwchben y fan honno y mae'r dreigiau'n ymladd. Maen nhw i'w clywed ym mhob rhan o'r wlad, felly mae'n rhaid eu bod nhw yno.'

Bu Llefelys wrthi am sbel cyn rhoi ebwch bach.

'A! Dyma ni – Rhydychen. Mae eisiau mynd yno nos Calan Mai a gwneud twll anferthol. Wrth ymyl y twll mae eisiau rhoi'r badell fwyaf y medri di gael hyd iddi, ei llenwi hi gyda medd ac yna ei gorchuddio â sidan.'

A dyna'n union wnaeth Lludd. Nid oedd yn deall pam, yn iawn, ond dilynodd gyfarwyddiadau Llefelys yn fanwl.

'O'r gorau Llefelys, mae popeth yn barod – y twll, dysglaid anferth o fedd a sidan tenau drosti. Beth rŵan?'

'Eistedd a disgwyl. Fe welwn ni'r ddwy ddraig yn codi o'r twll cyn bo hir ond paid ag

ofni, welan nhw mohonan ni'n cuddio yn y fan yma.'

'Ond pam y medd a'r sidan?'

'Wel, fe fydd y ddwy yn ymladd heno a bron â thagu eisiau diod. Gan mai diod wedi ei wneud gyda mêl ydi medd, fe glywan nhw ei arogl a mynd at y ddysgl. Fe suddan nhw drwy'r sidan ac yfed y medd.'

'Ie ... Beth mae medd yn ei wneud? Gwneud i bobl feddwi?'

'Yn union! Fe fydd y ddwy ddraig yn chwil ulw beipan. Yr unig beth fydd eisiau i ti ei wneud wedyn fydd lapio'r ddwy yn y sidan a'u claddu nhw mewn lle diogel. Oes gen ti le o'r fath?'

'Oes, mae yna fryn yng nghanol mynyddoedd Eryri sydd ymhell o bob man. Mi af i â nhw i'r fan honno.'

'Delfrydol. Cladda nhw yn y fan honno a chlywi di ddim siw na miw ganddyn nhw eto.'

Ac felly'n union y bu pethau. Ymladdodd y ddwy ddraig, yfed y medd, meddwi a chael eu lapio yn y sidan. Cyn i'r ddwy sobri rhuthrwyd hwy i Ddinas Ffaraon, fel y gelwid y bryn yn Eryri, eu sodro mewn twll digon gwlyb a'u claddu o'r golwg. Roedd yr ail broblem wedi ei datrys.

'Iawn, Lludd. Dim ond problem y bwyd diflanedig sydd ar ôl bellach ac fel y dywedais i yn fy llythyr, fyddwn ni fawr o dro yn ei datrys.'

'Sut felly?'

'Fel y dywedaist ti, problem bersonol ydi hon. Dewin sy'n dwyn dy fwyd a hynny pan fo pawb yn cysgu. Mae'r ateb yn syml – rhaid i ti beidio cysgu.'

'Ond fe ddywedaist ti ei fod yn defnyddio hud i'n cael ni i gysgu!'

'Do, ac fe ddefnyddiwn ninnau synnwyr cyffredin i'w drechu yntau. Cynnal andros o wledd fawr nos yfory a gwahodd dy ffrindiau i gyd. Fe fydd y dewin yn sicr o geisio dwyn y bwyd ond fe fyddi di'n barod amdano y tro hwn. Wnei di ddim cysgu oherwydd fe fydd gen ti ddysglaid o ddŵr oer o dy flaen.'

'Dŵr oer? Sut mae peth mor syml â hynny yn mynd i drechu hud dewin?'

'Yn hollol syml, frawd annwyl! Bob tro y byddi di'n pendwmpian, fe fydd dy ben yn mynd i'r dŵr – a does dim byd gwell na throchfa mewn dŵr oer i gadw'n effro!'

'Ac fe ddaliaf innau'r lleidr wrth ei waith wedyn! Rwyt ti'n athrylith, Llefelys!'

Ac felly y bu pethau gyda'r dewin hefyd. Noson y wledd daeth sŵn hudolus cerddoriaeth hyfryd i'r neuadd a chyn pen dim roedd pawb yn chwyrnu cysgu ... pawb ond Lludd. Roedd yntau dal yn effro – diolch i'r dŵr oer.

Ymhen hir a hwyr, fe welodd glamp o ddyn yn cerdded yn dalog i mewn i'r wledd gan gymryd yn ganiataol fod pawb yn cysgu'n drwm. Dan ei gesail roedd cawell bychan a dechreuodd ei lenwi â bwyd. Wrth i Lludd sbecian daeth yn amlwg mai cawell hud oedd hwn, oherwydd roedd yn gallu dal holl ddanteithion y wledd, yn gigoedd, cacennau a gwinoedd, heb ei lenwi.

O'r diwedd daeth at y bwrdd lle smaliai Lludd gysgu. Neidiodd yntau ar ei draed a'i gleddyf yn ei law. Gollyngodd y dewin y cawell mewn dychryn a thynnu ei gleddyf yntau o'r wain. Bu'n frwydr fawr rhwng y ddau – weithiau ar ben y byrddau, weithiau rhyngddyn nhw, a gwreichion yn tasgu o'r cleddyfau wrth iddyn nhw daro.

Oherwydd ei hoffter o hela a bywyd y wlad, roedd Lludd yn giamstar efo'r cleddyf a chyn hir gwelodd ei fod am guro'r dewin, er ei fod yn gawr o ddyn. Chwyrlïodd cleddyf Lludd yn erbyn cleddyf y dewin a'i daro o'i law. Roedd ar ben arno'n awr a syrthiodd ar ei liniau gan grefu am ei fywyd.

'Paid â'm lladd, Lludd! Fe wna i unrhyw beth i ti os y gwnei di adael i mi fyw.'

'Wyt ti'n addo peidio â dwyn fy mwyd byth eto?'

'Ydw, ydw – unrhyw beth.'

'Ond beth am y bwyd wyt ti wedi ei ddwyn yn y gorffennol? Rwyt ti wedi costio ffortiwn i mi, wyddost ti.'

'Fe dala i am y cwbl ac rydw i'n addo bihafio

o hyn ymlaen.'

'Iawn, 'te, fe setlwn ni am hynny, ond os bydd yna unrhyw lol eto, fydda i ddim mor drugarog y tro nesaf.'

Felly, gyda chymorth ei frawd, dysglaid o gawl, dysglaid o fedd a dysglaid o ddŵr, fe lwyddodd Lludd i gael gwared â'r tair problem a fu'n gymaint o ormes arno ef a'i bobl.

... O, a rhag ofn i mi anghofio, fe fydd y rheini ohonoch chi sydd wedi clywed stori Dreigiau Myrddin Emrys yn cofio bod dwy ddraig yn honno hefyd. Wel, mewn gwirionedd, y ddwy ddraig gladdodd Lludd yn y twll gwlyb oedden nhw, oherwydd Dinas Ffaraon oedd yr hen enw ar Ddinas Emrys cyn i Myrddin fynd yno a'u darganfod nhw eto.

OWAIN GLYNDŴR

Un o arwyr mawr Cymru ydi Owain Glyndŵr. Roedd yn perthyn i linach tywysogion Cymru ac yn byw mewn llys hardd iawn o'r enw Sycharth, a oedd yn enwog am y croeso a geid yno. Roedd y drws ar agor led y pen bob amser ac Owain yn garedig tu hwnt, yn enwedig wrth y beirdd a alwai heibio. Dywedodd Iolo Goch, un o feirdd y llys, nad oedd syched fyth yn Sycharth.

Roedd Owain wrth ei fodd yn byw yma yng nghanol ei bobl a'i lyfrau oherwydd roedd yn ddyn galluog, wedi bod yn y coleg ac wedi astudio'r gyfraith. Ond nid oedd i gael dim llonydd. Dros chwe chan mlynedd yn ôl, yn y flwyddyn 1400, ceisiodd dyn o'r enw Reginald Grey, a oedd yn byw yn Rhuthun, ddwyn peth o dir Glyndŵr. Doedd gan hwnnw ddim parch o gwbl at y Cymry, gan ein galw yn *Welsh doggis*.

Wel, fe gafodd frathiad hegar gan Owain Glyndŵr. Er bod Lloegr wedi trechu Cymru wrth ladd Llywelyn ein Llyw Olaf ac yn trin y bobl yn wael iawn, doedd Owain ddim yn mynd i adael i'r un ohonyn nhw ddwyn ei dir, a'r hyn a wnaeth oedd galw ei ddynion at ei gilydd a chwalu castell Reginald Grey yn siwrwd.

Aeth yr hanes drwy Gymru fel tân gwyllt a chyn bo hir roedd Owain wedi ei gyhoeddi yn Dywysog Cymru a'r bobl yn disgwyl iddo gael Cymru yn wlad rydd unwaith eto. O fewn dim, roedd cestyll y Saeson yng Nghymru yn cael eu llosgi'n ulw a'r Cymry'n rhoi andros o gweir i fyddin o Loegr ar lethrau Pumlumon.

Ar ôl hyn aeth Owain o nerth i nerth. Gadawodd y pladurwyr y caeau a'r myfyrwyr eu llyfrau i ddilyn baner y tywysog. Draig aur ar gefndir gwyn oedd hon – hen arwyddlun y Cymry ers dyddiau'r Brenin Arthur. Fe ddaliwyd Reginald Grey a chafodd mo'i ryddhau nes i'w deulu dalu crocbris amdano. Am gyfnod, Owain oedd yn rheoli Cymru a dechreuodd osod sylfeini gwlad rydd gan sefydlu senedd-dy ym Machynlleth.

Yna, ddeuddeng mlynedd ar ôl cychwyn ei wrthryfel, fe ddiflannodd Owain yn llwyr! Wyr neb yn iawn beth ddaeth ohono a rhoddodd hynny gychwyn i lawer stori, credwch chi fi. Yn ôl un hanes, fe fu'n byw gyda'i ferch Alis am flynyddoedd, a hynny yn Llan-gain, swydd Henffordd, yn union o dan drwyn ei elynion!

Fel y gallech chi ddisgwyl gyda dyn mor arbennig, mae stôr o straeon amdano o bob rhan o Gymru ...

O'r dechrau un, roedd Owain Glyndŵr yn ddyn arbennig. Y noson y cafodd ei eni gwelwyd comed fawr yn hedfan ar draws yr awyr, nes gwneud i'r geifr gwyllt a gadwai at unigeddau'r mynyddoedd ruthro i lawr i'r caeau a'r pentrefi mewn dychryn. Roedd y gomed mor danllyd, gellid ei gweld yn blaen gefn dydd golau. Clywyd sŵn mawr yn stablau ei dad a phan aed yno i edrych beth oedd yn bod, gwelwyd bod gwaed yn llifo dan y drysau a bod y ceffylau at eu boliau ynddo – arwyddion sicr fod y plentyn oedd newydd ei eni yn mynd i orfod ymladd llawer. Roedden nhw'n iawn wrth gwrs. Gwelwyd clamp o gomed yn goleuo'r awyr am nosweithiau lawer tua chychwyn gwrthryfel Glyndŵr hefyd ac roedd honno'n arwydd i'r Cymry fod y digwyddiadau a ragwelwyd flynyddoedd ynghynt, adeg geni'r arwr, ar fin digwydd.

Doedd pawb ddim yn cefnogi Glyndŵr ac roedd yn gorfod bod yn ofalus iawn rhag i rai o ysbiwyr brenin Lloegr ei ddarganfod – neu'n waeth fyth, fradwr o Gymro ei ladd. Weithiau byddai un brawd yn cefnogi Owain ac un arall yn cefnogi'r brenin. Felly'r oedd hi yn achos Ieuan a Robert ap Meredydd yr Eryri. Dyn y brenin oedd Ieuan ond roedd Robert yn dilyn Owain bob cam.

Roedd Owain yn hoff iawn o wisgo dillad cyffredin yn hytrach na dillad crand tywysog. Yn aml iawn, o ganlyniad, doedd pobl ddim yn ei adnabod ac roedd hynny'n gyfleus iawn ar adegau. Cyn mentro i ardal newydd, byddai'n mynd yno mewn gwisg garpiog i weld sut gefnogaeth oedd iddo, a dyna y gwnaeth y tro hwn. Cafodd groeso mawr, yn ddigon naturiol, gan Robert ond clywodd hefyd am elyniaeth Ieuan.

'Ci bach y brenin ydi o, Owain, ac un digon cas hefyd.'

'Sut felly?'

'Llosgodd bedwar o fy nhai wrth geisio dy ddal a rŵan, yn ôl pob sôn, mae ar ei ffordd yma i'r Hafod Garegog.'

'Ydi o'n gwybod fy mod i yma?'

'Wn i ddim. Y sôn ydi ei fod o'n cribinio'r ardal yn chwilio amdanat er mwyn dy roi mewn cadwynau i'r Saeson a chael gwobr fawr am wneud. Mae gen i gywilydd ei fod o'n frawd i mi.'

'Fe wn i hynny, Robert, ond os ydi o wedi llosgi dy dai eraill, dydi o ddim yn mynd i ddod yma hefyd?'

'Mae arna i ofn ei fod ar ei ffordd rŵan. Fe fydd yn rhaid i ti ffoi ar unwaith. Dos i gyfeiriad Moel Hebog. Efallai y gelli ddianc o'u gafael yng Nghoed Beddgelert.'

'Wn i mo'r ffordd.'

'Mae Rhys Goch Eryri y bardd yma ac mae o'n adnabod pob modfedd o'r ardal, felly dos ar unwaith cyn i'r bradwr brawd yna sydd gen i dy ddal.'

Ffodd y bardd a'r tywysog mewn dillad gweision a dim ond cael a chael oedd hi, oherwydd o fewn hanner milltir carlamodd criw o ddynion mileinig yr olwg heibio iddyn nhw, gan anelu am Hafod Lwyfog. Oherwydd eu gwisg, chymeron nhw fawr o sylw o Owain na Rhys Goch.

'Roedd hynna'n agos, Owain.'

'Oedd wir, ond dydi'r peryg ddim heibio eto. Lle'r awn ni'n awr?'

'Fe af i â thi i'r Ogof Ddu yn Niffwys Meillionen. Fe fyddi di'n ddiogel yn honno am rai dyddiau, fy arglwydd, ac yna fe elli symud ymlaen.'

Disgrifiodd yn fanwl sut i gyrraedd yr ogof a doedd Rhys ond newydd wneud hyn pan glywodd y ddau sŵn carlamu gwyllt o'r tu ôl iddyn nhw. Roedd Ieuan ap Meredydd wedi sylweddoli pwy oedden nhw ac yn dod ar eu holau! Rhuthrodd y ddau am Goed Beddgelert a Chwm Cloch, ond roedd eu herlynwyr yn eu dal a gallen nhw glywed sŵn carnau eu ceffylau yn nesáu bob eiliad.

'Does dim amdani ond gwahanu!' bloeddiodd Owain. 'O wneud hynny, efallai y bydd gobaith i un ohonon ni ddianc, o leiaf. Dos di'r ffordd acw, Rhys ac fe af innau am y clogwyn acw.'

'Ond fy arglwydd, Simnai'r Foel ydi nacw a does neb wedi medru ei ddringo erioed.'

'I'r dim, Rhys! Efallai y medra i a chael fy nhraed yn rhydd. Hwyl i ti, a diolch am dy gymorth.'

'Pob llwyddiant i tithau, fy arglwydd, a chymer bwyll, da thi!'

Gwahanodd y ddau a sbardunodd Owain ei geffyl i fyny'r cwm serth, tra dilynodd Rhys Goch lwybr aneglur a anelai dros ysgwydd Moel Hebog i gyfeiriad Cwm Pennant.

'Brysiwch rhag ofn iddyn nhw ddianc. Mae un yn mynd am y graig a'r llall am Gwm Pennant,' bloeddiodd Ieuan ap Meredydd. 'Fe fydd llond pwrs o sofrenni aur i'r un fedr ddod ag Owain Glyndŵr ata i'n fyw neu'n farw, felly brysiwch!'

Bellach roedd Owain wedi cyrraedd gwaelod y graig a gwelai fod hollt fain yn arwain o'i gwaelod i'r brig, gannoedd o droedfeddi uwch ei ben. Os oedd am ddianc rhag ei elynion, roedd yn rhaid iddo ddringo'r hollt, ond a fedrai wneud hynny? Bellach doedd dim dewis ond rhoi cynnig arni. Edrychodd i fyny'r hollt ddu a ddiferai gan ddŵr ac yna dechreuodd grafangu i fyny. Diolchodd nad oedd yn ei wisg ryfel neu byddai'r dasg yn amhosib, a sylweddolodd nad oedd fawr o obaith gan filwyr Ieuan, chwaith. Yr un pryd, gwelodd fod y rheini wedi rhannu'n ddau griw, gyda rhai yn erlid Rhys Goch ac yn prysur oddiweddyd yr hen ŵr. Roedd yn rhaid gwneud rhywbeth i'w achub.

'Ieuan ap Meredydd!' bloeddiodd. 'Yma mae dy dywysog!'

O glywed llais Owain yn atseinio yng nghreigiau'r Foel, trodd pob un o erlynwyr Rhys ar ei sawdl, gan wybod nad ef a roddai lond pwrs o aur yn eu dwylo bradwrus. Erbyn hyn, roedd y tywysog tua chan troedfedd i fyny'r dibyn ac yn dringo'n gyflym a sicr. Dechreuodd un o filwyr Ieuan ddringo i fyny'r hollt ar ôl Owain ond ar ôl mynd i fyny'n araf a gofalus am beth amser, stopiodd yn stond gan fethu mynd i fyny nac i lawr. Fedrai neb ei ddilyn rŵan a llamodd calon Owain wrth wybod y medrai ddianc.

Llusgodd ei hun i ben Simnai'r Foel a rhedeg fel ewig i gyfeiriad Diffwys Meillionen a'r Ogof Ddu. Diolch i ddisgrifiad manwl Rhys Goch, llwyddodd i gyrraedd yr ogof gan wybod ei fod yn ddiogel rhag ei elynion ynddi. O gyrraedd yr ogof ni fedrai hyd yn oed ysbiwyr medrusaf Ieuan ap Meredydd ei ddarganfod.

Yn y cyfamser roedd Rhys Goch Eryri wedi llwyddo i ddianc hefyd ac wedi cyrraedd Cwm Trwsgl, sef rhan uchaf Cwm Pennant. Yno fe welodd Iestyn Llwyd, un o fugeiliaid y Cwm, ac adroddodd yr hanes wrtho. Gwrandawodd Iestyn arno'n ofalus cyn ei dywys at ogof sych yn y creigiau lle gallai gysgodi dros nos, gan addo dychwelyd drannoeth gyda bwyd a diod i'r tywysog a'r bardd.

Bu Iestyn cystal â'i air, a chyda'r wawr drannoeth, roedd yn ôl gyda thamaid blasus i'r ddau. Medrodd fynd at Rhys yn ddigon di-lol ond cafodd drafferthion mawr i gyrraedd yr Ogof Ddu gan fod ugeiniau o filwyr yn cribinio'r cymoedd a'r llechweddau o gwmpas Moel Hebog yn y gobaith o ddal Owain a hawlio gwobr Ieuan ap Meredydd. Dim ond drwy ddweud bod un o'i ddefaid yn sownd yn nannedd Diffwys Meillionen y cafodd fynd ar gyfyl y lle. O fewn munudau roedd ar y silff gudd a arweiniai at yr ogof.

'Owain! Wyt ti yna! Iolo Goch ofynnodd i mi ddod yma. Iestyn Llwyd ydw i.'

'Croeso i ti, Iestyn Llwyd, ac rwyt ti wedi dod â thamaid i mi i'w fwyta hefyd. Bendith arnat ti!'

'Mwynha'r pryd, fy arglwydd. Oes yna rywbeth arall wyt ti am i mi ei wneud?'

'Oes llawer o filwyr o gwmpas?'

'Maen nhw ym mhobman, mae arna i ofn. Fe fydd yn rhaid iti aros yma am sbel.'

'Os felly, wnei di un peth arall i mi?'

'Gwnaf, wrth gwrs.'

'Mynd i Fynachlog Beddgelert a dweud 'mod i yma. Mae'r Brodyr Llwydion yn gefnogol iawn i'r achos ac am weld Cymru'n rhydd unwaith eto. Fe ofalan nhw fy mod yn cael bwyd ac ati wedyn.'

Ac felly y bu pethau. Fe fu Owain yn yr ogof am chwe mis cyfan a dynion Ieuan ap Meredydd yn dal i chwilio amdano, ond roedd mynach o Feddgelert yn dod â bwyd a hanesion y fro iddo bob nos ac yn y diwedd, llithrodd Owain o'r ardal un noson dywyll i barhau ei frwydr am ryddid i'w wlad. Wrth gwrs, ar ôl i ddyn mor bwysig fyw ynddi mor hir, newidiwyd enw'r Ogof Ddu i fod yn Ogof Owain Glyndŵr – a dyna'r enw ar lafar gwlad hyd heddiw.

Ar ôl hyn aeth Owain o nerth i nerth a mwy a mwy o'r Cymry yn ei gefnogi. Er hyn, daliai i gael trafferth gyda bradwyr a gefnogai ei elynion a'r pennaf o'r rhain, efallai, oedd Hywel Sele o Nannau, Meirionnydd. Roedd hwn yn gefnder cyfan i'r arwr ond yn ei gasáu ac yn gefnogol iawn i frenin Lloegr. Perai hyn loes i bennaeth Abaty Cymer ger Dolgellau, a oedd yn adnabod Owain a Hywel Sele yn dda ac ysgrifennodd

lythyr atynt. Dyma'r un anfonodd yr abad at Owain:

Abaty Cymer
Nos Sul y Pasg

Annwyl gyfaill,

Rwyf yn poeni'n arw am y ffrae sydd wedi codi rhyngot ti a dy gefnder, Hywel Sele. Fel y gwyddost, rwyf yn adnabod y ddau ohonoch yn dda, a hynny ers blynyddoedd lawer. Tybed felly nad oes modd i mi gymodi rhyngoch chi, er mwyn i chi ddod yn ffrindiau? Beth am i chi gyfarfod yma yn yr abaty ganol mis nesaf? Gwerthfawrogwn ateb buan.

Yn gywir iawn,
Emrys ap Cadifor.

Cafodd Hywel Sele lythyr tebyg wrth gwrs.

Cytunodd Owain i gyfarfod ei gefnder ar unwaith – ond nid felly Hywel. Dyma ei ateb ef:

Nannau
Nos Sadwrn

Annwyl Emrys,

Diolch am y cynnig i ddod acw i'r abaty i gyfarfod Owain Glyndŵr ond ni fedraf dderbyn dy wahoddiad. Ni fyddwn yn teimlo'n ddiogel yno oherwydd gŵyr pawb dy fod ti a'r mynaich yn gefnogol iawn iddo. Fodd bynnag, rwyf yn fodlon ei gyfarfod yma yn Nannau ar y diwrnod awgrymwyd gennyt, os yw'n ddigon o ddyn i ddod

yma. Rwyf yn addo y bydd yn hollol ddiogel.

Yr eiddot yn gywir,
Hywel Sele.

Pan glywodd Owain am ateb ei gefnder, cytunodd i fynd i Nannau ar ei union a chafodd groeso mawr.

'Owain,' meddai ei gefnder, 'tyrd allan i'r parc i hela ceirw. Fe gawn ni lonydd i siarad yno – a does wybod, efallai y cawn ni garw i ddod yn ôl i'w rostio at y wledd heno.'

'Diolch, Hywel,' meddai Owain, gan edrych ymlaen at brynhawn difyr a buddiol.

Buon nhw'n crwydro tiroedd helaeth Parc Nannau gan fân siarad am sbel, a'r ddau'n ofni sôn am yr elyniaeth a fu rhyngddyn nhw cyhyd.

'Aros am funud, Hywel,' meddai Owain yn y man.

'Beth sydd?' meddai hwnnw, yn ddigon amheus.

'Draw acw, rhwng y ddwy dderwen. Weli di hi?'

'Wela i. Ewig braf.'

'Ia. Dyna nod gwerth anelu ato,' meddai Glyndŵr, gan wybod mai ei gefnder oedd y sicraf ei anel yng Nghymru gyda bwa a saeth.

Estynnodd Hywel Sele ei law dde yn ôl yn ofalus i'w gawell saethau, gosod saeth finiog ar ei fwa, cymryd y straen, anelu at yr ewig ... a throi'n sydyn gan ollwng y saeth yn syth at galon Owain!

Taflwyd Glyndŵr ar wastad ei gefn ar lawr gan rym yr ergyd. Oedd y bradwr wedi ei ladd? Nag oedd! Yr eiliad nesaf, roedd Owain ar ei draed a'i gleddyf yn ei law, ei flaen pigog yn crafu gwddf ei gefnder nes bod ffrwd fechan o waed yn ymddangos.

'Beth ...! Sut aflwydd ...? Rwyt ti'n dal yn fyw!' meddai Hywel Sele, a oedd wedi gollwng ei fwa yn ei ddychryn.

'Ydw, yn fyw ac yn iach ac yn bwriadu parhau felly hefyd, dim diolch i ti! Roeddwn i'n amau rhyw dric pan gefais i wahoddiad yma heddiw ac felly wedi gofalu rhoi gwisg ddur am fy hanner uchaf o dan fy nillad. Dyna pam na wnaeth dy saeth fy lladd i yn awr, y bradwr!'

'Rwy'n dy gasáu di, Owain Glyndŵr!'

'Fe wn i hynny ac fe gei gyfle i ymladd rŵan, ond yn deg, ac nid fel llwfrgi. Estyn dy gleddyf!'

Bu'r ymladd yn hir a ffyrnig a gallai'r naill neu'r llall fod wedi ennill, ond yn y diwedd roedd Owain yn gryfach na Hywel. Syrthiodd y bradwr i'r llawr yn gelain gyda chleddyf Owain drwy ei galon.

Bu llawer o ddyfalu yr oriau, y dyddiau a'r misoedd canlynol beth ddigwyddodd rhwng y ddau gefnder ym Mharc Nannau, ond wyddai neb i sicrwydd. Daeth yr ateb ddeugain mlynedd yn ddiweddarach pan holltodd mellten hen dderwen a safai yno. Sylweddolwyd mai ceubren ydoedd – ei bod yn wag y tu mewn

– ac yn y twll a adawyd yn y boncyff cafwyd sgerbwd Hywel Sele ar ôl i Owain ei roi yno cyn diflannu eto ...

Roedd Owain, fel y clywson ni ynghynt, wrth ei fodd yn crwydro'r wlad mewn dillad syml, cyffredin, fel na fedrai ei elynion ei adnabod. Gwnâi hyn yn aml i fesur gwir deimladau'r bobl tuag ato. Roedd yn beth peryglus iawn i'w wneud, wrth gwrs, gan y golygai fynd i ganol nythaid o ddynion y brenin weithiau a hynny heb bwt o arf a lle gallai llygaid gelyniaethus, craff ei adnabod.

Er hyn, roedd Owain wrth ei fodd â chastiau o'r fath ac weithiau âi i ganol ei elynion yn fwriadol er mwyn gwybod pa mor gryf oedden nhw cyn ymosod arnyn nhw. Un tro, aeth ef a Rhys Gethin, un o'i ddilynwyr ffyddlonaf, at gastell Syr Lawrens Berclos ym Morgannwg, un o elynion pennaf y tywysog. Curodd y ddau yn dalog ar y drws a chan eu bod wedi eu gwisgo'n grand yn y ffasiwn diweddaraf o Baris, cawson nhw groeso mawr.

'*Monsieur,* croeso i chi a'ch gwas i'm castell bach i,' meddai Syr Lawrens gan foesymgrymu. Roedd llawer o'r bobl fawr oedd yn ymladd yn erbyn Glyndŵr yn hanner Saeson a hanner Ffrancod ac yn siarad Ffrangeg er mwyn bod yn grand.

'*Merci, monsieur,*' meddai Glyndŵr mewn Ffrangeg perffaith. 'Syr Yvain ydw i a Flambé, fy nghyfaill ydi hwn. Tybed gawn ni aros yma heno, gan i ni fethu canfod gwesty parchus?'

'Wrth gwrs, Syr Yvain, bydd yn bleser. Nid yn aml y byddwn ni'n cael croesawu pobl o Ffrainc i'r ardal yma.'

'Wel, a dweud y gwir, rydw i yma ar neges bwysig a chyfrinachol ar ran y brenin, i weld beth ydi hanes y gwalch drwg yna, Owain Glyndŵr.'

'*Sacre bleu, monsieur*! Mae eich amseru yn berffaith! Rydw i wedi clywed ei fod yn yr ardal ac wedi anfon fy ngweision i chwilio amdano. Os arhoswch chi gyda mi am rai dyddiau, fe gewch chi weld Owain Glyndŵr yn cael croeso cynnes gen i yma yn y castell – croeso cynnes iawn.'

'Synnwn i ddim yn wir!' meddai Owain. 'Byddai hynny'n waith ardderchog a byddai'r brenin uwchben ei ddigon. Fe ofala i ei fod yn cael adroddiad gwych amdanoch chi.'

Ac felly y bu pethau. Fe fu 'Syr Yvain' a 'Flambé' yn mwynhau croeso Syr Lawrens am dridiau. Cafodd y ddau stafelloedd clyd, gwinoedd gorau Ffrainc i'w hyfed a digonedd o fwyd blasus i'w fwyta. Roedd Syr Lawrens wrth ei fodd yn eu cwmni, er ei fod yn methu'n lân a deall pam oedd 'Flambé', fel gŵr bonheddig o Ffrainc, yn casáu'r garlleg a roddid yn y bwyd! Ond dyna fo, meddyliodd wrtho'i hun, *C'est la vie.* Cyn bo hir byddai pawb yn sôn amdano fel yr un a ddaliodd Owain Glyndŵr.

Ar ôl tridiau roedd Glyndŵr a Rhys Gethin wedi gweld digon o'r castell. Yn wir, roedden nhw wedi gwneud cynllun manwl ohono, yn dangos pob gwendid a nerth. Castell digon dibwys ydoedd a doedd hi'n ddim gwerth trafferthu ymladd amdano. Roedd yn haws ei basio. O orffen eu tasg daeth yn amser ffarwelio. Aeth Owain at stafell syr Lawrens a churo'r drws.

'Dewch i mewn! A, Syr Yvain ...'

'Y, nid yn hollol, Syr Lawrens,' meddai

Owain gan ysgwyd llaw ag ef yn gyfeillgar. 'Fe ddywedoch chi y gwelen ni Owain Glyndŵr yn cael croeso cynnes yn y castell hwn ac wrth gwrs, roeddech chi'n hollol gywir. Owain Glyndŵr sy'n ysgwyd llaw efo chi rŵan, ac y mae o a'i gyfaill, Rhys Gethin, yn diolch am y croeso a gawsant gennych chi!'

Edrychodd Syr Lawrens arno yn geg agored a ni ddywedodd ddim pan gerddodd y ddau yn dalog allan o'i gastell. Yn wir, roedd wedi cael cymaint o fraw, ddywedodd o'r un gair o'i ben am weddill ei oes!

Oes, mae llu o chwedlau am Owain Glyndŵr. Roedd wrth ei fodd yn chwarae triciau ar ei elynion. Yn raddol fe gipiodd byddinoedd y brenin y cestyll a'r tiroedd oedd ym meddiant Owain yn ôl. Er hynny, lwyddon nhw ddim i'w ladd, er chwilio pob twll a chornel amdano. Ni ildiodd yntau chwaith ac ni chafodd ei fradychu gan yr un Cymro. Efallai fod gwir yn y traddodiad i Owain dreulio ei ddyddiau olaf yn Llan-gain gyda'i ferch Alis a than drwyn ei elynion – yn sicr, dyna'r math o beth yr oedd yn ei wneud!

Os ydych chi'n hoffi crwydro, mae nifer o bethau sy'n gysylltiedig â hanes Glyndŵr i'w gweld yma ac acw yng Nghymru. Yn Neuadd y Ddinas, Caerdydd mae cerflun enwog o'r arwr. Mae ei senedd-dy yn dal ar ei draed ym Machynlleth. Dim ond poncen werdd sydd i ddangos lle bu Sycharth, ond mae cryn dipyn o Abaty Cymer yn sefyll ar ei draed, er bod chwe chan mlynedd a mwy wedi mynd heibio ers i'r Abad sgrifennu at Owain a Hywel Sele.

O'r cyfan, fodd bynnag, efallai mai'r lle mwyaf rhamantus sy'n gysylltiedig â'r arwr yw ei ogof, sydd i'w gweld yn Niffwys Meillionen ger Beddgelert. Efallai y cewch chi gyfle i fynd ati ar hyd y silff gul ar wyneb y graig a dychmygu Owain yn cyrraedd yno'n ddiogel o gyrraedd ei elynion. Efallai, os byddwch yn lwcus, y daw ei ysbryd draw atoch i adrodd yr hanes ...

Y CYFNEWIDIAID

Welsoch chi'r tylwyth teg erioed? Naddo? Na finnau chwaith … ond fe welais eu cylchoedd fwy nag unwaith. Cylchoedd mewn gwair ydi'r rhain ac yn ôl yr hen bobl, olion lle bu'r tylwyth yn dawnsio ydyn nhw. Maen nhw yma o hyd, fel y gŵyr pob un ohonoch chi sydd wedi colli dant a'i roi dan obennydd yn y nos, oherwydd erbyn y bore bydd y bobl bach wedi gofalu ei ffeirio am ddarn o arian.

Ydyn, maen nhw'n gallu bod yn ffeind iawn ac mae llawer o straeon am eu caredigrwydd nhw. Cafodd llawer o bobl arian gan y tylwyth teg dros y blynyddoedd – ar yr amod nad oedden nhw'n dweud wrth neb pwy oedd yn ei roi iddyn nhw. Os gwnaent hynny byddai'r cwbl yn troi'n ddail, papur neu gregyn diwerth hollol.

Mae'r tylwyth teg yn gallu bod yn ddireidus iawn, ond ers talwm roedd rhai ohonyn nhw'n gallu bod yn ddigon cas hefyd. Y rheini oedd yn dwyn plant a'u cipio i'w gwlad eu hunain. Weithiau roedden nhw'n blant mawr fel chi, ond ran amlaf, babanod bach oedd y ffefrynnau, gan eu cyfnewid am eu babanod nhw eu

hunain. Mae llawer o straeon am 'gyfnewidiaid', sef yr enw am fabanod y tylwyth teg oedd wedi cael eu ffeirio fel hyn. Dyma i chi un o ardal Trefeglwys ger Llanidloes …

Bwthyn bach ar ochr y ffordd oedd Twt y Cwmrws ac yno'r oedd Eben ac Elen Siôn yn byw. Garddwr oedd Eben, yn gweithio ar stad leol, ac o ganlyniad roedd gardd y bwthyn bach fel pin mewn papur. Boed haf neu aeaf, roedd blodau a llysiau yng ngardd Twt y Cwmrws a medrai Elen fwydo ei theulu â digonedd o fwyd iach, er mai bach oedd cyflog Eben. Roedd ganddyn nhw bedwar o blant – Ifan ac Einir ac efeilliaid chwe wythnos oed. Yr efeilliaid oedd cannwyll llygad Elen Siôn, a thestun sgwrs un bore gwlyb ym mis Medi.

'Elen, mae'r efeilliaid yn chwe wythnos oed heddiw a tydyn nhw byth wedi cael enw.'

'Nag ydyn, Eben bach, am y rheswm syml nad ydyn nhw wedi cael eu bedyddio … a chyn iti ofyn, fe wyddost ti pam na chawson nhw eu bedyddio hyd yn hyn.'

'Oherwydd y tywydd drwg, wyt ti'n feddwl?'

'Ie, wrth gwrs. Fe wyddost fod pawb yn dweud mai hwn ydi'r

mis Medi gwlypaf ers cyn cof ac nad ydi hi'n addas i gi fynd allan, heb sôn am fabanod bach chwe wythnos oed.'

'Ie, ond mae'n rhaid eu bedyddio nhw, Elen fach, er mwyn iddyn nhw gael enw.'

'Rhaid wrth gwrs, ond fe ddisgwyliwn ni i'r tywydd wella cyn gwneud hynny.'

Ond nid oedd Eben wedi gorffen eto. Roedd rhywbeth yn ei boeni ac roedd yn rhaid dweud wrth Elen.

'Beth ... beth am y tylwyth teg, Elen?'

'Beth amdanyn nhw?'

'Dwyt ti ddim yn poeni y gwnân nhw ddwyn yr efeilliaid?'

'Hy! Choelia i fawr! Beth roddodd y fath syniad yn dy ben di dywed?'

'Wel, mae o wedi digwydd sawl tro ac fe wyddost yn iawn eu bod nhw'n arbennig o hoff o fynd â phlant heb eu bedyddio.'

'Coel gwrach ar ôl bwyta uwd! Rwyt ti'n rhy ofergoelus o lawer, Eben bach.'

'Efallai wir fy mod i, ond fe fydda i'n teimlo'n llawer brafiach ar ôl i'r ddau gael eu bedyddio.'

'Aros di am funud! *Chdi* sydd wedi bod yn rhoi'r procer a'r efail ar draws y crud, a finnau'n rhoi'r bai ar Ifan ac Einir. Pam oeddet ti'n gwneud hynny neno'r tad?'

'I'w hamddiffyn nhw rhag y tylwyth teg, siŵr iawn. Mae pawb yn gwybod bod ar y cnafon bach hynny ofn haearn a thân, felly beth well

fedrwn i ei gael i'w cadw draw?'

'Rwtsh!'

'Wel, mae'n gweithio, tydi? Fu'r tylwyth teg ddim yma, naddo?'

'Gweithio, wir! Welais i na thithau mohonyn nhw erioed, a wnawn ni ddim chwaith. Mae'r procer a'r efail i aros ar garreg yr aelwyd o hyn allan, wyt ti'n deall? Does dim synnwyr mewn rhoi hen bethau budron a pheryg fel yna ar gyfyl crud.'

'Gobeithio y medri di gadw llygad ar yr efeilliaid i'w gwarchod nhw ddydd a nos 'te,' meddai Eben.

'Taw â dy fwydro wir, a bwyta dy uwd, neu fe fyddi di'n hwyr i'r gwaith ac fe fydd yna drwbwl os byddi di ar y clwt. Tyrd, gwna siâp arni.'

Fel sawl tro arall, penderfynodd Eben mai callaf dawo, a bwytaodd ei uwd mewn tawelwch cyn cychwyn am ei waith.

Ar ôl hwylio Eben am ardd y stad a'r ddau blentyn hynaf am yr ysgol, cafodd Elen Siôn y bwthyn iddi ei hun. Roedd wedi golchi'r llestri a diwrnod o waith o gwmpas y tŷ o'i blaen. Fel arfer byddai'n mwynhau diwrnod o bobi, gwnïo neu dwtio, ond ar ôl chwe wythnos o fethu â mynd allan oherwydd y tywydd roedd hi'n dechrau syrffedu ar fod dan do.

Roedd geiriau Eben wrth y bwrdd brecwast

wedi ei sgytian braidd hefyd, er ei bod wedi eu hwfftio ar y pryd. Erbyn hyn, roedd wedi dechrau hel meddyliau, gan gofio straeon a glywsai gan ei nain am y tylwyth teg yn cipio pobl a phlant ers talwm, a'u teuluoedd yn torri eu calonnau a marw. Ond pethau yn y gorffennol pell oedd y rheini; doedd dim sôn am neb oedd wedi gweld y tylwyth teg yn ddiweddar, ac eto ...

Glaw neu beidio, penderfynodd Elen fod yn rhaid i'r efeilliaid gael eu bedyddio cyn gynted ag y bo modd. Bydden nhw'n ddiogel wedyn am nad oedd gan y tylwyth unrhyw ddiddordeb mewn plant o'r fath. Yna, cofiodd nad oedd ganddyn nhw ond un wisg fedyddio. Byddai angen cael un arall cyn y medrid mynd â'r efeilliaid i'r eglwys i gael bedydd ac enw.

Roedd Betsan Ty'n Clwt, cymydog iddi, newydd fedyddio ei merch fach ac felly roedd ganddi wisg fedydd a gwyddai y câi ei benthyca ar unwaith ganddi. Brysiodd i daro siôl dros ei gwar – ond beth wnâi hi â'r efeilliaid? Byddai'r ddau yn wlyb at eu crwyn os âi â hwy gyda hi, er mai prin chwarter milltir oedd rhwng y ddau fwthyn. Byddai trochfa o'r fath yn ddigon am ddau mor ifanc, felly penderfynodd eu gadael yn cysgu yn y crud tra piciai i weld Betsan. Wedi'r cwbl, ychydig funudau fyddai hi, fan bellaf ...

Rhuthrodd Elen drwy'r glaw i Dy'n Clwt ac o fewn deng munud roedd yn dod yn ei hôl, a'r wisg fedydd yn becyn twt o dan ei chesail. Wrth fynd am y tŷ gwelodd dri neu bedwar o ddieithriaid mewn dillad patrymog yn dod i'w chyfarfod. Gwyddai oddi wrth eu gwisg nad oedden nhw'n bobl leol. Pwy oedden nhw, tybed? Beth oedden nhw'n ei wneud allan ar y fath dywydd? A beth oedd dwy ohonyn nhw yn eu cario, gan eu swatio'n dynn wrth fynd heibio?

Dechreuodd hel meddyliau wrth sylweddoli

iddyn nhw ddod o gyfeiriad Twt y Cwmrws. Tybed ai ...? Ond na, doedd neb wedi gweld tylwyth teg ers blynyddoedd lawer, a feiddien nhw byth gipio'r efeilliaid gefn dydd golau ... Wnaen nhw?

Gyda'i chalon yn ei gwddf, carlamodd y llathenni olaf am y tŷ. Petai hi ond wedi gadael heyrn y tân dros y crud efallai y byddai popeth yn iawn ... Ac yna roedd wedi cyrraedd y bwthyn ac yn edrych ar yr efeilliaid yn cysgu'n dawel. Diolch i'r drefn, doedden nhw ddim wedi cael eu cyfnewid!

Ymhen hir a hwyr deffrôdd y babanod a dechrau crio. Dim ots faint o fwythau na bwyd a gâi'r ddau, doedd dim tawelu arnyn nhw, dim ond cnewian crio drwy'r dydd.

Erbyn i Eben gyrraedd yn ôl o'r gwaith – a hynny'n gynt nag arfer ar ôl gyrru Ifan ac Einir i'w nôl – roedd Elen bron â mynd o'i cho.

'Beth sydd Elen fach?'

'Yr efeilliaid yma, Eben, wnân nhw ddim stopio crio.'

'Oes rhywbeth o'i le arnyn nhw? Wyt ti wedi ceisio rhoi bwyd iddyn nhw?'

'Bwyd ddywedaist ti? Dydw i wedi gwneud dim ond eu bwydo a'u siglo nhw drwy'r dydd. Mae'r ddau wedi bwyta fel petai branar arnyn nhw heddiw a chawson nhw ddim digon eto, yn ôl pob tebyg.'

'Mae'n rhaid bod rhywbeth wedi digwydd iddyn nhw heddiw. Yn bwyllog yn awr, dywed wrthaf i pryd y dechreuon nhw grio.'

'Ar ôl iddyn nhw ddeffro wedi i mi bicio i Dy'n Clwt i gael benthyg gwisg fedydd.'

'Ac mi adewaist ti nhw yn y tŷ ar eu pen eu hunain?'

'Dim ond am ddeng munud.'

'Mae hynny'n ddigon, a doedd y procer a'r efail ddim ar draws y crud, mae'n siŵr?'

'Nag oedden,' meddai Elen mewn llais bach, yn sylweddoli ei bod wedi gwneud camgymeriad mwyaf ei hoes.

Dechreuodd grio ond rhwng hynny ac aml ochenaid, daeth yr hanes i gyd allan, gan gynnwys gweld y bobl ddieithr yn dod o gyfeiriad y tŷ.

'Y tylwyth teg oedden nhw'n saff i ti.'

'Ond chawson nhw ddim gafael ar yr efeilliaid,' meddai Elen.

'Sut wyt ti'n gwybod?'

'Ond tydyn nhw yma o'n blaenau ni'n awr? Efallai mai wedi cael eu dychryn ganddyn nhw y maen nhw.'

'Dydw i ddim mor siŵr, Elen fach. Fe fydd yn rhaid cadw llygad barcud arnyn nhw.'

'Ond rydw i'n adnabod fy mhlant fy hun!'

'Efallai'n wir, ond mae'r tylwyth teg yn gyfrwys iawn.'

Chafodd neb fawr o gwsg yn Nhwt y Cwmrws

y noson honno gan i'r efeilliaid floeddio drwy'r nos. Fore trannoeth, gwyddai Eben Siôn yn union beth oedd yn rhaid ei wneud.

'Elen, anfon Ifan at y pen-garddwr i ddweud na fydda i'n mynd i'r gwaith am ddiwrnod neu ddau.'

'Ond pam?'

'Rydw i'n mynd i weld John Harries i Gwrt y Cadno.'

'Pwy ydi o?'

'Fo ydi gŵr hysbys enwocaf Cymru. Mae'n gwybod yn iawn am gastiau'r tylwyth teg, gwrachod ac ysbrydion. Mae o'n gallu rhagweld, hyd yn oed, a does yna fawr ddim na fedr o ei wneud. Fo ydi'r un i ddweud wrthym beth ddylem ei wneud os ydi'r efeilliaid wedi cael eu cyfnewid – ac ar ôl eu perfformiad nhw neithiwr, rydw i'n amau'n gryf mai felly y mae hi.'

Cafodd Eben fenthyg ceffyl a thrap gan gymydog ac erbyn y pnawn roedd wedi cyrraedd tŷ'r gŵr hysbys ac yn dweud yr hanes i gyd wrtho.

'Rwyt ti'n iawn i amau mai wedi cael eu cyfnewid y mae'r efeilliaid,' meddai John Harries mewn llais pwyllog. 'Rydw i wedi cael sawl achos dros y blynyddoedd, ond paid â phoeni, does yna'r un wedi 'nhrechu i hyd yn hyn. Roeddet ti'n hollol gywir i geisio gwarchod y plant nes iddyn nhw gael eu bedyddio ac roedd dy wraig ... Elen ddywedaist ti oedd ei henw hi?'

'Ie.'

'Roedd hi'n wirion iawn. Rhai stumddrwg iawn ydi'r tylwyth teg, neu fendith y mamau, fel y bydd rhai y ffordd hyn yn eu galw nhw. Nid eu bod nhw'n fendith i famau o gwbl chwaith!'

'Ond *pam* maen nhw'n ffeirio plant?' meddai Eben.

'Wel, yn ôl pob tebyg, maen nhw'n cael trafferth i fagu rhai o'u plant eu hunain, er ceisio gwneud hynny am flynyddoedd – ganrifoedd weithiau. Yr hyn maen nhw'n wneud wedyn yw chwilio am blant heb eu bedyddio, fel yr efeilliaid, ac yna eu cyfnewid am eu plant eu hunain.'

'Ond sut na fedr rhywun ddweud hynny'n syth?'

'Maen nhw'n gyfrwys iawn, fel y dywedais i. Maen nhw'n gwneud i'w plant edrych fel y plant maen nhw wedi eu dwyn fel na fydd y rhieni ddim callach. Ond wrth gwrs, plant annifyr iawn, ganrifoedd oed ydi rhai'r tylwyth teg a fydd y rhieni fawr o dro cyn amau bod rhywbeth o'i le, ond heb wybod beth yn union, na beth i'w wneud.'

'Dyna pam y des i atoch chi'n syth.'

'Fe wnest yn iawn. Y peth cyntaf i'w wneud ydi profi y tu hwnt i bob amheuaeth mai tylwyth teg sydd yn y crud, ac nid yr efeilliaid.'

'Ond sut mae gwneud hynny?'

'Fe ddyweda i wrthyt ti'n awr. Mewn gwirionedd, er eu bod nhw'n edrych fel babanod chwe wythnos oed, maen nhw'n hen fel pechod ac y mae'n bosib eu cael nhw i ddangos hynny. Wyt ti'n gwrando'n ofalus?'

'Ydw.'

'Iawn 'te. Mae'n rhaid gwneud rhywbeth gwirion o'u blaenau nhw – rhywbeth hollol ddwl – ac wedyn fe fyddan nhw'n sicr o ddatgelu eu cyfrinach. Oes yna fferm sy'n tyfu ŷd yn agos i chi?'

'Oes, amryw,' meddai Eban.

'Yr wythnos nesaf mae'r tywydd yn mynd i wella a bydd y ffermwyr a'r gweision i gyd wrthi'n medi'r ŷd gyda'u pladuriau. Ar ddiwedd dydd, mae eisiau i ti a dy wraig wahodd criw o'r fath draw am swper. Iawn?'

'Iawn.'

'Y diwrnod hwnnw, mae eisiau i Elen baratoi'r bwyd ar eu cyfer. Potas fydd o, ac mae eisiau ei ferwi mewn plisgyn wy.'

'Ond fydd hynny ddim digon i gyw dryw, heb sôn am griw o weithwyr ar eu cythlwng!'

'Yn union! Rwyt ti wedi taro'r hoelen ar ei phen. Pan wêl y cyfnewidiaid – os mai dyna ydyn nhw – beth mor ddwl, fe fyddan nhw'n siŵr o ddweud rhywbeth. Mae'n bwysig iawn eich bod yn clywed hynny, oherwydd fe fyddwch yn gwybod i sicrwydd wedyn beth ydyn nhw.'

'Beth wedyn, Dr Harries? Sut ydan ni'n mynd i gael yr efeilliaid yn ôl?'

'Wyt ti'n cofio i mi ddweud na wnes i fethu cael yr un baban yn ôl o grafangau'r tylwyth teg, on'd wyt?'

'Ydw.'

'Wel, fe fydd yn rhaid i ti fod yn ddewr iawn a gwneud yn union fel yr ydw i'n mynd i'w ddweud wrthyt ti'n awr. Wyt ti'n addo?'

'Ydw ...'

Yr wythnos ganlynol, yn union fel yr oedd y gŵr hysbys wedi ei ragweld, gwellodd y tywydd yn fawr. Gan gymryd mantais ar y tywydd braf aeth y ffermwyr i gyd ati i dorri'r ŷd. Gan ddilyn cyngor y gŵr doeth, gwahoddodd Elen ac Eben ffermwr a gweision yr Hendre draw am swper un gyda'r nos ar derfyn eu diwrnod yn y cynhaeaf.

'Cofia fod Gruffydd Edmwnt a'i weision yn dod draw am swper cynhaeaf heno, Elen,' meddai Eben y bore hwnnw, gan roi winc fawr ar ei wraig, heb i'r ddau yn y crud ei weld.

'Iawn, fe af ati i baratoi'r potas y bore 'ma, ar ôl i bawb adael,' meddai hithau gyda winc yn ôl.

Llowciodd pawb ei uwd y bore hwnnw a chychwyn am waith ac ysgol – neu smalio gwneud, oherwydd cuddio tu allan i'r gegin wnaeth Eben, yn glustiau i gyd, tra oedd Elen yn hel ei phethau at ei gilydd i wneud potas. Siaradai â hi ei hun wrth wneud hynny, gan ofalu bod y ddau yn y crud yn clywed.

'Darn o daten, moronen a phanas, llond gwniadur o ddŵr a darn maint ewin fy mys bach o gig eidion, a berwi'r cyfan yn y plisgyn wy yma. Fe fydd hynna'n ddigon i fwydo'r criw heno!'

'Digon i griw, wir! Glywaist ti'r fath ffwlbri yn dy ddydd, frawd?' meddai llais main o'r crud.

Roedd Eben ac Elen wedi synnu fod babanod chwe wythnos oed yn gallu siarad, ond ddywedon nhw ddim byd, dim ond dal i wrando.

'Naddo wir, frawd. Dros y canrifoedd rydw i wedi gweld tipyn o lol a dylni, ond dim i'w gymharu â hyn.'

'Yn union,' meddai'r cyntaf, gan ganu:

'Gwelais fesen cyn gweled derwen,
    gwelais wy cyn gweled iâr,
erioed ni welais ferwi bwyd i fedel
    mewn plisgyn wy yr iâr.'

Bellach, gwyddai Eben fod y ddau yn hŷn na hyd yn oed coed derw hyna'r plwy – ac roedd hynny'n ganrifoedd lawer. Rhuthrodd o'i guddfan gyda bloedd.

'Iawn Elen, cyfnewidiaid ydyn nhw, nid ein babanod ni! Mi wn i'n union beth i'w wneud â nhw. Gafael di yn un ac fe afaela' innau yn y llall!'

'I beth, Eben bach?'

'Mae'n rhaid mynd â nhw at Lyn Ebyr a'u taflu i mewn i hwnnw.'

'Beth? Wyt ti'n siŵr? Sut mae hynny'n mynd i ddod â'r efeilliaid yn ôl?'

'Yn ôl Dr Harries, fe fydd gweld y ddau ewach yma yn cael eu taflu i'r llyn yn loes i weddill y tylwyth teg ac fe ddôn i'w nôl nhw, gan ddychwelyd ein dau bach ni.'

'Iawn, does dim arall amdani felly, nag oes?' meddai Elen.

Ac felly y bu pethau. Cludwyd y ddau gyfnewidiad yn gwichian a strancio at lan y llyn ac erbyn hynny roedd hi'n amlwg ddigon mai tylwyth teg oedden nhw – a'r rheini'n hen fel pechod hefyd. Erbyn cyrraedd glan y dŵr roedd y ddau wedi newid yn llwyr ac yn edrych fel dau ddyn bach crablyd, blin yr olwg, a chroen y ddau wedi crebachu fel hen afalau.

'Wyt ti'n barod, Elen?'

'Ydw!'

'Gyda'n gilydd 'te. Un ... dau ... TRI!' Ac i mewn i'r llyn â'r ddau, gyda sblash. Ond cyn i'r dŵr gau amdanyn nhw fodd bynnag, petai Eben ac Elen wedi edrych, fe fydden nhw wedi gweld y tylwyth teg yn cipio'r cyfnewidiaid o'r dŵr oer a'u hachub rhag boddi. Yn lle hynny, rhuthrodd y ddau am Dwt y Cwmrws, a dod o hyd i ddau faban bodlon ac iach yn gorwedd yn y crud. Roedd yr hen Dr Harries, Cwrt y Cadno, wedi trechu'r tylwyth teg unwaith eto!

BEUNO

Wyddoch chi beth ydi pererinion? Pobl oedd yn arfer mynd i ymweld â llefydd sanctaidd oedden nhw. Yn aml iawn, roedd y llefydd hyn, fel Jeriwsalem neu Rufain, yn bell i ffwrdd ac yn golygu taith hir ac anodd. Yn wir, ar adegau roedd y daith yn beryglus iawn a chollodd sawl pererin ei fywyd cyn cyrraedd pen y daith. Yr adeg honno, nid neidio ar yr awyren agosaf wnaech chi ond teithio dros dir a môr am wythnosau lawer, gan groesi mynyddoedd uchel ac anialwch sych.

Roedd dau le arbennig yng Nghymru yn denu pererinion a'r ddau le hwnnw oedd ... Stadiwm y Principality a Pharc y Scarlets. Naci siŵr! Y ddau le oedd Tyddewi yn sir Benfro, man geni Dewi Sant, ac Ynys Enlli yn y gogledd, lle claddwyd ugain mil o saint, yn ôl yr hanes.

Byddai cannoedd lawer yn cyrchu i'r ddau le bob blwyddyn er mwyn gweld y rhyfeddodau oedd yno. Petaech chi'n byw saith ganrif yn ôl, ddyweden ni, mae'n debyg mai ar daith gerdded i Dyddewi i weld esgyrn Dewi Sant yr aech chi ar eich gwyliau. Byddai pawb yn cerdded i'r ddau le ar hyd yr un ffordd, sef Llwybr y Pererinion, gan ymweld â phethau diddorol a phwysig ar y ffordd.

Petaech chi'n mynd am Ynys Enlli, doedd wiw peidio aros ym mhentref Clynnog, neu Glynnog Fawr yn Arfon, fel y bydden nhw'n galw'r lle ers talwm. Sant o'r enw Beuno roddodd Clynnog ar y map. Yn wir, cyn Beuno doedd dim byd ond tir gwyllt a choed yno. Roedd Beuno yn berson arbennig iawn a'i hanes ef gawn ni nesaf ...

Fel llawer o'n saint cynnar ni, gallai Beuno fod wedi bod yn dywysog cyfoethog oherwydd roedd ei dad yn dywysog ym Morgannwg. Ar y pryd, roedd llawer o ymladd rhwng y Cymry a'r Saeson a doedd Beuno ddim yn hoffi hyn. Credai ef y dylai pobl fyw yn heddychlon gyda'i gilydd ac felly, ar ôl cael addysg dda penderfynodd adael ysblander y llys a mynd yn fynach tlawd.

Am gyfnod bu'n byw yn Aberriw, heb fod ymhell o'r ffin â Lloegr ond bu'n rhaid iddo ffoi pan ymosododd y Saeson ar y fro er mwyn ceisio dwyn tir y Cymry. Ciliodd Beuno i sir Fflint, i le sy'n dwyn yr enw Treffynnon bellach. Yn wir, Beuno oedd yn gyfrifol am roi ei enw i'r lle, a dyma'r hanes.

Yn yr un ardal roedd merch ifanc o'r enw Gwenfrewi ac roedd hithau, fel Beuno, yn ceisio perswadio pobl i fyw yn well. Yn rhyfedd iawn, roedd Beuno yn ewythr iddi a chan eu bod ill dau yn gwneud yr un math o waith, roedd y ddau yn bennaf ffrindiau.

Un diwrnod poeth, roedd Beuno wrthi'n

palu yng ngardd y fynachlog lle'r oedd yn byw pan glywodd weiddi mawr.

'Beth ar wyneb y ddaear sy'n digwydd?' gofynnodd i fynach arall o'r enw Twrog.

'Wn i ddim wir,' oedd ateb hwnnw, 'ond fe allwn daeru mai arnat ti maen nhw'n gweiddi.'

'Beuno! Beuno!' Roedd y gweiddi'n dod yn nes. 'Beuno! Tyrd ar unwaith, mae rhywbeth ofnadwy wedi digwydd!'

O'r diwedd gwelodd Beuno pwy oedd yn galw arno, sef Gwenan, un o'r merched oedd yn helpu Gwenfrewi efo'i gwaith.

'Beth sydd, Gwenan?'

'Maen nhw wedi lladd Gwenfrewi!'

'Beth?'

'Fe ymosododd Caradog a'i ddynion arni pan aeth i'w wersyll i geisio ei gael i fyw yn well. Mae o wedi torri pen Gwenfrewi i ffwrdd! O Beuno, beth wnawn ni?'

Gwyddai Beuno yn y fan a'r lle beth oedd o'n mynd i'w wneud. Aeth at wersyll Caradog ar ei union, lle gwelodd hwnnw a'i ddynion yn llechu fel cŵn lladd defaid. Roedd yn amlwg eu bod yn gwybod iddyn nhw wneud peth drwg iawn. Er hyn, ddywedodd Beuno yr un gair wrthyn nhw, dim ond mynd at gorff Gwenfrewi a orweddai ar lawr ble cafodd ei tharo. Gorffwysai ei phen lathenni lawer i ffwrdd ar ôl rolio ymaith.

Cariodd Beuno y pen yn ofalus at gorff Gwenfrewi, a'i ddal yn dynn wrth ei hysgwyddau. Caeodd ei lygaid a gweddïo iddi ddod o farw'n fyw, a'r eiliad nesaf dyna ddigwyddodd. Roedd Beuno wedi cyflawni ei wyrth gyntaf. Ac nid dyna'r olaf y diwrnod hwnnw chwaith.

'Edrychwch!' meddai Twrog, 'mae ffynnon wedi tarddu yn y fan lle'r oedd pen Gwenfrewi!'

'Oes,' meddai Beuno, 'ac mae'r dŵr yna'n

ddŵr arbennig iawn sy'n gallu gwella pob math o afiechydon.'

Wnaeth Gwenfrewi ddim aros yn hir yn yr ardal ar ôl hyn ond mae'r ffynnon yn dal yno. Tyfodd tref fechan o'i chwmpas a'r enw roddwyd arni, yn naturiol, oedd Treffynnon. Mae'r dŵr yn dal yn bur ac yn gallu gwella pobl. Yn wir, mae'n eitha tebyg os ewch chi yno y gwelwch chi faglau wrth ymyl y ffynnon a'r rheini wedi eu gadael yno gan bobl oedd yn methu cerdded nes ymdrochi yn y dŵr.

Nid arhosodd Beuno yn hir iawn yn Nhreffynnon ar ôl hyn. Roedd wedi gwylltio'n gacwn hefo Caradog a'i deulu, ac fel rhybudd i bobl eraill beidio gwneud yr un peth, trawyd nhw gan afiechyd ofnadwy nad oedd modd ei wella ond drwy yfed dŵr Ffynnon Gwenffrewi.

Bellach gwyddai pawb am Beuno a'i wyrth ac roedd yn awyddus i ganfod rhywle mwy tawel i fyw. Penderfynodd symud i Wynedd.

Rŵan, os ydyn ni eisiau symud i fyw, yr hyn wnawn ni ydi prynu tŷ newydd. Ond beth wnewch chi os ydych chi'n fynach tlawd fel Beuno? Doedd dim amdani ond mynd at Cadwallon, Tywysog Gwynedd, i ofyn am dir i godi mynachlog newydd. A dyna wnaeth o.

'Beuno, mae'n dda gennyf dy gyfarfod,' meddai'r tywysog wrtho ar ôl iddo gyrraedd y llys yn Aberffraw. 'Beth wyt ti eisiau?'

'Tir mewn man tawel i godi mynachlog,' meddai yntau.

'Mae gen i'r union le i ti oedd yr ateb. 'Lle bach o'r enw Gwredog ar lan afon Gwyrfai, mewn cwm coediog, braf.'

'Mae'n swnio'n berffaith,' meddai Beuno. 'Diolch yn fawr i ti.'

'Croeso'n tad. Ti biau Gwredog bellach.'

Ac i ffwrdd â Beuno am dir yr addewid, a Twrog wrth ei ochr.

Ar ôl cyrraedd Gwredog dechreuodd Beuno a'i gyfeillion godi mynachlog. Fodd bynnag, cyn sicred ag y byddai'r gwaith adeiladu yn cychwyn yn y bore deuai mam ifanc i'w gwylio, efo baban yn ei breichiau. Cyn gynted ag y gwelai hwnnw'r gweithwyr yn torchi eu llewys, dechreuai weiddi crio.

Wedi wythnos o hyn, roedd Beuno a'r lleill

wedi cael hen ddigon – wedi'r cwbl, mae pen draw i amynedd sant hyd yn oed!

'Beth sy'n bod ar y babi yna sydd gennych chi?' meddai wrth y fam. 'Does dim dichon gweithio yma. Mae'n codi cur mawr yn fy mhen i, yn gweryru a nadu fel y mae o!'

'Gweryru a nadu fuaset tithau hefyd petai rhywun wedi dwyn dy dir di,' meddai'r wraig ifanc.

'Ond fy nhir i ydi hwn,' meddai Beuno. 'Fe'i cefais i o gan Cadwallon ei hun.'

'Hy! Dim ei dir o oedd o i'w roi,' oedd yr ateb swta i hynny.

Pan ofynnodd y sant 'Sut, felly?', cafodd glywed mai eiddo tad y baban wylofus oedd y tir, ond ar ôl iddo gael ei ladd, cipiwyd ef gan Cadwallon yn hytrach na gadael i'r bychan ei gael. A dyna pam yr oedd yn crio, wrth gwrs.

Wel, roedd tymer ddrwg ar Beuno'n awr! Cerddodd bob cam yn ôl i Aberffraw a dweud wrth y brenin beth oedd ei farn am dwyllwyr fel ef cyn troi ar ei sawdl a gadael y llys ar ei hyll.

Roedd yn dal i fytheirio yn erbyn y tywysog pan glywodd sŵn carnau ceffyl y tu ôl iddo.

'Beuno! Beuno! Aros! Gwyddaint ydi fy enw i. Rydw i'n gefnder i'r tywysog ac mae gen i gywilydd o'r hyn wnaeth o. Mae *gen* i dir gei di a does dim twyll y tro yma.'

'Diolch, Gwyddaint. Ymhle mae o?'

'Yng Nghlynnog, ar lan y môr.'

'Perffaith! Gall y mynaich bysgota'r môr a thrin y tir felly. Bendith arnat ti Gwyddaint.'

Ysgydwodd y ddau law ar y fargen ac i nodi'r fan, trawodd y sant arwydd y groes ar garreg gerllaw. Ddefnyddiodd o na chŷn na morthwyl – dim ond ei fawd!

A dyna sut y daeth Beuno i fyw i Glynnog. Gyda llaw, mae'r garreg efo arwydd y groes arni wedi ei symud i'r eglwys bellach ac os ewch chi yno, gallwch ei gweld. Yn ddiddorol iawn, nid dyma ddiwedd hanes Gwredog chwaith. Tyfodd pentre bach yno, heb fod ymhell o bentref Waunfawr yn awr. O'r fan honno, yn ôl yr hanes, y cipiwyd Padrig, Nawddsant Iwerddon gan fôr-ladron – ond stori arall ydi honno ...!

Cyn hir roedd y fynachlog, neu'r clas fel y gelwid ef, yng Nghlynnog yn barod a phawb yn gweithio'n galed. A doedd neb a weithiai'n galetach na Beuno. Cododd gored neu drap arbennig yn y môr i ddal pysgod i'w bwyta, ac mae olion Cored Beuno i'w gweld ar lan y môr hyd heddiw.

Magwyd anifeiliaid o bob math ar y tir hefyd ac roedd marc arbennig ar bob un. Gelwid y marc yn Nod Beuno i ddangos mai ef oedd piau nhw. Hyd yn oed ganrifoedd yn ddiweddarach, ymhell ar ôl marwolaeth y sant, credid fod anifeiliaid yn dal i gael eu geni yng Nghlynnog efo Nod Beuno arnynt. Pan ddigwyddai hynny, fe werthid y creadur gan roi'r arian mewn cist bren fawr drom a fu'n eiddo i'r sant, sef Cyff Beuno. Mae honno hefyd yn dal yn yr eglwys.

Yn ôl pob sôn, arferai Beuno fynd draw i Ynys Môn yn eitha rheolaidd i bregethu. Cerddai yno ar hyd ffordd neu sarn arbennig a oedd uwchlaw wyneb y dŵr. Yr enw arni oedd Sarn Beuno. Roedd yn cerdded ar ei hyd un diwrnod pan ollyngodd lyfr gwerthfawr i'r môr. Cyn iddo suddo am byth, fodd bynnag, cipiwyd ef i'r awyr gan gylfinir a'i ollwng yn ddiogel wrth draed y sant. Yn dâl am hyn, dywedodd Beuno:

'Diogel fydd dy nyth
ac anodd fydd dy saethu.'

Ac ers hynny, mae nyth y gylfinir yn un o'r rhai anoddaf i'w ddarganfod. Erbyn hyn mae Sarn Beuno wedi suddo dan donnau'r môr, er ei bod wedi ei marcio ar ambell hen fap.

Bob nos ar ôl swper, arferai Beuno fynd allan o'r fynachlog i weddïo'n dawel ar ei ben ei hun. Mynnai nad oedd neb yn mynd ar ei gyfyl.

Un noson fodd bynnag, dilynodd un o'r mynaich ef, gan weld mai am lepen yr Eifl yr oedd yn mynd. Yno mewn man cysgodol, syrthiodd Beuno ar ei liniau a dechrau gweddïo.

Teimlai'r mynach anufudd yn eithaf cas, a dweud y gwir. Gwyddai ei fod wedi torri un o

reolau'r fynachlog ond chafodd o fawr o gyfle i edifarhau ... Yn sydyn rhuthrodd haid o fleiddiaid ffyrnig arno a'i ddarnio.

Clywodd Beuno y sgrechfeydd a'r chwyrnu mwyaf erchyll yn dod o'r coed y tu ôl iddo a heb ystyried y perygl o gwbl aeth i weld beth oedd wedi digwydd. Erbyn hynny, roedd yn rhy hwyr. Roedd y bleiddiaid wedi ffoi wrth glywed y sant yn nesáu gan adael y mynach yn ddarnau gwaedlyd ar lawr.

Gwaith anghynnes iawn gafodd Beuno wedyn, sef hel y darnau at ei gilydd er mwyn ceisio atgyfodi'r mynach druan. Cyn bo hir roedd wedi cael popeth ynghyd ar wahân i un peth, sef ael neu dalcen y truan. Doedd dim golwg o hwnnw yn unman. Beth oedd Beuno i'w wneud? Fedrai o ddim atgyfodi'r mynach o farw'n fyw efo twll mawr yn ei ben!

Yn sydyn sylwodd fod ffural haearn ar waelod ei ffon, er mwyn ei hatal rhag treulio. Tynnodd hi i ffwrdd a gweld ei bod yn ffitio i'r twll yn berffaith.

Dyma sut y cafodd y mynach enw newydd ar ôl ei atgyfodi, sef Aelhaearn. Yn ddiweddarach fe gododd eglwys ger y fan lle'r ymosododd y bleiddiaid arno, ac mae Llanaelhaearn, y pentref a dyfodd o gwmpas yr eglwys, yn dal i arddel ei enw.

Bu pethau'n dawel yn y fynachlog yng

Nghlynnog am flynyddoedd lawer wedi hyn. Câi gwaith y fynachlog ei wneud gan y mynaich ac roedd yn lle bendigedig i fyw i'r rheini a hoffai fywyd o'r fath.

Roedd Beuno wrth ei fodd yno a doedd dim gofyn iddo gyflawni gormod o wyrthiau, gan fod y bobl leol yn gwrando ar yr hyn oedd ganddo i'w ddweud bellach. O ganlyniad, medrodd barhau â'i waith a sefydlu sawl eglwys yng ngogledd Cymru, yn hytrach na gorfod atgyfodi pobl o farw'n fyw.

Erbyn hyn, roedd yn hen a musgrell iawn, a phenderfynodd fynd ar daith i weld ei holl ffrindiau cyn marw. Llwyddodd i wneud hynny, oherwydd ar ôl gweld ei gyfeillion olaf ym Meddgelert bu farw'r sant.

Gredech chi fod hyn wedi achosi ffrae? Roedd pobl dda Beddgelert am i Beuno gael ei gladdu yno, tra oedd pobl Ynys Enlli am iddo fod yr ugeinfed-mil-ac-un sant i gael ei gladdu yno ... tra oedd mynaich Clynnog am weld eu sefydlydd yn gorffwys am byth yn yr eglwys yno. Sut oedd torri'r ddadl? Wel, fel hyn y bu pethau ...

Aeth holl fynaich Clynnog draw am Feddgelert i gludo corff Beuno adref, ac yn wir cychwynnwyd ar y daith. Lwyddon nhw ddim i gyrraedd y fynachlog y noson honno, fodd bynnag, a bu'n rhaid aros dros nos mewn lle o'r enw Ynys yr Arch.

Gan fod pobl Beddgelert ac Enlli hefyd yn cydgerdded gyda hwy, gan ddal i ddadlau yn y gobaith o gael yr anrhydedd o gladdu Beuno, medrwch ddychmygu'r lle oedd yn Ynys yr Arch drannoeth pan welwyd fod *tair* arch yno. Roedd Beuno druan wedi cyflawni gwyrth arall a sicrhau nad oedd neb yn cael ei siomi!

Er hyn, dywed pobl Clynnog mai yno y claddwyd Beuno mewn gwirionedd. Mae capel bach yn rhan o eglwys y pentref ac yno y cafodd y sant ei gladdu. Ei enw ydi Capel y Bedd.

Mae un lle arall yng Nghlynnog gafodd ei enwi ar ôl Beuno, sef Ffynnon Beuno. Arferai'r hen bererinion gymryd ychydig o'r dŵr ac yna gweddïo yn yr eglwys am daith ddiogel i Enlli.

Tan yn weddol ddiweddar, credai llawer fod y dŵr yma hefyd yn gallu gwella sawl afiechyd, ac fel yn achos Ffynnon Gwenffrewi gwelid baglau a ffyn a adawyd yno gan bobl gafodd iachâd.

Erbyn hyn mae Oes y Pererinion wedi hen fynd heibio ond mae eglwys Clynnog werth ei gweld o hyd – petai ond i weld yr efail arbennig sydd yno i drin cŵn gwallgof ... ac i weld yr holl bethau sydd yn gysylltiedig â Beuno yno, wrth gwrs.

LLADRON CRIGYLL

Fel y clywson ni yn hanes Barti Ddu, roedd Cymru yn enwog am ei morwyr a'i môr-ladron ers talwm. Morwyr dewr a fentrai i bedwar ban byd oedd y rhain.

Yn anffodus, doedd pawb oedd yn ymwneud a'r môr ddim mor fentrus a dewr â'r morwyr a'r môr-ladron. Na, roedd ambell garidým i'w gael – a'r rhai gwaethaf o'r cwbl oedd Lladron Crigyll. Ardal rhwng Bae Cymyran a Rhosneigr yn sir Fôn ydi Crigyll, sef yr arfordir o bobtu ceg afon Crigyll. Mae hi'n ardal sy'n beryg bywyd i forwyr hyd heddiw oherwydd y creigiau duon, miniog sydd gyda'r glannau, ac maen nhw'n falch iawn o weld goleudai Rhoscolyn ac Ynys Lawd i'w tywys oddi yma. Ac wrth gwrs, mae o'n lle i'w osgoi pan fo'r corwyntoedd yn chwythu o Fôr Iwerddon, gan fygwth lluchio pawb a phopeth i ddannedd y creigiau.

Ond dyna'r union dywydd y byddai Lladron Crigyll yn ei groesawu, yn enwedig os gwelen nhw long yn ymdrechu mynd am gysgod harbwr Caergybi cyn i'r tywydd waethygu. Pam hynny, meddech chithau? Wel, 'wrecars' oedden nhw, pobol oedd yn denu llongau i'w tranc ar y creigiau ac yna'n ysbeilio eu cynnwys, heb falio botwm corn am y criw a'r teithwyr druain.

Sut caen nhw'r llongau i ddod ar y creigiau, meddech chithau? Wel, roedd hynny'n hawdd.

Fe wydden nhw fod y morwyr yn chwilio am y goleudai yn y tywyllwch, a'r hyn wnaen nhw fyddai mynd â lanternau ar y clogwyni, fel bod y llongau yn anelu amdanyn nhw, gan feddwl eu bod yn dilyn y cwrs diogel …

Does dim rhyfedd fod morwyr yn casáu ac yn ofni wrecars yn fwy na dim. Fel hyn y disgrifiodd Lewis Morris, un o Forrisiaid Môn, y lladron:

Gwych gan bobl onest lân
oleuni tân a channwyll;
gwych gan wylliaid fod y nos
mewn teios yn y tywyll;
gwych gan innau glywed sôn
am grogi Lladron Crigyll.

Pentref yw di-dduw, di-dda,
lle'r eillia llawer ellyll,
môr-ysbeilwyr, trinwyr trais,
a'u mantais dan eu mentyll;
cadwed Duw bob calon frau
rhag mynd i greigiau Crigyll.

Fe fu'r lladron yn byw yng Nghrigyll am genedlaethau, ond dyma un stori amdanyn nhw …

Naw oed oedd yr efeilliaid Gwilym a Goronwy Tywynllyn, a'r ddau yr un ffunud â'i gilydd. Er

eu bod yn fach o'u hoed, roedden nhw'n beniog iawn a gwelai eu tad, a ffermiai'r tir tywodlyd ar gyrion Traeth Llydan, fod dyfodol gwell na sieflio tail o flaen ei feibion. Roedd yn falch o hynny, oherwydd bywyd digon caled oedd hi ar ffermwyr Môn ac anodd iawn oedd cael dau ben llinyn ynghyd.

Hanesion am deithio oedd pethau'r ddau byth er i fodryb roi llyfr yn adrodd hanes rhai o deithwyr mawr y byd iddyn nhw ar eu pen-blwydd. Roedden nhw wrth eu bodd yn darllen llyfrau o'r fath a medrai'r ddau ddarllen map cystal ag unrhyw gapten llong. Yn wir, dyna ddymuniad mawr yr efeilliaid – bod yn gapten ar eu llongau eu hunain ar ôl tyfu'n ddynion.

Un noson ym mis Tachwedd, roedd teulu Tywynllyn wedi noswylio'n gynnar. Ers dyddiau lawer roedd yr hen bobl wedi bod yn rhagweld gwyntoedd cryfion a stormydd.

'Mae'r arwyddion i gyd i'w gweld yn blaen,' meddai Meurig Pen-lôn. 'Gwynt mawr sydd ynddi hi. Mae cymylau blew geifr yn uchel yn yr awyr ac roedd mis Hydref yn un braf iawn, sy'n arwydd sicr o aeaf gwyntog bob amser. Na, mae yna storm a hanner ar ei ffordd, mae arna i ofn – mi oedd y moch sydd acw yn cario gwellt i'r twlc. Mae hwnna'n arwydd arall di-feth, coeliwch chi fi.'

Ac roedd teulu Tywynllwyn wedi rhoi coel ar eu cymydog ac yn swatio yn eu gwelyau tra chwibanai'r gwynt o gwmpas y tŷ. Hyd yn hyn, fodd bynnag, doedd o ddim yn rhy gryf ond gwyddai pawb fod gwaeth i ddod.

Roedd y teulu wedi noswylio'n eithaf cynnar gan nad oedd fawr o gysur i'w gael wrth wrando ar y gwynt yn udo yn y simdde fawr. Gyda photel ddŵr poeth yn gynnes wrth eu traed, swatiodd Gwilym a Goronwy yn eu gwely plu, ond ni allai'r naill na'r llall gysgu.

'Gwilym!'

'Be?'

'Wyt ti'n cysgu?'

'Nag ydw, fedra i ddim.'

'Na finnau chwaith.'

'Gwrando ar y storm wyt ti?'

'Ia, a meddwl am y llongau sy'n ceisio cyrraedd Caergybi.'

'Wyt ti'n cael rhyw deimlad rhyfedd, fel petai yna rywbeth mawr am ddigwydd?'

'Ydw, ond wn i ddim beth ydi o, chwaith.'

Er bod y llofft yn oer a hwythau'n gynnes fel tostyn yn y gwely, cododd y ddau i gael cip drwy'r ffenest tua'r môr. Er nad oedd y ddau ond naw oed, gwelsant sawl storm eisoes, ond welson nhw erioed un debyg i hon.

Argoledig, sbia am Borth Nobla. Mae'r tonnau'n torri dros y creigiau yno!'

'Ydyn, mae'n rhaid eu bod nhw o leiaf hanner can troedfedd o uchder.'

'Mae hi'n syndod o olau, tydi ...'

'Gwilym, edrych!' gwaeddodd Goronwy ar ei draws gan gyfeirio i gyfeiriad Rhosneigr. 'Llong!'

'Ia, a honno'n hwylio tua'r gogledd.'

'Ac mi wyddost beth mae hynny'n ei olygu? Os cadwith hi at y llwybr yna, mi fydd hi'n deilchion ar Gerrig y Brain cyn pen dim.'

'Ond pam aflwydd nad ydi'r capten yn cadw ymhellach allan ac yn anelu am Ynysoedd Gwylanod ac Ynys Lawd?'

'Beth wn i?'

Ar hynny daeth cymylau mawr dros y lleuad llawn a oedd yn goleuo'r olygfa ofnadwy a gwydden nhw nad oedd gobaith gweld o Dywynllyn beth ddigwyddai i'r llong bellach. Byddai'n rhaid mynd at lan y môr i wneud hynny.

'Ddylen ni ddeffro Mam a Tada, dywed?' meddai Gwilym.

'Na, beth os oedden ni'n anghywir? Mi fyddai'r ddau yn flin, a Thada yn enwedig, am ei fod eisiau codi ben bore i odro.'

'Beth am fynd allan i weld yn iawn a'u deffro nhw wedyn os bydd rhywbeth i'w weld?'

'Iawn.'

O fewn eiliadau roedd y ddau wedi gwisgo a sleifio allan drwy'r drws cefn heb i neb arall glywed dim. Wnaeth Mic y ci defaid ddim eu clywed, hyd yn oed, er bod hwnnw'n clywed bob smic ac yn cyfarth ar ddim.

Er bod y lleuad bellach o'r golwg, nid oedd yn hollol dywyll a medrodd yr efeilliaid hanner rhedeg tua'r traeth yng ngolau'r lanternau yr oedd y ddau wedi eu cipio wrth fynd drwy'r gegin. Yna stopiodd Goronwy yn stond.

'Edrych! Golau!'

'Mi wyt ti'n iawn – ond lle mae o?'

'Ar Draeth Crigyll, ddywedwn i.'

'Ia, ond ... y nefoedd fawr, wyt ti'n meddwl yr hyn ydw i'n feddwl?'

'Wrecars?'

'Ia, fel y rheini yn yr hanes hwnnw o Gernyw.'

'Dyna ydyn nhw iti – a dyna hi'r llong draw acw, yn dal i anelu am Gerrig y Brain.'

'Mi wyddost pam, gwyddost? Mae'r criw yn meddwl eu bod nhw yn y sianel, yn meddwl mai golau Ynysoedd Gwylanod maen nhw'n ei weld.'

'Beth wnawn ni? Os awn ni i nôl Mam a Tada mi fydd hi'n rhy hwyr.'

'Mae gen i syniad,' meddai Gwilym. 'Tyrd â dy lantern yma.'

Yng ngoleuni'r lanternau dechreuodd godi clawdd bychan cysgodol efo pridd a cherrig.

'Brysia, Goronwy, hel wellt sych a brwgaitsh!'

'Ond i beth?'

'Mi fedrwn ninnau greu golau ffug hefyd a phan welith y llong ail olau ar y lan, mi fyddan yn siŵr o amau bod rhywbeth o'i le ...'

'... A throi allan am y môr,' meddai Goronwy, gan weld y cynllun.

Cyn pen chwinciad roedd gan y ddau docyn o wellt a mân frigau wrth gysgod y wal isel, a'r broblem bellach oedd cynnau'r tân. Diffoddwyd cannwyll y lantern gyntaf cyn gynted ag yr agorodd Gwilym y ffenest fach, ond cafodd Goronwy fwy o lwc gyda'r ail. Am eiliad ymddangosai fel petai'r tocyn ddim am gynnau ond yn sydyn llamodd fflam fel tafod oren drwyddo ac roedd y cwbl yn wenfflam. Roedd yn rhuthr gwyllt wedyn i hel eithin a grug i'w rhoi ar ben y tân i'w fwydo.

'Ydyn nhw wedi gweld y tân, 'sgwn i?' gofynnodd Gwilym.

'Dydw i ddim yn siŵr,' meddai Goronwy. 'Ydyn, dwi'n meddwl! Yli, maen nhw'n troi at allan!'

'Diolch byth! Mi fyddan yn osgoi'r creigiau!'

Ar hynny, sylweddolodd Goronwy nad y llong yn unig oedd wedi gweld yr ail olau. Roedd lanternau i'w gweld yn symud tuag atyn nhw.

'Yli Gwilym, mae'r wrecars wedi'n gweld ni ac yn dod am yma!'

'Ydyn, ac yn gandryll, mae'n siŵr oherwydd i ni ddifetha eu hysbail nhw heno.'

'Tyrd, gwadna hi oddi yma!'

Rhedodd y ddau nerth eu traed yn ôl i gyfeiriad Tywynllyn ac roedd y ddau frawd yn ôl yn ddiogel yn y tŷ cyn i'r cyntaf o'r wrecars gyrraedd gweddillion eu coelcerth. A da o beth oedd hynny, oherwydd ciwed fileinig iawn oedden nhw, a fflamau'r tân yn sgleinio ar aml fwyell a chyllell finiog.

Mynd adre'n waglaw fu hanes Lladron Crigyll y

noson arbennig honno. Wydden nhw ddim pwy oedd wedi cynnau'r goelcerth – ond wyddai'r efeilliaid ddim pwy oedd y Lladron chwaith.

Pan ddywedon nhw'r hanes wrth eu tad fore trannoeth, wnâi o mo'u coelio nhw i ddechrau. Fe newidiodd ei gân, fodd bynnag, ar ôl i'r hogiau ddangos olion eu tân ger Traeth Llydan ac i'r awdurdodau gael hyd i ludw tân y lladron ar Draeth Crigyll.

Er hyn, methwyd â dal yr un lleidr oherwydd wyddai neb pwy oedden nhw. Dros y blynyddoedd nesaf aethon nhw'n fwy a mwy mentrus a chreulon. Denwyd sawl llong i'w diwedd ar greigiau creulon Crigyll a boddwyd sawl morwr.

Doedd dim dichon dal y lladron er bod sidan lliwgar a sawl casgennaid o win i'w gweld yn yr ardal ar ôl stormydd. Yn aml iawn hefyd gwelid cyrff ar y lan a'u bysedd ar goll, ar ôl i'r Lladron creulon eu torri ymaith i gael eu modrwyau. Doedd rhyfedd yn y byd fod pobl Môn yn ysu am gael gwared â hwy.

Os llwyddodd Gwilym a Goronwy i achub un llong o grafangau Lladron Crigyll, aeth llawer un arall yn ysbail iddyn nhw. Yn y diwedd, fodd bynnag, aethon nhw'n rhy bell a chawson nhw eu dal. Fel hyn y bu pethau ...

Ym mis Medi 1773 cawsant long o'r enw *Charming Jenny* i fynd ar greigiau Crigyll wrth i'w chapten, William Chilcott, geisio ei llywio am ddiogelwch Caergybi yn nannedd storm enbyd. Goleuadau ffug aeth â'r llong i'w thranc, fel sawl un arall.

Erbyn y bore, roedd y llong yn dipiau ar y traeth a'r lladron â'u dwylo blewog wrthi yn hel eu hysbail, ond roedd un peth yn wahanol y tro hwn. Doedd pawb oedd ar fwrdd y llong ddim wedi boddi wrth iddi daro'r creigiau. Golchwyd Capten Chilcott a'i wraig i'r lan yn fyw ac roedd hynny'n wyrthiol, oherwydd roedd gan wraig y capten lond ei phocedi o sofrenni aur.

A hynny fu achos ei marwolaeth. Gwelodd rhai o'r lladron hi'n cyrraedd y lan a dechreuodd dau ohonyn nhw chwilio drwy ei phocedi. Pan welsan nhw ei bod yn fyw, daliodd un ohonyn nhw ei phen o dan y dŵr a'i boddi.

Gwelodd y Capten hyn yn digwydd ond roedd yn rhy wan i wneud dim i'w hachub. Yr eiliad nesaf, trodd y lladron ato a chymerodd arno ei fod wedi marw tra defnyddiai'r un a foddodd ei wraig gyllell finiog i dorri byclau arian ei esgidiau ymaith. Seriodd ei wyneb creulon ar gof y Capten a thyngodd y byddai'n dial arno ef a'i bartner.

Ar ôl i'r lladron gael eu gwala a'u digon o ysbail, aethon nhw ymaith, gan adael y Capten a'i wraig a gweddill y criw ymysg gweddillion y llong ar dywod oer Traeth Crigyll. Ymhen hir a hwyr daeth dyn o'r enw William Williams

heibio, gweld bod Capten Chilcott yn fyw a mynd ag ef adref.

Cyn gynted ag y daeth ato'i hun, aeth y Capten at yr awdurdodau a thrwy ei ddisgrifiad manwl o'r ddau leidr, arestiwyd Siôn Parry, llofrudd ei wraig, a William Roberts ei bartner.

Roedd hyn yn 1775 ac erbyn hynny roedd Gwilym a Goronwy wedi cael eu dymuniad a'r ddau yn gapteiniaid ar eu llongau eu hunain. Ym mis Ebrill y flwyddyn honno, digwyddai'r ddau fod gartref yn Nhywynllyn pan dynnodd rhywbeth sylw Gwilym yn y papur a ddarllenai.

'Wyt ti'n ein cofio ni'n cynnau coelcerth ers talwm i achub y llong honno rhag Lladron Crigyll, Goronwy?'

'Ydw siŵr – Pam wyt ti'n gofyn?'

'Wel, gwranda ar hyn. "Yn yr Amwythig ddoe cafodd Siôn Parry o Roscolyn, un o'r criw mileinig a adwaenir fel Lladron Crigyll, ei grogi'n gyhoeddus o flaen torf enfawr o bobl. Fe'i crogwyd am foddi gwraig o'r enw Mrs Chilcott ar ôl denu llong ei gŵr ar greigiau gyda goleuadau ffug. Anfonwyd William Roberts, un arall o ladron Crigyll, i Awstralia yn alltud am ei oes am ddwyn eiddo'r Capten a'i wraig."'

'Eithaf gwaith â nhw, ddyweda i. Maen nhw wedi hudo sawl un i'w marwolaeth ar y creigiau yma. Mae'n siŵr y bydd hynna'n rhybudd i weddill y lladron, mai gwingo wrth raff y byddan nhw os na fihafian nhw ...'

Ac yn wir, roedd Goronwy yn iawn. Dychrynwyd Lladron Crigyll gan y crogi ac ni welwyd yr un golau ffug ar y glannau wedi hyn.

Efallai y cewch chi gyfle i fynd i weld Traeth Crigyll rywbryd. Mae'n lle hyfryd yn yr haf pan fo'r haul yn tywynnu, ond mae'n lle gwahanol iawn yn y gaeaf, pan fo'r corwynt yn rhuo, y tonnau'n torri'n wyn ar y creigiau ac ysbrydion hen forwyr a foddwyd yn codi o'r môr.

Cyfrolau gyda lluniau lliwgar sy'n cyflwyno chwedlau gwerin

Gwasg Carreg Gwalch

STORI CYMRU

HANESION A BALEDI

Myrddin ap Dafydd

Rhestr fer Gwobr
Tir na n-Og 2016

clawr caled

Hanesion Cymru drwy'r oesoedd
Baledi newydd yn dathlu straeon ein gwlad

Gwasg Carreg Gwalch

£12.50